追跡

TRACKING

伊岡瞬

Ioka Shun

文藝春秋

追跡

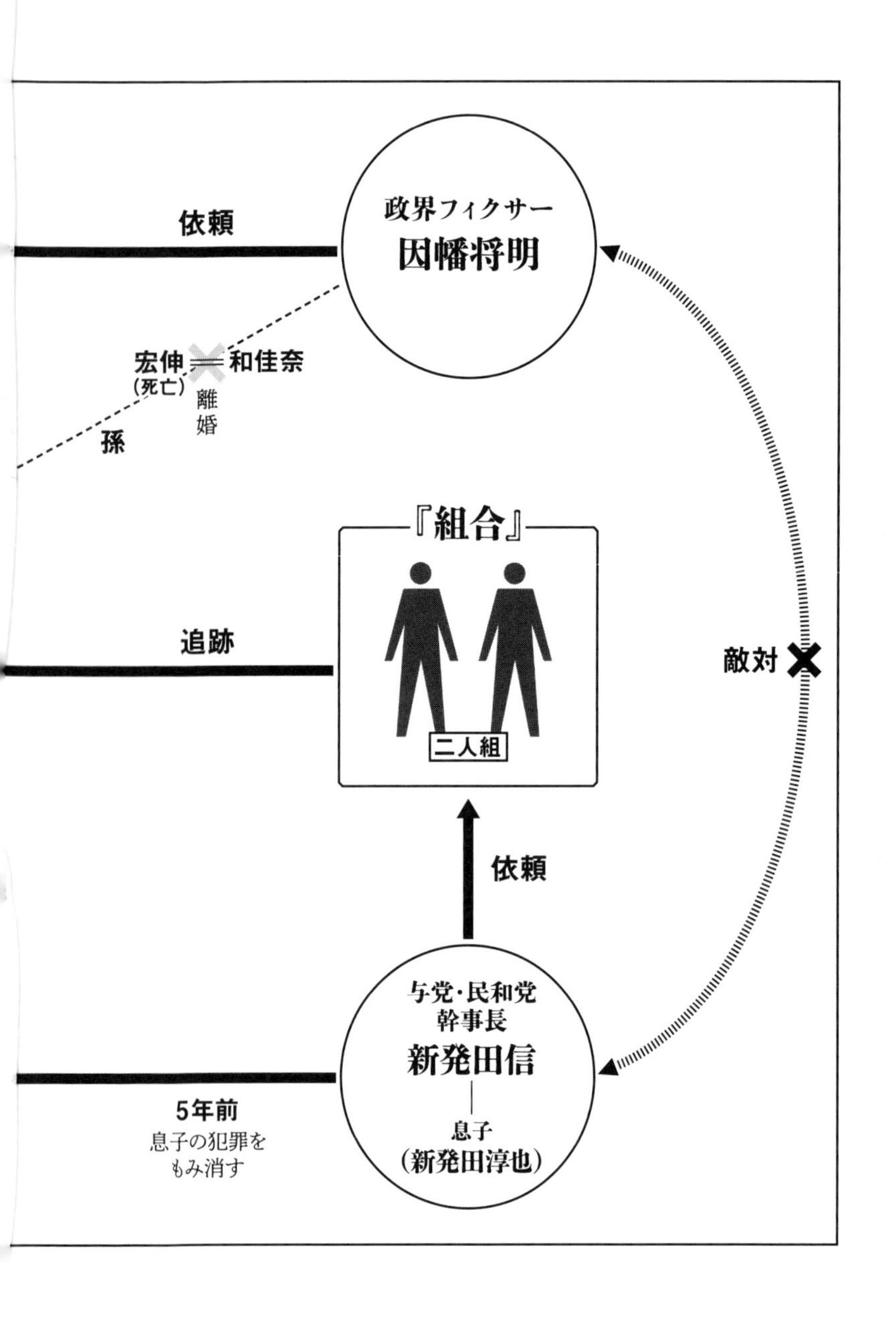

依頼
政界フィクサー
因幡将明
宏伸
(死亡)
和佳奈
離婚
孫
『組合』
二人組
追跡
敵対
依頼
与党・民和党
幹事長
新発田信
息子
(新発田淳也)
5年前
息子の犯罪を
もみ消す

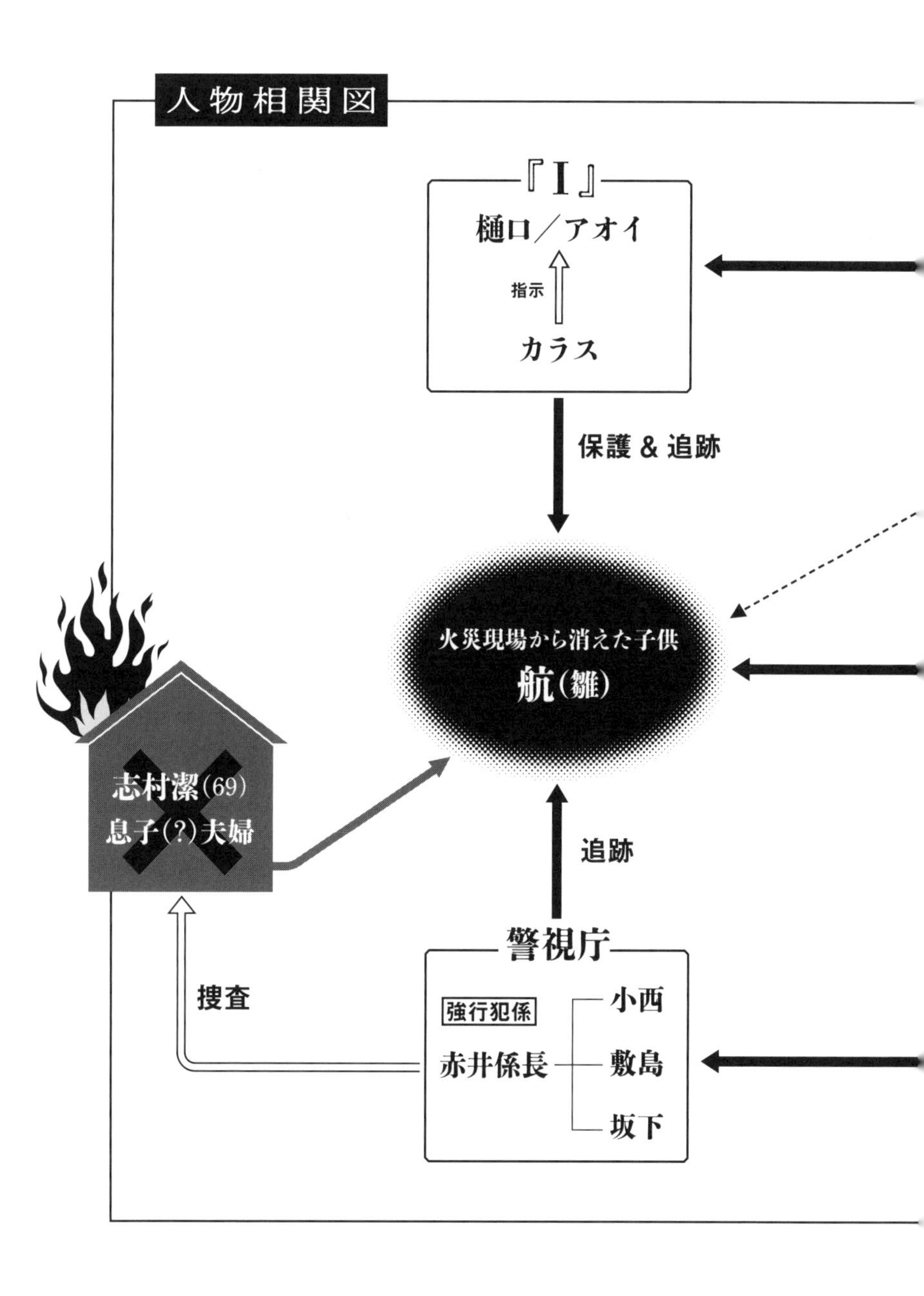
人物相関図
『I』
樋口／アオイ
指示
カラス
保護 & 追跡
火災現場から消えた子供
航(雛)
志村潔(69)
息子(?)夫婦
追跡
警視庁
強行犯係
赤井係長
小西
敷島
坂下
捜査

1　火災当日　午前十時配信

■八千代新聞Ｗｅｂ版記事
《東京・武蔵野市の住宅で火災。３人死亡。住人の60代男性とその息子夫婦か》

今日未明、東京都武蔵野市境南町の住宅で火災が発生し、住宅一棟がほぼ全焼した。この火事で、焼け跡から男女３人の遺体がみつかった。

警察は、死亡した３人のうち１人はこの家に住む60代の男性で、残り２人は数日前から滞在していた男性の息子夫婦の可能性があるとみて、身元の確認を急いでいる。

同時に警察と消防では詳しい出火原因や死因を調べている。尚この火事で隣家の庭木の一部などが焼けた。

現場は、ＪＲ中央線武蔵境駅から南西へ７００ｍほどの所にある閑静な住宅街。

(写真は焼けた家屋の一部)

2　火災当日　午後　敷島紀明(しきしまのりあき)

うだるような暑さとは、こういう日のことをいうのだろう。

二日前に梅雨明け宣言が発表された。

死んだ父親が口癖のように言っていたのを思い出す。

――梅雨明け十日といって、この時期はきれいに晴れ上がって容赦のない猛暑になる。外を回ることが多いので、毎年この時期になると身をもってそれを痛感する。

敷島紀明巡査部長が、タオルハンカチで汗を拭いながら現場についたとき、すでに現場検証の山場は過ぎていた。

近所の住人から一一九番通報があったのが午前三時過ぎ、鎮火が約三時間後の午前六時半ごろだ。今はすでに午後一時を回っているから、当然かもしれない。

あたり一帯には、火災直後の濃い臭いが漂っている。建材や家具、寝具、衣類などが不完全燃焼した異臭、つんと鼻を刺すのは樹脂類が放つものだ。そして、それらの人工物とは異なる、有機物の焼けた臭い。

ただでさえ吐き気がしそうなほどの暑さのところに、この臭いだ。因果な商売だと自嘲したくなる。

警視庁捜査一課、強行犯捜査係に異動になって丸三年が経つが、火災がらみの事件はいまだに慣れない。

しかしぼやいてはいられない。ポケットに忍ばせているメンソレータムのリップスティックを素早く鼻の下にこすりつけると、いくらか気分がすっきりした。

見回せば、検視官をはじめ、本庁の幹部はほとんど引き上げたあとのようだ。機動捜査隊はおそらくまだ活動中で、消防と鑑識の職員たちが、制服に汗を滲ませながらそれぞれの持ち場で検証を続けている。

　敷島は汗を拭うふりをして鼻をハンカチで押さえ、やや離れた場所に立って、家だったものの残骸を見つめた。

「よう。お疲れさん」

　軽く右手を挙げ声をかけてきたのは小西主任で、周囲を見回ってきたようだ。小西は階級としては警部補で、敷島ほか合わせて五名の班員を率いている。だから「班長」と呼ぶものもいるが、敷島は普通に「小西さん」と呼ぶ。

　身長は百六十センチ台半ばだが、柔道四段で所轄時代には警視庁代表として全国大会に出たこともある猛者だ。怒らせると恐いが、普段はむしろ愛想がいいほうかもしれない。

　白の半そでシャツにノーネクタイといった格好で、敷島以上に汗びっしょりだ。

「すみません、遅くなりました。あらかた終わったみたいですね」

　会釈してから、焼け跡のほうへ顔を振った。小西主任は、短く刈ったほとんど白髪の頭をハンカチでごしごしとこすって答える。

「まあ、そういうことだがしょうがない。気にするな」

「東名高速の途中で事故渋滞にはまってしまって。下の道も考えたんですが、前にそれでかえってひどい目にあったので」

「どのみち、まだ現場検証は続いている。――それより、せっかくの里帰りなのに悪かったな。お母さん、元気だったか」

「はい、おかげさまで。よく『女は亭主を亡くすと元気になる』といいますけど、あれ、当たってるかもしれませんね。それにまだ六十五ですから。馬に食わすのかってくらい、手料理を食わされました」

「ま、それも親孝行だ。おれも母親を思い出すときには、料理のことしか浮かばん」

場所柄を考えて微笑むことは控え、軽く頭を下げた。

三週間にわたって捜査本部が立っていた連続強盗殺人未遂事件が、三日前に解決したばかりだった。

ふつうであればしばらく「在庁」と呼ぶ待機組になるのだが——いや、事実待機になったのだが、このところ強盗や怨恨などを動機にした殺傷事件が都内で相次ぎ、出動できそうな係の大半が出払ってしまっていた。

同じような「在庁」になったばかりの数組の中から、敷島が所属する係に白羽の矢が立った。

敷島は静岡県で一人暮らしする母親のところへ、久しぶりに顔を出しに行ったのだが、今朝早くに連絡があり、ひと晩泊まっただけで呼び戻されることになった。

今年六十五歳になる母親は、三年前に夫を病気で失い、一人暮らしをしている。いまはまだ元気だが、いずれ呼び寄せて面倒をみなければならないとは覚悟している。あるいは自分がこの職を捨て、最近はやりの地方移住をするか——。

「それで、ほかの連中は？」と小西に訊いた。

同じ係のメンバーの姿が見えない。

「あたりをひと回りしている。お、一人来た――」

　小西が視線を向けた先から、青い半そでシャツの男が歩いてくるのが見えた。同じ小西班の坂下巡査だ。身長百七十六センチの敷島よりわずかに背が高いが、体重は十キロ以上少ないだろう。贅肉とはまだ無縁のようだ。

「お疲れ様です」

　坂下は刑事になって四年、敷島より七歳年下の二十九歳で、今年の春に一課に異動になったばかりだ。所轄の人間とペアを組まないときは、この坂下が相方になることが多い。いまも、敷島が来るのを待っていたのだろう。

「遅くなった」

　坂下に向かってひとつ詫びて、再び小西主任に問いかける。

「火災犯係も来てますね」

　不思議はないというより、むしろそれが順当だ。火災が主体の事件なら、同じ一課でも火災犯捜査係の担当だからだ。

「なのにうちらが早々に呼び出されたってことは、コロシの見込みってことですか」

　火災案件で敷島たち強行犯係が呼び出されるということは、単なる失火や放火ではなく、殺人などがからんでいるケースだ。

　すぐに肯定の返事があるものだと思ったが、小西は、腰に手を当て眉をひそめている。

「今朝の時点では、どちらとも言えなかったようだ。それで、火災とうちらと両方呼び出された」

「なるほど」

あまり納得はいかないが、とりあえずうなずいた。

ここへ車で来る途中、制式支給のＰＳＤ型端末でざっと情報には目を通した。しかし、殺人か否かの点については触れていなかった。

だれからともなく、隣家の軒から伸びた大きな枝が作る影の下に移動した。

坂下は軽く汗を拭う程度で、猛暑をぼやくこともなく、軽く腕組みをして鑑識活動を見ている。

敷島も同じように立っているが、暑さのせいで視界がぼやけるような気さえする。そのあまり冴えない頭なりに、腑(ふ)に落ちないことがあった。

「今朝起きた火事でまだ検視も済まないうちに、うちらが呼び出しをくらうのは少し早すぎませんか。在庁取り消しを恨んでるわけじゃありませんが」

「その言いかたは恨んでるだろう」冗談気味に返された。

「少しだけ」と笑い返して真顔に戻る。「在庁組はほかにもいましたよね。どうしてうちらなんですか」

「まあ、ぼやくな。上の判断だ」

「管理官の？」

小西は「いや」と曖昧に否定した。あまり触れたくないようだ。

「見込まれたと思って我慢しろ。それより、出火原因はまだわからんようだ。失火か、放火か」

「ほかで起きてるヤマと同一犯という線は？」

わずかに期待を込めて訊く。ここ二か月ほどの間に、練馬区、大田区、足立・荒川区周辺、の三エリアで、わかっているだけで計十二件の連続放火事件が起きている。いずれも未解決だ。マスコミには公表していないが、合わせて十数人の怪しい連中がいるにはいる。しかし、逮捕どころか署に呼んでの事情聴取にさえ至っていない。

このうちのどれかの案件が急遽解決し、今回の放火も自分がやったと自白してくれないものかと思ったのだ。

「それはないな」あっさりと否定された。

「少し離れているし、そもそもほかは愉快犯だ。外に置いた自転車カバーだの、夜中に出したダンボールごみだのに火を着けてる。こっちは放火にしても、身内ないし顔見知りの犯行だろう」

「火元に不審が？」

「原因は寝たばこの不始末」そこで一拍置いた。「――に見える」

「ほかにも何か」

「実は――」と小西は声をひそめ、周囲をさっと見回した。規制線の中にマスコミはいないが、癖みたいなものだ。

「いいか、マスコミにはまだ漏らすなよ。遺体には刺し傷があった」

えっ、と思わず声が出た。その情報は初耳だ。ちらりと坂下を見ると、彼はすでに聞かされていたらしい。

そういう事情ならば、早々に強行犯係が呼ばれた理由はわかる。

「刺し傷は三人ともですか」

「息子夫婦らしい男女二名のみだ。まだ検視が終わったばかりだが、この二人は死因も焼死じゃなく失血死になりそうだ」

「刺殺か。死んだのが息子夫婦で、もう一人は？」

「断定はできんが、年恰好からしてこの家の主の志村潔だろうな。頸動脈のあたりがぱっくり切れている。こっちの死因も、おそらく失血死だろう。それと潔の死体の近くに、小ぶりの包丁が落ちていた。柄には潔のものらしい血の指紋や掌紋もあった」

「ということは――」

小西がうなずく。場数を踏んだ刑事でなくとも、すぐに一枚の〝絵〟が浮かぶだろう。一人が残り二名を刺殺し、家に火をつけてから自分の首を切る。

「無理心中」

ぼそっと漏らした敷島の言葉に、坂下が同意するように小さくうなずいた。小西が答える。

「それもあるかもしれん。まだ何も言われてないが、あの検視の雰囲気からすると、少なくとも刺された二名は他殺とみるだろうな」

しかし〝絵〟が綺麗すぎる気もすると思ったら、小西がそんな意味のことを口にした。

「ちょっとひっかかることがあってな――」

周囲を見回し、敷島と坂下にだけ聞こえるよう声を落とした。

「志村潔らしき死体は、両足の膝から下が炭化するほど焦げているが、逃げようとした形跡がない。おそらく生活反応も出ないだろう。つまり即死だ。ためらい傷もない。素人が、一発で自分の首をそんなに見事に切れるか」

「ということは、心中にみせかけた一家殺し？」

　現場から立ち去った四人目、あるいは五人目、六人目がいたかもしれない。

「否定はできん」

「マスコミには？」

「午後四時の記者会見では、刺創については触れないだろうとおれは見た。解剖もまだだから、発表が遅れた言い訳は立つ」

　情報を小出しにしたり、核となる事実を被疑者逮捕まで隠すのはむしろ常套（じょうとう）だが、小西の口調にまだ何か含みがありそうなので訊いた。

「ほかにまだ、何か気に入らないことでも？」

「なんか臭うんだ。検視が済んでからならともかく、鎮火するかどうかという時間帯に、在庁組のおれたちに声がかかった。いくらなんでも早すぎる。まるで現場の状況を知ってたみたいじゃないか」

　敷島は、さっきおれがそのことを指摘しましたよ、という抗議は呑み込み、視線だけをさっと動かして坂下に向けた。聞かれていいんですか、という意味だ。小西がごく小さくうなずいたので、さらに疑問をぶつける。

「赤井（あかい）係長はなんて言ってるんです」

「その点については話してない。ただ、おれの勘だが——」

そこで突然口を閉じてしまった。焼け跡をじっと見ている。何か物体を注視しているのではなく、そのあたりに漂っている怪しげな空気を睨(にら)みつけているように感じた。

今日の小西は少し変だと敷島は思った。もちろん、軽々に言えないこともあるだろうが、普段の小西ならこんなに奥歯に物が挟まったような話しかたばかりしない。

「もしかすると、おれたちが呼ばれたんじゃなくて、『赤井さんの係』が呼ばれたってことですか」

「言うな」と小西は唇に人差し指を立てた。

話題を変えた。

「本部は立ちますかね」

あきらかな放火殺人事件で、しかも犯人が不明であったり逃亡しているなら、特別捜査本部が立つ案件だ。しかし、誰がどう見ても家族内の無理心中ならば、本庁一課が多数乗り込んでくる派手な捜査本部を立てるかどうかは疑問だ。事件は半ば解決してしまっているからだ。

「少なくとも今夜はないだろう。だがきっと立つな。おれは明日だとみている」

小西がそう睨んだのなら、そうなるだろう。そのあたりの小西の見込みが狂ったことはない。

これが仕事だとは思いながらも、ついため息が漏れる。三週間、実質的に休日ゼロで働いて、貰えた休みはたったの二日間だった。

しょうがねえ、と気持ちを切り替えて申し出た。

「今日はこのあとどうしたらいいですか。自分は坂下と聞き込みでもしますか」

本部が立つまで休んでろ、という甘い言葉をかすかに期待した。

「そうだな。すでに所轄と機捜であたりの聞き込みをやってるから、カフェでも入って汗を引かせてこい」

「了解です」

そう答え坂下を連れてさっさと行こうとしたところへ、小西の声がかかった。

「まてこら」眉間に皺を寄せているが、目は笑っている。

「何か」

「なんて言うわけがねえだろう」

「やっぱりな」

「そうむくれるな。楽な仕事をさせてやる」

小西は小さく笑いながらそう言って、敷島と坂下を交互に見た。

「その前に、もうひとつ大事なことがあった」

まだあるんですか、という意味で右の眉を上げ、続きを待つ。

「なんか臭うと言ったのは、このことだ」

「なんですか」

「一人足りない」

「は？」

「近所の住人の話だと、この家には昨日まで四人の人間がいたらしい。死んだ夫婦の息子だという、小学校高学年の男の子がどこにも見当たらない」

――現場から立ち去った、四人目がいたかもしれない。

ついいましがた湧いた疑念が、予想とはまったく違った形で的中した。

3　火災当日　午前　樋口透吾

カラスが鳴いている。

何度聞いてもこの声には慣れない。未明に腹をすかせてギャアギャアと鳴きわめくカラスの声が、もともと深く潜航していなかった眠りを、一気に波打ち際へと引き上げる。

樋口透吾は、サイドテーブルに載せたスマートフォンを手探りで取った。

「もしもし」

声が荒れているのが自分でもよくわかる。いや、自分だからよくわかる。

〈休みのところをすまない〉

そんなことなど毛ほども思っていない声だ。

「まだ夜明け前ですが」

ヘッドボードのデジタル時計は午前六時五十五分を指している。

〈くだらない冗談につき合うつもりはないと、いい加減に学習してくれ〉

「了解です」

〈急ぎの案件だ。資料をアップした。目を通して『B倉庫』に来てくれ〉

「何時までに？」

〈可能な限りすみやかに〉

ならば明日の昼頃までには、と答える前に通話は切れた。

「誰？」

隣のベッドから女の声が聞こえる。最近、たとえキングサイズでもダブルでは寝られなくなった。泊まるときは必ずツインにする。年々神経質になっている気がする。

「起こしたなら申し訳ない。嫌がらせの電話だ」

「もしかして、さっきのカラスの鳴き声はスマホの着信音？」

女の声も荒れている。この女一人でスコッチのボトル三分の二ほどは空けていたし、つい数時間前まで大きな声を上げていたから無理もない。

「ああ」

唸るように答え、ベッドに身を起こし、頭を振った。

「どうしてそんな悪趣味の音にしてるのよ」

初めてこれを聞いた人間は、ほとんど例外なく拒絶の反応を見せる。多少の面識があれば「耳障りだ」と言うし、なければ露骨に顔をしかめる。公共の場に出るときはサイレントモードにするが、たまに忘れて喫茶店や電車の中などで鳴って、周囲の人間がカラスの姿を探してきょろきょろすることもある。

「いきなり北極海に飛び込む前に、水風呂で心の準備をするみたいなものだ」

「あいかわらず、何を言ってるのかわからない」

「出会う人間全員に言われる」

女がくすくす笑う。

「そんなあなたが苦手な相手って、どんな奴？」

立ち上がり、ボクサーパンツをはいてバスルームに向かいながら、誰に対しても同じ内容の答えを口にする。

「上司だ。カラスみたいな男だ。遠目が利(き)いて、冗談が通じず、ケチで執念深いが頭だけは切れる。気がつくとすぐそばの電線からこちらを見おろしている」

「ご愁傷様(しゅうしょうさま)」

女は、あまり関心がなさそうに言い、上半身を起こして大きなあくびをした。上掛けがずりおちて、胸があらわになった。


ブリーフケースに小さなタブレット端末を入れて、ホテルからタクシーに乗った。

精算は済ませ、女には勝手に帰ってくれと言い残して別れた。おそらく、もう会うことはないだろう。女の利用価値の〝旬〟は過ぎた。女もそのことは理解している。

衆議院の解散総選挙の日程が決まったいま、あの女が愛人の座にいる野党の党首は、もう終わりだ。政治に関する知識も興味もない樋口からみても、今回の選挙は与党が圧勝だろう。あの女の金づるじじいは、下手をすると落選する。〝ただのじじい〟の愛人に用はない。

いや、その前にあの女がじじいを見限るだろう。いずれにせよ、こんな関係を維持してまで得たい情報はもうない。

電話口で「カラス」が言った〝資料〟は、堅固なサーバーにアップされている。

組織の人間は必要に応じてそこへアクセスし、自分が持っているパスワードでログインする。数字に英字の大文字小文字、それに一部の記号を交えた、十二ケタの意味を持たないランダムな文字列だ。それが毎朝更新され、公開される。通知ではない。

ある地味な環境保護系ＮＰＯのホームページの「組織紹介コーナー」に、それとわからないように暗号化されて載る。

さらに、ログインしても情報をダウンロードはできない。同じＩＰアドレスからは一度しか閲覧できない。当該案件の関係者全員から一度アクセスがあったら、十分後にはその文面が書き換えられるようになっている。

この程度のセキュリティでは、手練れのハッキング集団にかかればひとたまりもないかもしれないが、少なくとも素人に毛が生えたような人間がいたずら半分にのぞき見することはできない。

移動するタクシーの中でこのファイルにアクセスした。

【０７２３Ｓ01案件】

それが今回のタイトルだ。見たとたんに気分が沈んだ。時計の針を昨日に巻き戻し、昨夜飲んだ酒の二倍ほどを飲み直したくなった。

これは『七月二十三日、第一番目に発生ないし発動した、特別な位置づけの案件』という意味だ。

あいかわらずあの連中には、ユーモアとか洒落っ気などかけらもない。


タクシーには南青山まで乗った。当該雑居ビルのワンブロック手前で降り、それとなく目を配りながら歩く。いつも降車の場所は変えている。

そろそろ梅雨明けしたとかしそうだとかいうニュースを、昨日あたり聞いた気がする。上着は手に持っているが、それでも蒸し暑い。ほとんど雲もない夏空の下、汗が面白いほど噴き出す。この次からは、ビルの目の前で降車しようと決めた。規則などくそくらえだ。どうせエアコンもけちっているに違いない。

ぼやきながら見上げた。築三十年を超える、この愛想のない小さな五階建ての雑居ビルの二階に、『B倉庫』と呼ぶアジトがある。Bがあるからには A もあり、樋口が知っているのはこの二つと『E倉庫』だけだ。全部でいくつあるのかは知らない。

エレベーターがないので階段で二階に上り、狭いビルながらワンフロアを占有している『藤岡商事』という古ぼけたプレートのかかったドアの前に立つ。噂に聞いただけだが、これは倒産した会社がここで実際に使っていたもので、カモフラージュにちょうどいいからそのままにしているらしい。

サーバーログインの数字部分と同じパスワードでロックを解除し、部屋に入る。予想していたよりは空気が冷えている。小さく息を吐いて、ハンカチで額や首筋を拭う。

いつ見ても殺風景な部屋だ。そしてほかの二か所も似たような造りだ。

アジトといっても、ハリウッド映画に出てくるような、傘の形をした自動小銃だとかライター型の手榴弾だとか腕時計を兼ねた麻酔銃などは置いていない。それどころか、凶器と呼べるものは包丁一本ない。あるのはせいぜい市販のボールペンぐらいだ。

部屋の片側に二十箱ほどダンボールが積んであるが、中身はどれも趣味の悪いゴルフシャツだとかスラックス、靴下などだ。

万が一――組織の上のほうでそれなりの手を回してはいるが――地域課制服警官の巡回や、消防署の点検などが避けられなかったときのため、最低限のカモフラージュはしてあって、建て前は『売れない商社の倉庫』ということになっている。これを演出した組織の人間が、これを出荷待ちと説明するつもりなのか返品の山を演出したのか、それは謎だ。

そのほかにも、職員たちの着替えが各サイズ数セット、応急処置ができる程度の救急箱、飲料水、限度額までチャージ済みのＩＣカード、〝とばし〟のＳＩＭカードがセットされたスマートフォン、多少の現金もある。それらは、ダンボールの中に紛れ込ませてある。

実態としては、多少の備蓄がある集会所、とでも呼ぶほうが合っているかもしれない。

部屋の窓際には、誰かが買ってきたらしい観葉植物がひと鉢だけ置いてある。たしかパキラという名で、日本で売られている種の中では「もっとも安価で丈夫でありふれた観葉植物のひとつ」らしい。たしかに、誰が水やりをしているのか知らないが、来るたびに成長しているようだ。「安価で丈夫」と言われると自分のことかと思うが、考えすぎだろう。

「まあ、適当に座ってくれ」

先に来ていた二人のうち、年配の男が声をかけてきた。カラスだ。生身のカラスに会うのは四か月ぶりになる。

もっとも「カラス」と名付け、密かにそう呼ぶのは樋口だけで、ほかに正式な通名がある。しかしそれは記号と同じだから、樋口の中ではこの男は「カラス」だ。

いまはパイプ椅子に腰かけ、足を組み、例によって安物でも高級品でもない、しかし一応は季節に合わせた夏用のスーツを身に纏っている。髪の長さも目の下の皺の数も、蠟人形のようにまったく変化がない。

「では、遠慮なく」

この部屋にある家具らしきものといえば、折り畳み式の長テーブルが二台と、折り畳みのパイプ椅子が四脚あるだけだ。これもまた、倉庫らしき演出を狙ったのか単に費用をけちったのかはわからない。

樋口は、ちょうど三人が正三角形になる位置に椅子を引いて腰を下ろした。

「彼女と会うのは初めてだな」

カラスがもう一人の先客、やはり足を組んで座っている女のほうへ軽く顔を振った。

「たぶん。——ただ、最近は記憶力に自信がないので」

　あいまいに答えながらすばやく観察する。もちろん初対面だ。歳は三十代の半ばあたりだろうか。黒いパンツに、なんの柄もないモスグリーンのTシャツを着て、どちらも体にフィットしていない。悪趣味寸前といえる程度にゆったりとしたシルエットだ。動きやすさを優先しているのだろう。

　なぜなら、半袖から伸びた腕や首まわりが、体を絞っていることを物語っているからだ。さらに、隠すようにしているが、拳の関節が盛り上がっている。格闘技が趣味なのかもしれない。節制がきいているようで、白目に濁りはなく、肌の艶もいい。顔はやや削げた印象はあるが、一般的にいえば、きつめの美人、という範疇に入るかもしれない。

　ＩＴ関連企業に勤務し、退勤後の筋トレが趣味、といった雰囲気だが、ここにいるからには〝組織〟の人間であるはずだ。〝組織〟はいつから武闘派に方向転換したのか。この仕事にある程度体力は必要だが、流血騒ぎは禁じ手だったはずだ。

「彼女のことは、今後、便宜的に『アオイ』君と呼んで欲しい」

「上の名？　下の名？」

　念のために訊いてみたが、やはり「好きに解釈していい」という答えが返ってきた。

「よろしくお願いします」

　アオイという名の女が、組んでいた足をほどいて、軽く頭を下げた。おそらく染めていないショートの髪がさらっと揺れてすぐに元に戻った。

これという特徴のない、平坦な声と口調だ。聞いて五分もすれば忘れてしまう。もし、訓練で身につけたのなら、多少評価できる。

「そして、こちらは樋口君」

樋口は「ヒラの作業員も通名を使っていい」というルールができる前、つまり本名で通していた時代から所属している。ルール改正後はたとえば『トーゴ』などと変更することはできたが、面倒なのでそのままにしている。しょせんはこれも記号だ。『パキラ』でもかまわない。

「樋口です。よろしく」

会釈し、続けてカラスに視線を向けたとたん、カラスが断言した。

「きみの想像どおりだ」

いきなり結論を口にした。いつもこの男に会うたびに、自分はそれほど考えていることが顔に出ているのだろうかと落ち込んだ気分になる。しかしほかの人間と話していても、こんなに考えを読まれた経験はないから、おそらくカラスという生き物は超能力を持っているのだろう。

いま樋口は「まさか、この女とペアで任務にあたれという指示ではないだろうな」と考えたのだ。それをカラスがすかさず見抜き、肯定した。

「しかし、女性と〝同行〟した経験はないのですが」

「何事にも最初はある」

相変わらず、面白みも新鮮みもない冗談だ。

アオイは無言だが、目元にうっすら侮蔑（ぶべつ）の色が浮いたのを見逃さなかった。「時代錯誤」と思ったのだろう。どう思われようと気にしない。

本当は「女」だからではなく、「この女」が気に入らなかったのだが、そしてその理由が「なんとなく気に入らない」からだったのだが、初対面でそれは口にできない。

「一人では難しい任務ですか」

「正直なところ、これまでで一番分が悪いかもしれない」

「でしたら、ほかの職員に譲ります。このところちょっと腹の調子がよくないもので」

「つまらん冗談は聞きたくないと何度も言ったはずだ」

自分のことは棚に上げるのもカラスの特性だ。

「その件は終わりだ。いつも言うように、きみに選択肢はない。――さて、これからのことを話す前に、これまでの経緯を確認しておきたい」

「ちょっと待ってください。いま『きみに』とおっしゃいましたが、彼女には選択肢があるということでしょうか」

ちらりとアオイに視線を走らせて訊く。

「そうだ」とカラスはうなずいた。「彼女はフリーランスで都度契約になっている」

「なるほど」と、納得はいかないがうなずいた。時代は変わる。

「――どうぞ、続けてください」

アオイは、表情をまったく変えずに黙ってこのやりとりを聞いている。

「一昨日、きみに〝対象物〟を偵知（ていち）し保安面の脆弱性（ぜいじゃくせい）を報告するよう求めた」

テイチ、と言われてすぐに意味がわからなかった。新顔が来たからといって博識ぶる必要はない。普段どおりでも充分に嫌味だ。

「ですから、実行し、報告しました」

「しかし、きみが実際に行ったのは、指示の翌日である昨日だ」

「その理由はご存じですよね。大雨のせいで一昨日は北海道から戻れなかったんです。観光旅行に行ったわけじゃない。あなたが一番よくご存じのはずだ」

北海道庁幹部職員に収賄の嫌疑固まる、というニュースをここへ来る途中も読んだ。現地まで足を運び、ことが発覚するよう仕込んだのは樋口だ。

「しかし一日遅れた結果、今回の事態を招いた。フェアを期すために補足すれば、きみが報告した脆弱な部分を破って侵入したようだ」

「結果については残念です」

「われわれの組織始まって以来の大失態だ」

「残念です」

そこまでこき下ろすのなら、なぜ収拾の任に当たらせるのか。もちろん、汚名返上の機会を与えようなどという親切心ではない。もちろんそう言うだろうが、実際はほかの職員に対するみせしめだ。

だとすれば、無表情のままそこに座っているこのアオイなる女の存在はどういう意味を持つ？

「そこできみに汚名返上の機会を与えようと考えた。――何かおかしいことを言ったか？」

「いえ、べつに。ありがとうございます」

「ただ、きみ一人では心もとないので、最初から二名態勢で行くことにした」

カラスの視線は動かなかったが、樋口はちらりとアオイの顔を見た。

「ありがとうございます。連絡や物品の調達などをお願いできれば助かります」

「勘違いするな」

意味がわからず、ごくわずかに首を傾げて続きを待った。カラスはにこりともせずに続ける。

「アオイ君が主体で、きみは彼女を援護する役目だ」

4　火災当日　深夜　ＮＢＴ放送

深夜ニュース系番組『ミッドナイトＪ』午後十一時のニュース――。

〈これまでに入っている主なニュースをお伝えします。はじめに火災のニュースです。

今日午前三時過ぎ「近所の家が燃えている」という一一九番通報があり、消防が駆けつけたところ、武蔵野市境南町の戸建て住宅から、激しく火の手が上がっているのが確認されました。

消防車五台などが消火にあたった結果、約三時間後に鎮火しましたが、一階の半分ほどと二階の大部分が焼けました。

焼け跡からは、大人とみられる男女三人の遺体がみつかりましたが、その後の警察の調べによりますと、このうち一人は体の特徴などからこの家に住む志村潔さん六十九歳である可能性が高くなりました。しかし、残る二人の遺体については、依然として身元がわかっていないとのことです。

また警察の発表によりますと、三人の遺体に目立つ外傷はなかったということです。

近所の人の話では、志村さんは五年ほど前に越して来て以来、この家で一人暮らしをしていましたが、数日前に「夏休みを利用して、息子夫婦と孫が泊まりにきている」と話していたとのことです。現在、この三人の行方について警察から発表はありません。

尚、現場からは子供の遺体は見つかっていないとのことです。警察は遺体の身元の確認を急ぐと共に、詳しい死因や出火原因などについて調べているものと思われます〉

5　火災二日前　深夜　女

淡いオレンジ色の常夜灯が、殺風景な室内を照らしている。

殺風景だが、整理も掃除もゆきとどいており、高性能の空気清浄機のおかげで空気は澄んでいる。聞こえるのは医療機器が立てる静かな稼働音だけだ。

壁にかけられた、秒針が音を立てないタイプの電波時計は、午後の十一時四十分あたりを指している。

八畳の洋室に置かれているのは、医療用のベッドと最新ではあるが必要最低限のテレメータシステムなどの医療機器、簡素なキャビネットなどだ。生活臭を感じさせるものはなく、病院の個室にしか見えない。

事実、ここは個人宅の中に作った病室なのだ。

やや壁よりに置かれたベッドに横たわっている人物は、もはや手の施しようがないほど、その体内をがんに蝕まれている。手術をはじめとした延命治療を拒否し、自宅での最期、いわゆるホスピスを望んだ結果がこの個人宅病室だ。

資金と影響力がなければできないことだが、逆に、金があれば人間性は問われないことも事実だ。

ベッド脇の椅子に座った見舞いの女は、もう十五分以上もじっと男の顔を見つめている。

夜間担当の看護人には、用が済んだら声をかける、と伝えて、客間で夜食を食べてもらっている。

目を閉じてベッドに横たわり、体から何本ものコードや管が伸び、睡眠用酸素吸入マスクの中で口を半開きにしている男は、ぴくりとも動かない。ベッド脇に立てられたモニターに映し出される、心拍数や血圧のグラフが動かなければ、生きているのかと疑いたくなる静謐（せいひつ）さを感じる。

決して過去の人間ではない。いま現在も、こんな状態になっていても、この男を怖れ、それがゆえに無軌道な行動に出る輩すらいる。咳払いひとつで国政の半分を動かすと言われている。

そして現に、しばしば覚醒し、思い付きのような命令を下す。その混乱と逆上がさらなる悲劇を生む。

「わたしが終止符を打つ」

見舞いの女がぼそっとつぶやく。

6　火災翌日　朝　敷島紀明

敷島紀明が深大寺署の大会議室に着いたとき、出入り口には捜査員たちが『戒名』と呼ぶ、捜査本部名が掲げられていなかった。

つまり、まだ本部は立ち上がっていない。すでに昨日の夜には、今朝八時からの招集がかけられていたにもかかわらずだ。

敷島と坂下は昨日のうちにいくつか調べものをして、小西に報告済みだ。その小西の姿をみつけたので、ひと気の少ないほうへ誘った。

「本部が立つんじゃなかったんですか?」

小西が困惑したような表情を浮かべる。

「おれにもよくわからんのだ。形はこうやって――」そう言って、今も職員たちが続々と入っていく大会議室のほうへ顔を振った。「立派な特別捜査本部態勢だ。しかし『戒名』はまだ出さない――つまり、正式にはまだ本部立ち上げではないってことらしい」

「なんですかそれ」

つい声が大きくなってしまい、周囲にいた何人かがこちらを見た。二人でさらに廊下の奥へと進む。小西にしては小声で言う。

「前例がないこともないが、しかし今回はイレギュラーなことが多いな」

「やっぱりなんかありますね」

「あ、ご苦労様です」

同じ班の刑事が挨拶してきた。

「よう、ご苦労。また始まるな。下着の替え、持ってきたか」

小西が元気に答え、この話題はここまでとなった。

会議室の中に入った。すでに半分以上の席が埋まっている、五十、いや六十人以上はいるだろう。ほとんどは所轄の刑事課や応援の職員のはずだ。もちろん、一課の顔ぶれもある。

敷島は後方の席に座りたかったが、赤バッジをつけた本庁一課の刑事は前方に陣取るという習慣がある。それに、今日はおそらく報告の指名を受けるだろう。

しかたなく、二列目の端のほうに座った。

前方には、「雛壇（ひなだん）」と呼ばれる長机が数本、こちら向きに並んでいる。

その中心に座るのは、今回のこの本部を事実上仕切ることになる植田（うえだ）管理官だ。向かって右隣に深大寺署の署長と副署長、左側には敷島たちが所属する係を率いる赤井警部、そして深大寺署の刑事課長という並びで着席している。すでに見慣れた風景だ。

事件の規模、社会への影響などに応じて、一課長や、ときに刑事部長が初回の訓示に顔を出すこともあるが、今回の事件はそこまで重要視していないということか。いや、そもそも「本部」が立っていないのだ。

敷島は、手元の資料に目を通しながら、そんなことを考えた。

「それではこれより会議を始める。起立」

副署長が宣言し、礼に続いて会議が始まった。

まず初めに、この場にいる人間の最高位である植田管理官の挨拶がある。

「最初に触れておきたいことがある。気づいた者も多いと思うが、今回、まだ本部を立ち上げてはいない。当然ながら『戒名』もない。これは〝上〟の判断だ。特段に理由を説明する必要もないと指示されてきたが、現場を預かる身としては、士気にかかわることを懸念する」

管理官はここで言葉を切った。会場内はしんと静まり返っている。皆の関心の高さを物語っている。管理官が小さく咳払いし、先を続ける。

「よって、わたしの判断で説明したい。本件は、不詳な点が多く、昨日の検視でも無理心中なのか外部の人間の犯行なのかすら見通せていない。このまま決め打ちをして本部を立ち上げ、空振りであれば警察の威信に傷がつく。いま少し状況判断の材料を入手してから、本部設立の可否を問うというのが、〝上〟の判断だと理解している」

ここでまた言葉を区切り、前に置いてあったペットボトルに少しだけ口をつけた。誰一人喋らないが、会場内に満ちたのは「なんだ、面子かよ」という空気に違いない。

しかし敷島には、もっと深い事情があるはずだという、確信に近い思いがあった。喉を湿した管理官の声がやや大きくなった。

「しかしながら、『戒名』のあるなしなど、関係はない。我々の使命は、一に真実を突き止めることにある。本案件をすみやかに解決し、市民の安心と警察への信頼を深めることこそが、我々に課せられた最大にして最優先の任務である」

後半はお決まりのせりふになって、詳細については、敷島たちの上司である赤井係長に委ねた。

赤井が、その名に似合わずどちらかといえば青白く削げた顔で、具体的な説明に入った。

「まず概要を述べる。本件火災のあった家屋は、平成元年六月築、登記簿上の所有者は住民票の世帯主と同じく、志村潔、男性、六十九歳。家屋の被害については資料を見て欲しい」

その資料によれば、一階のリビングと隣の客間は半焼、洗面所、風呂場などは焼け残った。一方、二階はほぼ全焼に近い。これは上へ燃え広がる炎の性質に由来するもので、しばしば火災現場で見られる現象だ。

「ほかの二名に関しては、住民票にも戸籍にも該当するものはない。この点については、このあと詳しく報告してもらう。

次に死体の状況。三名の司法解剖は本日行われる予定だ。幸い死体の周囲はあまり激しく燃えておらず、比較的傷みは少ないようだ。詳細がわかり次第通達するが、現時点でわかる範囲で述べる。まず、世帯主の志村潔の死因は頸動脈切断による失血死の可能性が高い。両足の膝から下が炭化するほど焼けているが動いたようすはない。

あとの男女二名は、鋭利な刃物で胸部と腹部を刺されたことによる失血死と思われる。この二名とも鼻腔内、口腔内が綺麗な点をみても、同じく火災前もしくは直後には死亡していた可能性が高い。凶器と思われるペティナイフは潔の手のすぐ近くでみつかっている。尚、傷痕と一致するかは未確認である」

ここで、会議室内に波のようなざわめきが広がった。もちろん私語は厳禁だが、どれだけ抑えても、捜査の端緒についたという昂りからひとりでに漏れてしまう。

「――概要は以上だ。あとはこれまでわかったことを報告して欲しい。まず敷鑑。被害者の人間関係についてわかったことを」

はい、と響く声で小西が応じ、起立した。

「現在までにわかった事実をまとめたものを、お手元にお配りしてあります。確認のため報告いたします。

まず志村潔ですが、先ほどもありましたとおり、住民票によれば年齢六十九歳、独身、同居の親族なし。戸籍記載の親族なし。つまり、一緒に死亡していた男女は、赤の他人である可能性があります」

ここで多少のざわめきが起きたが、それが静まるのを待って続ける。

「――職業不詳、近所の住人によれば人付き合いはそれほど良いほうではなく、道ですれちがえば挨拶する程度、自治会の役員は最低限の付き合いでこなす、という人物像です」

「いわゆる、迷惑住人なのか？　ゴミ屋敷だとか」

植田管理官が、皆が抱いていそうな疑問をぶつけた。過去には実際に、爆音を鳴らしたりゴミを溜めて異臭を放つなどの迷惑行為を繰り返したあげく、住人どうしの暴力事件に発展した事案もある。

小西主任が立ったまま返答する。

「騒音やゴミ、あるいは人間関係のトラブルの可能性は低そうです。付き合いは悪いが、もの静かでむしろ紳士的、というのが住人の平均的な意見です。実際、焼け跡から大量のゴミなども見つかっておりません。ひとつひっかかったのは、今回の聞き込みをした捜査員から複数報告がありましたが、聞き込みの最中に潔の年齢を出したところ、一様に『六十九歳にしては若かった』と感想を述べた点です」

「どのぐらいの差がありそうか」管理官が質問する。

「はい。還暦をすぎたかどうかあたりに見えたという意見が多かったようです」

「たしかに、そのぐらい若く見えるやつもいるからな」

管理官が冗談めかして若作りの課員の名を口にすると、わずかに失笑が起きた。

「――まあいい。話の腰を折って悪かった。続けて」

「はい。では続きまして近隣住人への聞き込み。潔本人は五年ほど前に越してきたという証言を得ましたが、これは住民票の記載と一致します。また、当該家屋にはごくまれに訪問客はあったようですが、一時的であれ同居人がいた気配はないという証言もあり、これも住民票の記載と一致します。

では、一緒に発見された男女二名の死体はだれなのか、という点でありますが、特定には至っておりません。身元を証明する遺留品も見つかっておりません」

ここで管理官が口を挟んだ。

「何も？」

「はい。いまのところ、何もです。携帯電話もなく、免許証やカード類は焼けたのではなく、最初から持っていなかったようです」

「いまどき、ホームレスでもポイントカードを持ってると聞いたぞ」

管理官がとらえようによっては差別的な発言をしたが、皆は聞かなかったふりをする。

「転入元はどうなってる」

赤井係長の問いに、小西が答える。

「転入元は埼玉県八潮市緑町九丁目十八―七。昨日のうちに班のものを調べに行かせましたが、現在は比較的新しい戸建てに替わっており、いまの住人も志村のことなど知らないと話しているとのことです。もう少し詳しく報告させます。おい、敷島」

「はい」

すぐさま答えて起立する。

指名されることは予想していたので、あわてはしなかったが、やはり緊張はした。これだけの面子、これだけの人数を前に発言するときは、何度経験しても汗が浮く。

この件は、昨日小西に指示されて坂下と二人で調べに行った結果だ。楽な仕事をさせてやるという甘言に騙された。登記簿はパソコンからも閲覧できるようになったが、住民票の内容をすぐに知りたければ、やはり現地へ行くのが手っ取り早い。

「志村潔は五年前に転出しています。この点、書類上の問題はありません。しかし、いくつか不自然な事実がでました」

一旦、言葉を止めて唾を飲んだ。幹部による「それで？」というような催促はない。静まり返った空気がプレッシャーだ。

「まず一点、住民票によれば潔はその地に三十年近く住んでおり、結婚歴もあります。妻は転居の一年ほど前に死別。実子養子を問わず、子供がいた記録はありません」

「妻の死因は？」すかさず管理官が訊く。

「事件記録は残っていないようでしたので、不審死ではなかったと思料されます。近所の住人からは、何か内臓の病気だったようだとの証言を得ました」

調べを進めれば、死因が明らかになるのは時間の問題だろう。

「独り身になって、心機一転、武蔵野市へ引っ越したということか」

管理官が納得がいかないという表情で誰にともなく問いかけた。

この植田管理官は発言が多めだ。いちいち細かく突っ込まれるのも面倒だが、無反応よりはまだやりやすい。敷島は「続けます」と断って発言する。

「登記簿についてもあたりました。幸い、当該地区を受け持つ法務局の、草加出張所が近かったので、直接足を運び裏を取りました。潔が転出した直後、当該物件――主として土地ですが、競売にかけられています。売主は黎明銀行八潮支店です。差し押さえられたものと思われます」

小西がすぐに補足する。

「ほかの者に当該支店をあたらせました。今のところ令状がないので概要しか教えてもらえなかったようですが、簡単に言うと借金のかたに取られたようです」

「何かのローンということか？」

　この会議が始まって初めて、所轄である深大寺署の署長が発言した。小西が敷島を見た。続けろ、という意味だ。

「はい。住宅増改築や設備投資のローンの不払いではないようです。聞き込みは周囲の数軒にしかしていませんが、志村夫妻は自宅と隣接した土地でトラック数台を所有する運送会社を経営していました。

　しかし、運送費の下落、燃料費の高騰などによって経営不振に陥り、不渡りを出して倒産、このとき、一部借金の支払いために自宅を抵当に入れ、この支払いが滞ったため差し押さえられたと思われます。さらに、会社倒産後一年と経たずに妻が死亡。さらにその約一年後に転居しています。以上」

　着席すると、管理官がめずらしく「ご苦労」と声をかけてくれた。あのくそ暑い中、まだ事故渋滞の疲労が多少残っている体に鞭打って聞きまわったのが、多少報われた気分になる。

　赤井係長が質問を投げる。

「ちょと順が違うかもしれんが、その武蔵境の家の所有者は誰だ」

「それは自分が」と一課の刑事が立ち上がった。

「登記簿上は志村潔当人です。当該物件は、五年二か月前、大手住宅販売会社を介して売りに出されたものです。売主は松村恵、現五十九歳。北海道札幌市在住。両親の死去により、一人娘であった当人が相続しましたが、すでに札幌で結婚、家庭を持ち、生活基盤があちらであるため、売却したものです。まだ電話の段階ですが、本人から聞き取りが済んでいます」

「早いな。今回の班は期待できそうだな」

　管理官がまた脱線しそうな発言をした。

「買主は当初から、志村潔なんだな」と赤井係長が重ねて問う。

「はい。現金一括支払いです」

　再び、ざわめきが広がる。管理官が全体に向けて問いかけた。

「どうなんだ。おれは多摩地区はあまり詳しくないんだが、武蔵境ってのは『住みたい街』みたいなのに出てくるのか」

　後方の所轄の若い職員が「はい」と答えて起立した。

「自分の実家は武蔵境駅から徒歩圏にあります。特筆して人気が高いというほどではないと思いますが、線路の高架化により駅も新しくなり、再開発も進んで人気のある地区であると思料いたします」

　あちこちからかすかに笑いが漏れた。管理官は満足げだが、気のせいか赤井の白い顔は不機嫌そうに見える。

「ありがとう。参考になった。ならば――」管理官が再び全体を見回す。「借金が返せず、自宅を差し押さえられ、妻に死なれ、まさに尾羽打ち枯らし夜逃げのように転出した六十四歳の独身男性が、その直後に都下でもそこそこ人気のあるエリアの――ええと、中古だな、中古とはいえ一戸建てを借りるならまだしも、現金一括購入して移り住むことができるか」

ついいましがたの、ほのぼのした失笑とはあきらかに違う、緊張感のあるざわめきが広がった。

「別人か――」

管理官が嘆息するように漏らして、中空を見つめた。

「同感です」と、雛壇の向かって左端に座る、深大寺署の刑事課長が応じた。たしか古谷（ふるや）という名だ。

「――予断を持って臨むのはよくないと思いますが、さきほどの年齢的な外見の相違と考え合わせても、別人の線も捨てきれないかと思います」

「戸籍売買か。仮に志村が別人だとすると、あの家で死んでいた三人は、どこの誰なのか。まずはそれからだな。――それと、そうだ。例の子供はどうなった。あれはなぜマスコミに流れた。そもそもそんな子供は本当に存在したのか」

すっかり管理官が仕切っているのは、赤井がいつにも増して口数が少ないせいもあるだろう。

「はい。それはわたくしのほうから」

古谷課長が声を上げた。階級は赤井と同じく警部だ。

「まず経緯です。昨日の事件直後における近隣住人への聞き込みの結果をまとめると以下のようになります。すなわち、遅くとも七月二十日から、中年の男女と小学校高学年程度の男児が泊まり込んでいたようです。日ごろ近隣と交流がないため、この事実に気づいた住人も数名程度しか確認できておりません。

その数名の中の一人、志村宅の隣家の主婦が、七月二十二日朝のゴミ出しの際に潔と顔を合わせ『お客様ですか』と尋ねると『夏休みを利用して、息子夫婦と孫が泊まりにきている』とにこやかに答えたそうです。そのほかの……」

「ちょっと待ってくれ」管理官が口を挟んだ。「その主婦はなぜ『お客様』がいると思ったんだ？」

「はい。実際に人の姿を見かけたのではないそうです。なんとなく家の中から複数の人の気配がしたのと、ゴミの量がいつもよりかなり多かったから、とのことです」

「いつも思うが、主婦の観察眼恐るべし、だな。――続けて」

「はい。そのほかの住人で、客に関して具体的なことを潔と会話した者はまだみつかっておりません。以上、書面にて報告済みでありますが、念のため再度報告申し上げました」

「記者会見では、一人行方不明の人物について具体的に子供だとは触れていないが。どこから漏れた」

　管理官の問いかけに、古谷が答える。

「どうやらマスコミが独自の取材で得た情報を、こちらの許可を得ずにニュース番組で流したようです」

「さっきの隣家の主婦か」管理官の機嫌が悪くなった。

「可能性はあります」

「口止めはしなかったのか」

「一応はしましたが、カメラなりマイクなりを向けられて喋ったものかと」

敷島にも絵が浮かぶようだった。取材クルーに囲まれてライトを浴び、ついテレビカメラの前で多少話を盛って話してしまったのかもしれない。

管理官は、うーんと唸って、また天井を睨んだ。ここまで広まってしまっては、もはや緘口令もなにもあったものではない。会見ですぐに発表することになるだろう。管理官が気にしているのは、そのとき発表する一課長なり管理官なりの面子のことだ。

「まあいい。それで、その子供は誰なのか、どこにいるのか、あたりはついているのか」

機嫌が良くないままの管理官の問いに、深大寺署の古谷刑事課長が即答した。

「署の者に報告させます。森川」

所轄の刑事が起立した。昨日の今日なので、敷島には彼がどういう立場かわからない。森川という刑事の緊張気味の声が響き渡る。

「周辺の公立の小中学校は、まさにその七月二十日より夏休みに入っております。まず当署を含め近隣の署にも確認をとりましたが、該当しそうな行方不明者届や、児童の保護の事実はありません。これは、動きがあり次第、こちらに連絡をもらえるようになっております。

念のため、さらに範囲を広げて同様の問い合わせをいたしましたが、現在のところ異常は確認できておりません」

「両親が死んでりゃ届けも出せない道理だ」

管理官が突っ込むと、また少し失笑とざわめきが広がった。上司が軽口を叩いているのに、赤井係長は青白い顔のまま不機嫌そうだ。もともといつも不機嫌そうだが、今日は特別だ。口数も異様に少ない。何が気に入らないのだろうと、敷島はちらりと思った。管理官が問う。

「そもそも、その親子らしき三人がどこから来たのかについてはどうか」

「はい。まず車ですが、五年前に志村潔が越してきたときから乗っている、本人名義のコンパクトカーが一台、当該家屋のカーポートに停めてありました。車体がやや焦げた程度で車内は綺麗です。

一方、この息子一家の来訪や出入りを目撃した住人はいまのところみつかっておりません。車も見当たりません。近隣のコインパーキングにあたりましたが、それらしき車は発見に至っておりません。

ちなみに、斜め向かいの家に住む高齢女性は、病気療養のためほとんど二階のベッドで寝たきりのような生活をしており、外の往来を眺めるのが唯一の趣味だということです。しかし、七月二十日前後に一家が揃って遊びに来たところも、その後どこかへ出かけていくところも一度も見てはいないようです」

「見落としの可能性もあるのでは」

古谷課長の疑問に、森川が答える。

「大人だけならともかく、小学生の男子と思われる児童がいて、数日間一度も外出しないというのは、普通ではないと思料いたします」

「たしかに」と管理官がうなずき、また独り言ちた。「やはりそこに尽きるな。彼らはそもそも何者だったのか。潔自身がすり替わりだとすれば、すり替わる前の家族だった可能性がある。一方、隠遁生活のような日常を見ると、潔だけでなく、息子一家も何かから逃げていたようにも思える。だとすれば何から逃げていたのか。脅迫されていたのか。犯罪者から追われていたのか。それとも、彼ら自身が犯罪者だったのか。

ここまでの会議で、誰もが抱いた疑問だったが、もちろん正解を答えられる者などいない。答える代わりに、深大寺署長が、自分の疑問をその上に重ねた。

「しかし、その少年はどこへ行ったのだろう。なぜ逃げ出せたのだろう。潔はその子を手にかける気がなかったのか。それとも息子夫婦にとどめを刺しているあいだに逃げられたのか。いま少年はどうしているのか。仮に、両親が殺され、家が火に包まれたら、逃げ出すのは当然かもしれない。だが、それなら近所に助けを求めるのが普通ではないか」

すぐに応じるものがいないので、そのまま発言を続ける。

「焼け出されて、おそらく着の身着のまま逃げ出しただろう。それから丸一日以上経っているのに、どこで何をしている？　なぜ誰かに助けを求めない？　ここは日本だ。まして東京だ。そんな少年がとぼとぼ歩いていたら、だれか通報するだろう。それはつまり――」

そこで言葉を止めた署長に代わって、管理官が続けた。

「それはつまり、誰かに連れさられたか」

これまでで一番大きなざわめきが広がった。中には私語を交わすものもいる。放火、複数の殺人、さらに誘拐、これらが重なれば年にひとつかふたつといえる重大事件だ。

「あるいは――」

管理官がそこまで口にしながら、止めた。

赤井係長が「何か？」と水を向けたが、管理官は「いや、なんでもない。飛躍しすぎる」と苦笑して顔を左右に振った。

またしてもざわめきが広がる。敷島にもその理由も、管理官が何を言おうとしていたのかも想像がついた。おそらくこう言いたかったのだ。

――あるいは、その少年の犯行か。

たしかに、少年が犯人だと考えれば、潔の死因以外は、署長が列挙した謎はすべて解決する。

だが、それではあまりに闇が深い。

「静かに。おい、私語は慎め」

赤井係長が声を大きくする。

「ほかには？」

その話題は終わりだとでもいうように、管理官が一同を見渡したが、それ以上発言するものはなかった。管理官は小さくうなずいて続ける。

「ということであれば、今後は以下の三点を重点的に捜査してもらいたい。すなわち『そもそも死亡した三名と消えた男児は、いったい何者なのか』『志村潔を名乗る人物が二名を刺殺し火を放ってから自死したのか、あるいはまだ捜査線上に浮かんでいない人物による無理心中にみせかけた犯行なのか』『男子児童はどこにいるのか』の三点だ」

児童犯人説はさすがに口にしなかった。いくら緘口令をしいても、会議の内容は少しずつ漏れる。「漏洩」というほど大げさなものでもない。なじみの記者に何度もしつこく言い寄られて、つい漏らしてしまう場合が多い。

だが、皆の頭にはしっかりその〝筋〟が焼き付いたはずだ。いつかどこかですっぱ抜かれるだろう。その前に真相を突き止めなければならない。

そして敷島は、「児童犯人説」を含め、これまで出たどの〝筋〟とも違った考えを持っていた。しかし意見を求められても、いまは口にはしないと決めていた。荒唐無稽だと笑われるか、その逆に、それはありだと横取りされるか、どちらかだと思うからだ。

だから、もうしばらくは自分の中で温めておく。全体像が見えてきたら、証拠なり証言なりを手にいれ、自分の手柄にする。そのつもりだ。

会議室内に、高揚した雰囲気のざわめきが広がった。植田管理官や署長らが引き上げ、続いて、各員の担当と相方について発表されるのだ。

敷島は、所轄刑事課の五歳ほど年下の刑事と組むことになった。

7　火災翌日　午後　樋口透吾

二日続けてカラスからの呼び出しだ。しかも昼食中だった。

昨日はアオイを紹介されただけで解散となった。すぐに任務につくのかと思っていたので拍子抜けした気分だったが、一日経ってようやく方針が決まったらしい。あの組織にしてはずいぶん時間がかかった。複雑な事情があるのかもしれない。

　イタリアンのコースのメインを食べ終えたところで清算して『倉庫B』へ向かう。

　今日もアオイと樋口二名を招集し、今後の方針を継げると、カラスはとっとと出ていった。

「簡単でいいので、ルールを決めませんか」

　カラスが部屋から出ていくなり、アオイがそう切り出した。樋口は軽く手を振って答える。

「どうぞ、そちらが決めてください。わたしは補助ですから」

「ひがんでるんですか」

　アオイの口角が片方だけわずかに上がった。おまえは嘲笑されたのだとわからせる程度に。

「仕事ですから、ひがむも何もありません」

　アオイは樋口の目を二秒ほど見て、こんどはそれほど悪意を感じさせない笑みを浮かべた。

「それではお言葉に甘えて決めさせていただきます。一、指揮はわたしが執ります。計画、実行のタイミング、進路、退路、継続、中止、すべての判断です。二、役割の分担を明確にします。樋口さんは対象の保護に専念してください。基本的な作戦はわたしが考案しますが、個々の場面において臨機応変な対応をお願いいたします。三、コンプライ……」

「ちょっとよろしいですか」

　樋口は軽く右手を挙げ、学生のように質問した。

「なんでしょう」

話をさえぎられた形になったが、アオイに腹を立てたようすはない。

「いまの『二』の部分です。もしかすると聞き逃したのかもしれませんが、わたしが対象の保護に専念しているあいだ、アオイさんは何をされるのでしょうか。データの分析とか撮影とか？」

アオイの顔に、出会って以来もっとも素直な笑みが浮かんだ。

「話にはうかがっていました。樋口さんはとてもジョークがお上手なかただと」

「それほどでもないと思いますが」

「わかりました」

うなずいてアオイはきょろきょろと周囲を見回した。積まれたダンボール箱の上に何かを見つけたようで、すっと立ち上がると歩くというよりはすべるような感じでそれに近づいた。

何をするのかと見ていると、彼女が手に取ったのは、そこに数本置いてあるワイヤーハンガーの中の一本だった。

「これを使いましょう」

そう言うなり両手で包むように押しつぶし、ひねり、四、五十センチほどの棒状にした。

「それと、ちょっと手伝ってください」

長テーブルを壁際に押し付けようとしているので、手伝った。椅子も畳んでその上に載せる。部屋の中ほどに十四、五畳ほどのスペースが空いた。

「こんなものかな。――ではこれを」

先ほど棒状にしたワイヤーハンガーを樋口のほうへ差し出す。あまり好ましくない予感がしたが〝指揮官〟の命令なので黙って受け取った。

「真ん中あたりへ」

アオイはそう言って、空きができたフロアの中ほどに立った。

「今から三分以内に、そのハンガーでわたしの体に触れることができたら、指揮権をお譲りします。無理でしたら、引き続きわたしの指示に従っていただきます」

樋口はハンガーを持った手をだらりと下げて苦笑した。

「やめましょう。中学生のタイマンみたいなことは。あなたの指揮権は認めていますから」

「いいえ、認めていません。腹の中では。上からの指示と、今回の失態があるのでしぶしぶ従っているだけです。お互いを理解し納得していないと、今回の任務は失敗する可能性があります」

なんと言われても相手にしないつもりだったのだが、「失態」と言われて、少しだけ感情的になった。

「わかりました。触れればいいんですね」

「はい」とアオイが無邪気といっていい笑みを浮かべた。

その笑みが消える前に、素早くハンガーを横に振った。動いた瞬間にこれで終わったと思った。顔に当たる。数日間、痕が残るかもしれないが、鏡を見るたびに「謙虚であれ」という教訓を思い出すのはいいことだ。

数十分の一秒のあいだに、そんなことを考えた。

しかし、ハンガーは空を切った。獲物を捕らえ損ねてやや体勢を崩しかけたとき、ヒュンという音が遅れて耳に入った。

アオイは足さえ動かしていなかった。単に、上半身をややのけぞらせただけだ。樋口の動きを読んで見切っていたとしか思えない。

あるいは偶然か――。

アオイの口元にまた笑みが浮かんだ。

大人げないが――。

本気を出すことにした。仕事で命令を受けるのはかまわないが、腹の中でせせら笑われたままでは任務の完遂に差支えが出る。

最近はやりの総合格闘技系は好きでも得意でもないが、警察官時代に剣道は四段だった。逮捕術の時間には、よく教官から指名を受けて〝手本〟をさせられた。

樋口はハンガーを右手に握り、その先をアオイの眉間の中心に向けた。剣道でいうなら「晴眼の構え」だ。

そして相手に呼吸を合わせ、数えながら集中を高める。

一回、二回、三回――よしっ。

素早く踏み込んだ。

8　火災一年前　因幡将明(いなばまさあき)

因幡将明が書斎で朝食前の読書をしていると、スマートフォンに着信があった。

午前六時五分前だ。将明は読みかけの本を机に伏せ、スピーカーモードで繋いだ。

「何か」

昨夜から宿直当番だった、秘書の井出が報告する。

〈お忙しいところ申し訳ありません。福村様からお電話が入っております〉

福村といえば、三人いる内閣官房副長官のひとりだ。官房長官の田代でないということは、その程度の案件ということだろう。しかしその一方で、どうでもいい話でかけてくるにはまだ少し時刻が早いことが気になった。短く応じる。

「繋いでくれ」

はい、という返答のあと、ほとんど間を置かずに切り替わった。

〈もしもし、も……〉

「因幡です」

〈あ、朝早くから恐縮です〉

福村のその声を聞いた瞬間、疲労感が全身に満ちた。

なぜなら、日頃は東証の平均株価が千円近く暴落しても「まいりましたなあ」と暢気にかまえている福村の声が、いつになく慌てている印象だからだ。

何かよくないことがあったに違いない。そして、田代官房長官が電話してこないということは、話題が軽いからではなく重すぎるからだと考えれば、その先は聞きたくない。

「何かありましたか」

〈じつは、申し上げにくいのですが――〉

自分から電話をしておきながら、こういう無駄なことを言う輩には腹が立つのだが、今は堪えた。

「どうぞ。続けて」

〈ご子息の宏伸（ひろのぶ）さんが事故を起こされました。交通事故です〉

ここまでのやり取りで、すでにそれは予測していた。したがって驚きはなく、早く詳細を知りたいという思いだった。

「状況は？」

〈緊急搬送されましたが、現在、心肺停止の状態とのことです〉

続けて福村は、病院名を告げ「お見舞いに行かれますか」と訊いた。

「見舞いに行って会えるものなのか」

〈はい。お時間がわかれば、誰か行かせて緊急搬送口の受付で待機させます〉

「そうじゃなくて、ＩＣＵに入っているんじゃないのかと訊いてる」

〈まだ第一報を受けたばかりで、詳しくは存じません。ただ、お見舞いにいらっしゃるなら、そのように手配する、と報告を受けています〉

「わかった。一時間以内に行く」

〈承知しました。ではそのように手配させます〉それで終わるかと思ったが、福村はさらに言い

にくそうに続けた。〈じつは、少々困ったこともありまして。いえ、たいしたことではないのですが〉

「早く言ってくれないか」

しだいにいらだってきた。もしかすると、福村の歯切れが悪いのは、事故そのものよりも、これから言うことに理由があるのかもしれない。

〈はい。宏伸さんは飲酒運転をしていた可能性がある、という報告が来ています〉

「飲酒？　治療もしないでそんなことを調べたのか」

〈さあ、そのあたりのこともわたしは承知していませんが、検査するまでもなく、臭っていたそうです。救急隊員がかけつけたとき、強くアルコールの臭いがしていたと。しかし、ご安心ください。警察は……〉

ひとつ気になることが浮かび、福村の言葉を遮った。

「同乗者は？」

〈それが、おりまして――〉

「さっさと言え」

〈はい。女が乗っていたらしいです。詳細はわかっておりません〉

「どこの誰だかぐらいわかるだろう」

〈それが、まだ報告が――〉

「わかった。一時間後に行く」

まだ何かしゃべっていたが、遮断した。

物には当たらない——。

それが因幡将明の信条だった。

どのような重大事態を招いた原因であろうと、意志を持たない物品に罪はない。たとえば道を塞(ふさ)いで交通の妨げになっている岩があるなら、破砕して除去すればいい。おまえのせいで予定が台無しだぞと、岩を蹴ってみても自分の足が痛いだけで何の意味もない。

物に八つ当たりしない——。

今、その禁を数十年ぶりに破った。

福村官房副長官との会話を終えたばかりのスマートフォンを、壁に向かって力任せに投げつけた。

端末は狙いすましたように、オーク材のサイドボードの上に載っていたラリック社製の花瓶に当たり、砕けて花があたりに散った。

そのまま、一分ほどかけて気を静めた。過呼吸になりかけていた肺の動きが、ほとんど平常に戻った。

今の福村の口調では、宏伸はもうだめだろう。

人並みに胸は痛むが、嘆いてみても事態は何も変わらない。

振り返れば、延々と続く白刃の上を高下駄を履いて駆け抜けるような人生だった。

もちろん、基本的におのれの才覚で凌いできたという自負はある。しかし、〝運〟が味方してくれたことも認めている。十字路にいつも信号機があるとは限らない。かといって、いちいち立ち止まって安全確認などしていたら、人より先には進めない。

月すらなき夜に、街灯も信号もない交差点を勢いだけで走り抜けるようなことを何度もしてきた。そのたびに事故も起こさず、起こしてもほとんどかすり傷程度でこの地へたどり着けたことは、やはり自力だけでは無理だったろうと、今は素直に考える。

しかし、その〝運〟にも総量があるようだ。そろそろ使い切る時期がきたのかもしれない。

スマートフォンが使えなくなったので、机に載ったインターフォンのボタンを押す。

〈はい。井出です〉

「宏伸が事故を起こしたらしい。心肺停止だそうだ。念のため心づもりしておいてくれ」

普段冷静な井出が〈えっ〉と言ったあと、めずらしく短く沈黙した。

「これから見舞いに行く」

〈はい。ご入院先は？〉

聞いたばかりの病院名を告げた。

「すぐに支度をしてくれ」

〈承知いたしました〉

会話が終わりそうな雰囲気になったが、井出のほうから先に切ることはありえないので、あえてゆっくりと続ける。

「それから、やはり念のため、あれに連絡がつくようにしておいてくれ」

井出が「あれ」が誰を指すのか理解するのに、一秒もかからなかった。

〈承知いたしました〉

「よろしく頼む」

今度は静かに終了のボタンを押し、背もたれに身を預け目を閉じた。

同乗していた女が誰かなど、どうでもいい。例によってゆきずりの相手だろう。最初の妻と別れてから、もう何人目かもわからない。そんな女と自棄のような生活をして破滅的な事故を起こすとは、しょせんそこまでの器だったのだ。悲嘆する時間が惜しい。

「今後のことを考えないとな」

気づけば独り言を漏らしていた。

9 火災翌日 午前 因幡将明

深い泥の沼から這い上がるかのように、因幡将明は記憶の穴の淵に幾度も足を滑らせながら、ゆっくりと覚醒した。

電動ベッドで上半身を少し起こし、今は夢を見ているのだと自覚しながら見るのははたして夢と呼べるのか、そんなことをぼんやりと考える。

将明が望んで、庭が眺められる場所にベッドを置いてもらった。強い日差しが差し込まない時間帯は、レースのカーテンも開けてもらっている。

活力に満ちていたころは、庭をゆっくり眺めたことなどなかった。そもそも、そんな一円にもならないことで時を無駄にするという発想がなかった。金を払って庭師に手入れを頼み、客に「立派なお庭ですね」と言わせるための手段でしかなかった。

それが今はどうだ。ひがな一日、しかもほとんど定位置から眺めている。夏場はあまり変化がないが、このところは紅白の百日紅（さるすべり）の花が慰（なぐさ）みになっている。その名の通り、長持ちするようだ。

もちろん誰にも言っていないが、「あの花が散るまでには」と自分に言いきかせている。

あの花が散るまでには、身辺整理を済ませる――。

それにしても、と思う。

特にこの二十年ほどは、ほとんどのことが思い通りになった。寿命でさえも、もし本気で固執していれば、多少は違っていたかもしれないと思っている。

しかし、夢だけは別だ。見たい夢を見ることはいまだに叶わない。むしろ、見たくない夢ばかり見る。

そんなとりとめもないことを考えている頭に、突然無神経な声が響く。

「――を、国政に送り出してください。どうか、みなさまの応援を――」

将明には聞き覚えのない名を連呼しながら、近くの道路を選挙カーが通り過ぎてゆく。少し前に将明の眠りを破ったのも別の選挙カーだったのかもしれない。

「なによりも国民の暮らしを豊かにし、安全を守る」「少子化対策で夢の持てる社会を」「貧困対策と消費税廃止」

聞き飽きた文句をわめきながら去っていった。そういえば、二日前が公示日だったはずだ。つまり、衆議院総選挙まであと十日だ。

このところ、ほとんど毎日のように、一人息子の――いや、一人息子だった宏伸の夢を見る。

宏伸は、将明が三十八歳、妻の房子（ふさこ）が二十九歳のときの子だ。

当時の〝世間相場〟からすると、将明にとってはやや遅くにできた子だともいえる。

「だから可愛いでしょう」と言われると、とりあえずその場ではうなずくが、内心では同意していない。子供に対する愛情と親の年齢に関係があるとは思えない。

事実、宏伸に対して愛情は持ったが「溺愛」と呼ぶようなものではなかったはずだ。将明の仕事を継ごうが継ぐまいが、世の中を動かしている条理に変わりはない。そのことを教えたつもりでいる。

彼が幼かったころは、因幡一家は、それなりに高級とはいえまだ賃貸マンション暮らしだった。すでに昼夜を分かたず仕事は忙しかったので、子育ては妻の房子にまかせきりにしていた。だから、一緒に遊んだという記憶はあまりない。

房子もまた、べた可愛がりするたちではなかったので、宏伸にしてみれば、溢れるほど親の愛情を受けたとはいいがたいだろう。

しかし、犯罪者側にも引きこもり側にもドロップアウトすることなく、優等生の見本のような少年時代を送った。

宏伸は、秀才型の類型といってもいいコースをたどり、日本の大学を卒業後アメリカの大学院を出て、大手商社に就職した。日本の政治家の二代目三代目が「民間企業で学んだ」とプロフィールに加えるための腰掛とは違い、本気でそちらの世界を選んだようだった。

それはつまり、将明の跡を継ぐことを拒否したのと同義だったが、怒ることも説教することもなかった。いずれ、こちらの世界に来ると信じていた。仮にサラリーマンで満足するならそこまでの人間だったとあきらめもつく。

巨大企業であるほどその歯車の存在は小さくなる。かといって小さな企業であれば、大規模な仕事にはつけない。

将明の読みどおり、そんなジレンマを身をもって知るのに時間はかからなかった。宏伸は、二十代の後半には、父親の仕事を手伝いたいと言い出した。

むしろ将明の側にためらいがあった。宏伸という人間を見るに、政治の世界は向かないだろうと思ったからだ。しかし、結局了承した。立場が人間を作るということもある。

秘書として見習いのような仕事から初めて、右腕とまでは呼べないまでも、簡単な仕事の代理が務まる程度の力はつけた。結婚し、息子も生まれた。将明にとっては初孫だ。

しかし、歴史が証明している。瑕疵（かし）のない幸せは長くは続かない。ごく普通の公務員の娘として育った宏伸の妻、和佳奈（わかな）との仲がうまくいかず、結局離婚し、和佳奈は実家のある神戸に去った。あるいは、夫婦仲の問題ではなく、因幡家に合わなかったのかもしれないが、同じことだ。

孫の航（わたる）の親権は宏伸が持ったが、意外なほど将明になつかなかった。

将明は、皮肉にも孫ができてみて「孤独」という言葉の意味を初めて実感した。

今にして思えば、あのころが分岐点だったろうか――。

そんなことを考えている自分に苦笑する。昔を振り返るなど、まして悔やむなど、まさに衰えてきた証ではないか。

枕元にある呼び出しボタンを押した。

〈お目覚めですか〉

インターフォンから秘書の井出の声が流れた。このところ使用人の数も絞っていて、秘書も三人しかいない。井出は相変わらず、秘書というより全使用人の筆頭格だ。

「報告はないか」

寝ているあいだに、何か起きていないか、という意味だ。

すぐに応答がない。何か悪い知らせがあると察した。

「言え。まさか、航のことじゃあるまいな」

井出が息をのむ気配を感じた。この男が言葉に詰まったということは、重大事だ。

「ならばなぜ起こさなかった」という激情に駆られた言葉を吐きそうになったが、寸前でのみ込んだ。

もしかすると起こしたのに起きなかったのかもしれない。それに医者に止められていたのだとしたら、井出を責めてもしかたがない。

「かまわない。言ってくれ」

〈――おっしゃるとおり、航さんのことです〉

目覚めるのではなかったと思った。だがすぐに気を取り直す。最近の悪い癖だ。何かといえば悲観的になる。すべて無に帰せばいいとさえ考える。昔のあの攻撃的な性格を思い出すのだ。

まして、ほかのことならともかく、航にかかわることだ。知らぬふりはできぬ。自分のこの、もはやあるかないかの命と引き換えにしても守らねばならない。

「最後まで続けてくれ。具体的に。隠さなくていい」

〈行方不明になりました〉

「いつ？」

〈昨日未明です〉

ということは、少なくとも丸一日は昏睡していたことになる。

「詳細を」

〈あの家に闖入者（ちんにゅうしゃ）があり、家が燃えました。消防に通報があったのが午前三時過ぎ、鎮火が同六時半ごろ。家主の志村ほか二名、計三名死亡が確認されました〉

「そこに航はいなかったんだな？」

〈はい〉

「もう一度訊く。判別できないのではなく、死体がなかったんだな？」

〈警察庁関係者から情報を得ました。間違いありません。死体は大人の三名のみです〉

ほっと息を漏らした。安堵の息だ。他人の前で弱いところを見せない主義を貫いてきたが、その律を破ることも増えた。

「本人から連絡は？」

もし部下からそんな質問を受けたら、即座に「ばかか」と答えただろう。虫の居所が悪ければ、馘にしていたかもしれない。本人から連絡があれば、行方不明とはいわない。そんなことはわかっていても、訊かずにおれなかった。

〈今のところございません〉

「警察でも行方は摑んでいないのか」

〈そのようです〉

「どういう扱いになっている」

〈捜査本部に準じた体制を敷いて捜査に当たっているようですが、正式にはまだ本部は立っていないと聞きました〉

「何故？」

〈志村による無理心中か、外部のものによる犯行か判断がつきかねているようです。そもそも、火事自体が放火なのか失火なのか、放火だとしたら、やったのは内部のものか外部のものか、そのあたりすらまだ検証中のようです。上層部でも意見が分かれていると報告を受けました〉

「そうか」

もちろん、外部のものの犯行に決まっている。志村とかいう大人たちは心中にみせかけて殺され、航はさらわれたのだ。さらった相手――正確にはさらうよう指示した人間もわかっている。

しかし、それを警察に教えるわけにはいかない。

「上層部で意見が分かれているという点に、あはっ、あはっ――」咳込んでしまい、しばらく言葉が継げなかった。

〈大丈夫ですか。すぐにうかがいます〉

「いやいい。あはっ。――少し咳込んだだけだ。それよりも、今言ったことについてもう少し詳しく」

〈はい、では。どこまでを上層部と称してよろしいのか判断がつきかねますが、現場を指揮しているのは、捜査一課の植田という管理官と、係長の赤井警部とのことです。それぞれの字は、田植えの逆、赤信号の井戸です。この植田はともかく、赤井が志村による無理心中説の最右翼だと聞きました〉

赤井？　どこかで聞いた覚えがある。日頃付き合いのある人物ではない。赤井、赤井、赤井――。そうか。

「あのときの刑事か」

〈はい。当時は警部補でしたが、例の一件後、ほどなく警部に昇進したようです〉

「ということは、つまり――」

〈あのかたの思惑が働いたのではないかと推察されます〉

あのかた、と聞いたとたん、ベッドサイドに設置されたモニタシステムが示す血圧の数値が急上昇した。ここしばらく、上が百を超えることはめずらしくなっていたが、久しぶりに三ケタを表示している。

「そうか。あの抜け作にしては、やけに手回しがいいな。誰か、知恵をつけているやつがいそうだ」

〈同感です〉

「手は打ったか？　あいつらはどうした。失態についてどう言ってる」

〈はい。『I』の〝指令〟の一人から連絡がありました。おっしゃるとおり「これは自分たちの失態であるので、自分たちが始末をつける。『雛』は必ず無傷で取り戻す」とのことでした。また「料金は今回は受け取らない」とも。許可を求めるというより、決意を伝えるという口調でした。「そのように先生にお伝えいたします」と返答いたしました。すでに行動に出ているものと思われます。お止めしたほうがよろしかったでしょうか〉

『雛』とは、今回の計画にあたって航につけたコードネームだ。

「いや。それでよかった。『I』は本気でやるだろうな」

〈そのように思料いたします〉

「わかった」

久しぶりに興奮し、長く話したため、なけなしの体力を使い果たした感がある。一旦通話を終え、少し休もうかと思ったが、考え直した。もしこのまま再び眠りに落ちたら、覚めるのが数日先になるかもしれない。あるいは二度と目覚めないかもしれない。

それでは手遅れになってしまう。

「井出、まだ聞いているか？」

こちらが切るまで向こうが先に切ることなどありえないのだが、確認してしまうことが、気弱になっている証左だ。

〈はい、ここにおります〉

「新発田（しばた）に電話を繋いでくれ。すぐに本人が無理なら、藪（やぶ）でもかまわん」

〈承知いたしました。一旦、切りますか?〉

「いや、このまま待つ」

〈少々お待ちください〉

保留音になった。新発田とは、現政権の与党、絶対安定多数の議席を持つ民主共和党——略称『民和党』——の剛腕幹事長、新発田信（まこと）のことだ。ただ、居留守をつかわれる可能性が高いので、私設秘書の藪でもかまわないと指示した。

〈藪様がお出になります〉

案の定だ。

「繋いでくれ」

ぷつっと音がして回線が切り替わる。

〈もしもし〉

「藪さんか」

〈これは因幡先生、ご体調はいかがでしょう。お電話などされて……〉

「そんなことはどうでもいい。幹事長は居留守か?」

〈またまた先生、人聞きが悪い。選挙が近いので寝る間もない忙しさです〉

「ならば、選挙に専念すればよかろうに」

〈先生。申し訳ありませんが、すでに総選挙の公示もされ、わたくしも多少は予定が詰まっておりまして。どういったご用件でしょうか〉

藪も、伊達に新発田の右腕面をしているわけではない。井出が盗み聞きしていることなど承知で、のらりくらりとかわす。

「単刀直入に言う。今すぐ航を返せ。一時間以内にだ。ただし、かすり傷ひとつでもあったら、ただではおかない」

〈航さんがどうかされたのですか？〉

「とぼけなくていい。時間の無駄だ。二度は言わん。新発田に伝えろ。今すぐにだ」

〈幹事長はただ今……〉

「今すぐにだ！」

腹の底から絞り出した怒声に、スイカより面の皮が厚いと陰口をたたかれる藪が息をのむ気配が伝わった。

「わかったのか！」

〈先生のおっしゃる意味が、わたくしにはわかりませんが、お言葉どおり新発田にお伝えするようにいたします〉

「おれに向かって減らず口をたたいたことを後悔させてやる」

藪がまだ何か言いかけたが、たたきつけるように終了のボタンを押した。

10　火災翌日　午後　樋口透吾

「何か？」

赤信号で車を止めたのを機に、唐突にアオイが訊いてきた。

「何かとは？」

助手席に座り、ただ前方をみつめていた樋口は静かに訊き返す。

「言いたいことがあるのでは？」

「わたしが？　アオイさんに？」

「そう」

「いいえ、べつに」そこで終わりにしてもよかったが、せっかく話しかけてくれたのだからと、もう少し付け加えた。「なぜそう思うんです？」

アオイは、ルームミラー越しに樋口の様子をうかがっている。本来の角度よりも若干ずれており、姿勢によっては樋口の表情を盗み見ることが可能であることには気づいていた。

「わたしの経験からすると、樋口さんのようなタイプは不機嫌だと無口になる。一度心を開かないと決めたら二度と開かない。別にそれでかまいませんし――」

信号が青になったので、アオイは発言を中断し車を発進させる。なめらかに、しかしあっという間に制限速度まで加速する。しかし、そこまでだ。日本は交通違反にうるさい。名うての工作員が、赤切符を切られては絵にならない。

アオイが続ける。

「べちゃべちゃお喋りなのよりはるかに助かりますが、不満をかかえたままではこの先の任務に支障をきたすかと思ったからです」

樋口が想像していたアオイの性格からすると、ずいぶん饒舌に感じた。人を見る目まで衰えたのかもしれない。

わずか十数分前のことだ。売れない商社のストック場を模した『B倉庫』で、初対面のアオイと望まぬながらも対決することになった。いわば主導権を争うという名目のもとに。

樋口の得物は、ねじって棒状にしたワイヤーハンガー、一方のアオイは素手だ。このハンガーで、アオイの体に触れることができたら樋口の勝利という、ばかにされているのかと思えるほどのハンディキャップをもらった。

間合いも呼吸も見切ったつもりで踏み込んだが、樋口が手にしたハンガーは空を切った。アオイの姿がすっと消えたと思った次の瞬間には、後ろをとられ、腕をねじられ、ハンガーを取り上げられていた。

アオイは、そのハンガーの先ですっと樋口の喉をこすって、樋口の体を突き放した。「これがナイフならお前はもう死んでいる」という意味だろう。

「ということで、お約束したとおり、わたしが作戦を立て指揮を執り実行します。樋口さんは援護でお願いします」

「了解しました」

近くの月極駐車場に停めてあった、組織から借りたシルバーのスカイラインに乗り、アオイの運転で目的地へと向かっている。

左側をぎりぎりですり抜けていくバイクを目で追い、ナンバーを記憶に留めながら、アオイの投げかけた疑問に答える。

「誤解なさっているようですが、指揮官殿。わたしは一切不満は抱いておりません。命令に忠実に従う所存です」

アオイが軽く鼻で笑った。

「本当に聞いていたとおりの人なので、ある意味感動しています。いまどき、こんな方がまだ残っていたんですね」

「そんなことより、そろそろ目的地ですが、作戦は？」

組織から、向かうべき場所の指示は受けている。『雛』をさらった一味のアジトだ。

それにしても、どういうルートで、これほど早く摑めたのか。そもそもその情報は、正確なのか。『I』が絡んだ仕事ではほとんど起きたことはないが、国家間の諜報合戦のような仕事では、偽の情報におびき出された諜報員がそのまま消える、ということもあると聞いた。

自分のような下っ端には理解できないルートが存在し、それなりの情報収集能力があるのかもしれない。むこうが武蔵野市にあるこちらのアジトを摑んだように。

「樋口さんは車で待機。すぐに発進できるようにしていてください」

つい、本当にそれでいいのかと訊き返しそうになった。だが、本人がそうしたいというなら、勝算はあるのだろう。

「わかりました」

「もし十分経って出てこなかったら、速やかに立ち去ってください。そして〝上〟には――」

そこで言葉を切って、また鼻先で笑った。

「今後は、あの人のことを、樋口さんがつけた『カラス』というコードネームで呼びましょうか、ぴったりだから」

「異存はありません」

「十分経って出てこなかったら、速やかに立ち去り、カラスにありのままを報告してください」

「ありのままというと、アオイ指揮官殿が乗り込んでいる最中、わたしはぼんやり車で待っていて、結局のところ失敗しました、ということになりますか?」

「そういうことになります」

こんどは冗談を言ったつもりだったが、アオイはくすりとも笑わなかった。

しかし、二人で乗り込まない理由もわからなくはない。成功すればよいが、失敗した場合、一人に重傷を負わせ、あるいは拷問にかけ、もう一方に口を割らせる、という機会を敵に与えることになる。

あるいは、失敗したことを組織に報告する人間がいなくなる。

組織が、アオイが立てた作戦を認めたということは、何かほかにも理由、いや〝事情〟があるのかもしれない。しかし、とりあえず言うべきことは言う。

「志村氏はともかく、現役が二名いてあれほど鮮やかに処理されています。アオイ指揮官殿の腕を疑うわけではありませんが、一抹の不安を抱いていることは否定しません」

「それはわかっています。すべて織り込み済みです」

「何か策でも？」

「もう一チームと合流し、協力します」

それはいま初めて聞かされた。そして二人組の名も。会ったことはないが、樋口も名前だけは知っていた。その三人で突入するという。

なるほど、と納得した。つまり樋口は二番目ではなく、四番目の存在だった。

11　火災翌日　午後　敷島紀明

「なんですか小西さん、こそこそと」

敷島紀明巡査部長は、声をひそめて小西主任に訊いた。

小西警部補は、本庁捜査一課の赤井が率いる係に二人いる班長のうちの一人だ。坂下のように「班長」と役職で呼ぶ課員もいるが、堅苦しいのが嫌いな敷島は単に名で呼ぶ。

その小西に「ちょっと来い」と、人通りの少ないトイレ近くの柱の陰に連れてこられた。

今日の聞き込みで敷島と相方を組むことになった深大寺署刑事課の津田巡査が、所在なげに通路に立ち、配られた資料をぺらぺらとめくっているのがちらりと見えた。

小西が「ちょっと敷島を借りる。五分だけそのへんで待っててくれ」といきなり言ったが、津田の表情は不服そうでも不思議そうでもなかった。あらたまって歳は訊いていないが、三十になるかならないかだろう。

「おまえら、今日は地取りだよな」

声を落としたつもりらしいが、それでやっと常人の会話並みだ。

「はい。志村家に遊びに来ていた一家について、見かけたり話したりしたものがいないか、何を買ったかなど、近隣の商店を中心に訊いて回ります」

小西は、自分で訊いておきながら、そんなことはわかってるとでも言いたげに、せわしなくうなずいて「だがな」と言った。

「何か拾い物があったら、真っ先におれに報告しろ」

言われるまでもなく、普段からそうしている。

「わかりました」

敷島が不審そうな顔をしたからだろう、小西がちらりと津田に視線を走らせて付け加える。

「係長に『何か出たか』と訊かれても、得意になってぺらぺらしゃべるなよ」

「赤井さんに？　――ぺらぺらなんてしゃべりませんよ。わかってるでしょ」

ほかの多くの刑事と同じく、敷島もその日の収穫を得意げになんでも報告してしまうタイプではない。情報には「報告どき」というものがある。それだけではなく、特に赤井に対しては一定の距離を置いている。

「でも、彼のことは止められませんよ」

そう言って、津田の方へ小さく顔を振った。

「大丈夫だ。立川のほうにいたとき、あいつを刑事に推挙してやったのはおれだ。それ以外にもちょっと因縁があってな、言い含めてある」

奥歯に物が挟まったような言いかたは小西にしてはめずらしいので、深くは訊かず「そうですか」とうなずいた。うなずいた拍子にふと思いついた。

「もしかして、彼と組むように小西さんがしむけたんですか？」

小西はにやっと笑ったきり答えなかったが、それは認めたのと同じだった。

「何を狙ってるんです？」

小西は「歩きながら話そう」と言うなり、出入口に向かって歩き出した。立ってのひそひそ話は怪しまれると思ったのだろう。

「気を悪くするなよ。おまえにあいつをくっつけたんじゃない。あいつにおまえをくっつけたんだ」

たしかに気分のいい話ではない。

「どういう意味ですか」

「おまえ昨日『待機組はほかにもいるのに、どうして自分らが呼ばれたのか』ってむくれてたよな」

「べつに、むくれてないですよ」聞かれていないか周囲を見回す。「そのことはもういいですよ」

正面のドアを抜けて外に出た。どちらからともなく、建物の陰を目指して進む。今日も暑くなりそうだ。津田も少し遅れてついてきた。

「おまえがぽろっと漏らしたのが当たりらしい」

「どういうことです？」

「実は、赤井さんが真っ先に手を挙げたらしい。うちにやらせてくれと管理官に談判したと聞いている」

「ほんとですか」

自分で言っておきながら驚いた。深い読みがあって口にしたわけではない。単に「胡散臭そうなら赤井が絡んでいるのか」と思っただけだ。赤井の人間性はわかっている。

「ああ。すんなり決まったらしい」

「そこに何か裏があると？」

小西がかすかにそれとわかる程度にうなずく。

「課長からのご指名ならまだわかる。たしかに赤井さんはやり手だからな。しかし、どうも聞いたところだと、課長は外部犯行説をとりたいらしい」

「赤井さんは無理心中説を推しているように感じましたが」

小西が、だろ、としたり顔でうなずいた。

「意見が合わない赤井さんを、わざわざ指名するか？」

「つまり？」

その先は想像がついたが、自分の口からは言いたくない。小西があっさりと答えた。

「もっと上の思惑が働いた可能性があるってことだ」

「課長より上？」

さすがに小西は言葉では答えず、軽くまばたきしただけだった。

女房に死なれ、夜逃げ同然に埼玉から越してきた倒産会社の社長が、そこそこ好条件の戸建てを買って住み、戸籍にも載っていない子供夫婦と孫と何日か身を隠すように過ごし、大人三人は不審死、子供は行方不明だ。

多少複雑な筋書きもありそうではあるが、本庁捜査一課長より上の人物が強い関心を抱くほどとも思えない。

そんな考えが頭をめぐり、ふっとひらめいたことがあった。

「まさか、五年前のあの件と関係があると？」

今日の小西は普段と少し違っている。すぐに反応せず、左右を見回した。敷島もつられてきょろきょろしてしまった。声の聞こえない距離に津田が所在なげに立っているだけだ。小西が今日一番の小声で言う。

「可能性はあると思っている」

「しかし」と、ふたたび津田を視線で示した。「彼はどうします？　所轄の人間ですよ」

「さっき言ったろ。あいつはおれの指示に従う。それに、五年前の一件と因縁があるならなおさらだ」

まだ聞かされていない曰くがありそうだ。

「わかりました」

「それと、もうひとつ面白いことを教えてやる」

「なんですか」

「昨日の聞き込みで、見慣れない男女を見たという目撃談が出てる。もちろんガイシャとは別の男女だ」

「えっ。でも、会議ではそんなことひとことも出てませんよね」

小西はにやっと笑って「ああ」とうなずく。

「拾ったのは『男女のカップルに見えた』という証言らしい。年齢はおそらく三十代、男女とも背が高い。具体的な身長はわからないが、男のほうは百八十は超えていそうだ。しかもがっしりした体格だったと」

「滅茶苦茶怪しいじゃないですか」

「だろ。目撃したのは、自転車で出前を宅配する兄ちゃんだ。昨日もあのあたりをうろうろしていて、たまたま所轄の刑事が聞き込んだ」

「そんな重要な話を、どうして会議に出さないんです」

「にぎりつぶしたやつがいる」

「それは、もしかすると」

小西が意味ありげな笑みを浮かべ、小さくうなずいた。それで充分だった。

赤井係長の、青白く不機嫌そうな顔が浮かんだ。


敷島は、相方の津田と連れ立って、手ごろなファミリーレストランに入った。

すでに午後一時半を回ったせいか、店内はそれほど混んではいない。ただ、夏休みということもあり、子供を連れた家族の姿が普段よりも多い気がする。

行方不明だという男児と同年齢あたりの子を見ると、今どうしているのかと気にかかる。親が刺殺されるところを見たのだろうか。さらにそのあと家ごと焼かれたのは知っているだろうか。飯は食っているか、トイレはきちんとさせてもらっているか、そんなことも気になる。

まさかとは思うが、今世界中で問題が浮上しつつある、小児売買ではないだろうな――。

猛暑の中歩き回ったこともあってあまり食欲がなく、敷島はビーフカレーとサラダのセットにした。津田は二百グラムのハンバーグランチだ。

「しかし、この暑さにはまいりますね」

津田が、置かれたグラスの水をいっきにあおり、大きめのタオルハンカチで顎から首にかけて汗を拭った。

途中何度も、日陰に入ったりコンビニのイートインで涼をとりながら飲料を補給したりした。

それでも、熱中症になるのではないかと不安になるほどの暑さだ。

「今日は三十八度ぐらいになるらしいですよ」

津田がぼやく。暑苦しい話はしたくなかったが、今日が初日なので、そこそこに話を合わせる。

「小西さんなら『四十度超えなきゃ大丈夫だ』とか言いかねない。早く解決してくれないと身がもたない」

「たしかに」

二人が小さく笑ったとき、店員が空になった二つのグラスに水を注いだ。すぐに手を伸ばし、二杯目の水に口をつけた。

小西にも言ったが、敷島たちに与えられた任務は、現場から徒歩圏のコンビニやスーパーで志村一家、特に息子一家らしき人物を見かけなかったかと訊いてまわることだ。

死亡した三人全員、身分証の類が見つからず、写真がない。たしかに志村潔名義のもの以外に、自家用車はなかったが、大人が三人いて免許証が一枚もないというのは珍しいだろう。

聞き込みの際、顔写真がないからといって、一般市民に死体の写真を見せるわけにはいかない。似顔絵もまだだ。志村潔という名と、年齢や外見的特徴を簡潔に説明して記憶にあるかどうか問う。

そんなやりかたで収穫が見込めるはずがない。

志村潔に関してだけは、さすがに五年も住んでいるだけあって、影が薄い存在ながらもいくつかの証言は得られた。しかし、ほかの三人に関しては、新しい目撃者が皆無なのだ。

ごく近くの住人でも「あ、息子さんがいたんですか」といった反応だ。

会議でも意見が出ていたが、大人だけならともかく、小学生程度の健常児と思われる男の子がいて、これほど誰にも見られずに数日間を過ごせるものだろうか。本当にいたのかと疑いたいが、窓ごしにちらりと見た気がするという証言があり、ゴミの量が増えていたという話もあった。話しかけたら、志村本人が子供ら一家の存在を認めたとも言っている。つまり、彼らは実在したが、家からほとんど出ないまま死亡したということになる。

何かを恐れていたのだろうか――。

志村潔が夜逃げのようにして越してきたらしいことはわかっている。誰かから身を隠していた可能性は否定できない。そうだとするならば、小さな子供のいる一家が、わざわざそんな一戸建てにやってきて身を隠す意味はどこにある？　親族の家ならすぐに足がつくだろう。どこか遠方の温泉宿にでも泊まればよいではないか。

それらの疑問はほとんど解けていないが、ひとつだけ収穫があった。いや、まだ収穫かどうかはわからない。

「あの男の件、報告しますか？」

同じことを考えていたらしく、レタスだらけのサラダをカチカチ音をたててフォークで突きながら、津田巡査が訊いてきた。

敷島は「そうだな」と答え、少しへたりぎみのトマトを口へ放り込む。

「あの男」とは、午前中の聞き込みで出てきた人物だ。「中年」という見立てなので、例の三十前後の男女二人組とはあきらかに別の人物だ。ほかにも複数名の捜査員が地取りで火災現場付近を嗅ぎまわっているが、いまのところ、その話は耳にしていない。

ほんの一瞬で立ち去ったため目撃者がほかにいない、という理由かもしれない。あるいは、その話を聞いた捜査員はいるが、まだ腹にしまっているのかもしれない。

捜査で得た情報を、なにもかもすぐに報告する捜査員はいない。状況を見て、必要に応じて、効果的な時期を見て晒す。ただし、出し惜しみしているうちに先を越され、手柄にされてしまうこともある。その見切り時が難しい。

「この話、小西さんには上げますよ」

津田が念を押したので、敷島は小さくうなずいた。

もしかすると、この話もすでに上がっていて、赤井が握りつぶしているのかもしれないのだが。

メインの皿が運ばれてきた。

肉汁が流れ出るハンバーグの切れ端を口に放り込んだ津田巡査が「うんうまい」とうなずいた。

「ファミレスにしてはいけます」

大盛りライスを、右手に持ち変えたフォークでごっそり掬って、口へ運ぶ。

「そうだな」

敷島はカレーをひとくち食べた。たしかに、平均点よりはうまいかもしれないが、今は味わう気分にはなれない。

グラスの水をひとくち飲んで、津田が世間話のような口調で訊いてきた。

「赤井警部って、例の芝浦案件のとき現場にいたそうですね」

敷島は思わずその目を見た。

あまりに唐突な話題だった。なぜ今ここで赤井の名が出るのか。津田の顔には微笑みが浮かび、口元にはわずかにデミグラスソースがついている。どこにでもいそうな、体力に満ちた若い刑事の顔だ。しかし、その目は笑っていない。

「小西さんは、具体的には教えてくれませんでしたが、『仇が討てるかもしれんぞ』と言ってくれました。自分にとって『仇』といえば、五年前のあの案件しか思い浮かびません。

あのとき、内部でも対外的にも、少しごたごたしました。警察の特徴ですが、誰かが詰め腹を切らなければなりませんでした。自分なんかが言うことじゃないですけど、芝浦署の署長といえばエリート官僚の指定席ですよね。警察庁からの預かりものだから、傷ものにするわけにいかない。署員たちとしては『だったらおとなしくしていて欲しかった』という気持ちがあったと聞きました。それはともかく、そのとき署長に代わってスケープゴートになったのは、副署長でした」

「そうだったな。それにたしかもう一人――」

「はい。副署長に連座して、現場を指揮していた、所轄の刑事課長も辞職しました。彼の名は津田俊治、自分の父親です」

12　火災五年前　赤井班

東京都港区三田五丁目——。

警視庁芝浦署に籍を置く刑事たちは、一軒の建物をとり囲むようにして散らばり、気配を消していた。

築二十五年を超える、これといって特徴のない五階建てのマンションだ。間取りは1LDKから2LDKで、独身ないし若いカップル向けの造りになっている。ただ、古くて狭いとはいえこの立地なので、家賃は管理費込みで二十万円台後半になる。大学生が一人暮らしするには、かなり負担が大きい。今回の〝対象〟のように、親の援助がなければ現実的には無理だ。

赤井勝行(かつゆき)警部補は、腕にはめたデジタル時計を見た。午前五時三十五分、日が昇って数分が経つ。

あたりはすでに街灯の光がなくても不自由なく歩けるほどに明るい。早朝から出勤、登校する人の姿もちらほらとある。今朝は比較的暖かく、寒さ対策でダウンジャケットを着てきた者は、うっすら汗をかいている。

〝対象〟は、このマンション302号室の住人、新発田淳也(じゅんや)、大学四年生、二十二歳だ。

別動の尾行班からは、十五分ほど前に「店を出た」と連絡が入っている。「店」とは朝の五時まで営業している、淳也行きつけのクラブだ。その店でも、網を入れて掬えば小魚が面白いほど獲れるだろう。しかし、自分たちが釣ろうとしているのは、もう少し手応えのある獲物だ。

〈マルタイ通過〉

二ブロック先で張り込んでいた仲間が無線で伝えてきた。

「来るぞ」

この場の指揮をとる、芝浦署の刑事課長津田警部が、無線で全員に短く伝えた。

裏手に四名、正面付近に六名、逃走経路を塞ぐ形で、やや離れた位置に四名、合計十四名がこのマンションの周囲に潜んでいる。

新発田淳也は、このマンションと契約している隣接の駐車場に、愛車の赤いアウディを停め、正面エントランスから入るはずだ。そこを確保する。逮捕状を提示しての通常逮捕だ。

部屋に入る前に身柄を押さえるのは、踏み込むまでの短い時間に証拠を隠滅されたり、下手すると籠城されたり、最悪なのは部屋に誰かいてその人間を人質にとって立て籠もられたりする事態を防ぐ意味が大きい。

もちろん、逮捕と同時に家宅捜索も行う。鑑識係や荷物運搬のための応援も、近くに待機している。

当時、逮捕状に記された罪状は《準強制性交等罪》、以前は《準強姦罪》と呼ばれていた。相手が心神喪失状態であることや抵抗ができないことに乗じて、あるいはそのような状態にさせ、性行為を行う罪だ。わかりやすくいえば、薬物やアルコールで朦朧（もうろう）とさせ、その機に乗じて性行為に及ぶ。《準》とついているが、被害者にとっては抵抗できない状態で弄ばれる点において、むしろ心の傷は深いときもある。

淳也は、所属するテニスサークルの飲み会——いわゆる合コン——で、知り合った他大学の女子学生二名を、友人ら四名とともに二次会に誘った。ワインバー、カラオケボックス、と流れるうちに、その飲み物に薬物を混入させた。

意識朦朧となった二名を、このメンバーの一人の住居であるマンションへ連れ込み、かわるがわる性行為に及んだ。この際、写真や動画も撮ったとされている。ただし、被害者はそれを見せられただけで、元のデータはメンバーたちの端末に入っていると思われる。

二〇一七年の刑法改正で、罪名の変更と同時に、同罪は非親告罪となった。それまでは、被害者が訴え出なければ事件化できなかった——そのために泣き寝入りが多かった——のだが、この改正により、「事実」が証明できれば被害者の告訴がなくとも起訴できることになった。

しかし、これはどの犯罪にもいえることだが、立件し起訴するためには、犯罪の成立要件を満たすことが必要となる。たとえば、盗んだものを特定できなければ、窃盗罪で有罪にすることは難しい。

ほかの事件の証言から、淳也たちの乱行の事実を摑んだ警察職員が、この女子学生二名に対し被害届を出すよう促した。しかし、世間体その他の事情からなかなか同意を得られない。職員はあきらめず、なんども被害者のもとへ足を運び、本人だけでなく両親も説得し、ようやく届を出してもらうことができた。

事件はそこで終わったわけではない。逮捕状が出るまでは、さらに平坦ではなかった。大きな障害となったのは、法的な背景よりも、淳也の素性だった。

彼の父親は衆議院議員の新発田信だ。与党、民和党の大物の一人で、党三役や大臣経験もある。次期総選挙のあとは幹事長の椅子、その先には総理の座も待っていると噂される。

淳也はその新発田信の一人息子であり、ゆくゆくは地盤を継ぐと目されている。

今回の逮捕にあたっては、政治的配慮と意地の、静かで激しい綱引きが行われたという噂だ。一旦は逮捕見送りの空気も流れたが、現警察庁長官の親戚筋にあたり、将来は同庁幹部に上ると見られている、若き正義感に溢れた芝浦署の署長が「警察の威信にかけて」と、同庁や警視庁幹部にかけあい、今日の逮捕状執行となった。

同罪での逮捕にしては、今回配備された人員がいつになく多いのは、そのせいだ。もちろん、現場の職員たちの士気も上がっている。汗を拭うものが多いのは、陽気のせいばかりではない。

「来たな」

津田課長が小さく漏らした。

淳也の乗るアウディのエンジン音が近づいて来る。赤井も二度下見したのですでに覚えた。

課長に指示されるまでもなく、刑事たちはそれぞれの持ち場で、あるものは電柱の陰に、あるものは植栽の茂みに、あるものは路上に停めた車の脇に、身をひそめる。

津田課長の「行け」の指示を待つばかり、まさに秒読みに入ったときだった。

その課長の携帯電話に着信があった。画面を見て、すぐに耳に当てる。

「はい、津田です」

周囲の部下たちは、何事かと耳をそばだてる。

「――もう一度お願いします。――しかし――」

淳也が乗って来た、アウディのドアがばたんと閉まる音が聞こえた。続けてドアロックの電子音だ。

「来ますよ」

ひとりの刑事が電話中の課長に声をかける。津田は電話に心を奪われ、それどころではないようだ。

「――しかし、今、目の前にいるんです。すぐそこです。やらせてください」

その会話を聞いた刑事たちの頭に浮かんだのは、ほとんど同じ懸念だった。だからこそ、気の荒いものは立ち上がろうとした。

「自分は行きます」

「待て」

電話を耳に当てたまま、課長が手を伸ばしてそれを抑えた。

「しかし、課長！」

部下の抗議には答えず、津田課長は電話の相手に猛抗議している。

「責任は自分が取ります。行かせてください。――部下にどう言うんですか！」

おいおい入っちまうぞという声が、そこらじゅうから聞こえてきそうだった。

自動ドアが開き、淳也がカードをタッチし、何ごともなかったかのように中へ入っていった。

身をひそめていた刑事たちがあるものは立ち上がり、あるものはガードレールに尻を乗せた。何もできなかった疲労感と、やり場のない怒りがあたりに漂っている。

「今からでも身柄を押さえましょう。逮捕状はあるんですから」

「いや、中止だ」

津田の発言を聞いて、憤(いきどお)りと失意の入り混じったようなため息が刑事たちから漏れる。

「どういうことですか」

さきほど立ち上がって突入しようとした刑事が津田に迫る。

「上からの指示だ」当たり前のことを言った。

「誰からのどんな指示です？」

別の部下もにじりよる。赤井はそのやりとりを脇で少し醒めた目で見ている。

「中止だ。被害者が取り下げた」

「取り下げた？」

被害を届け出た女子大生が、「そもそも性行為などなかった。別れ話がこじれて嫌がらせで嘘の告発をした」と申し出たという。

「ふざけんなっ」

誰かが叫び、ガードレールを蹴った。ごん、という鈍い音が響いた。

「しかし、どうしてこのタイミングなんですか」

部下の問いかけに、抜け殻のように消沈した津田課長が、首を左右に振る。

「わからんが、衆議院が解散するとかしないとか、数日前から騒ぎ出しただろう。――まあ、そういうことだ」

「だからって」

皆、津田に八つ当たりしてもしかたないことは、理屈ではわかっている。しかし、もって行き場のない腹立ちはどうすればいいのか。

そんな空気の中、津田は何かに思い当たったように顔を上げ、赤井を見た。

「しかし、今朝やつを逮捕することは、極秘だった。実行部隊のおれたちと幹部しか知らなかったはずだ。あんまりタイミングが良すぎる。このことを、誰が漏らしたんだろうな」

皆の視線が赤井警部補に集まる。

赤井は「まったくですね」と首を振って、さっさとその場を去った。

13　火災翌日　午後　敷島紀明

津田巡査は、添え物のブロッコリー以外は、まるで皿を舐めたようにきれいにたいらげた。

敷島はカレーを三分の一ほど残した。

食後のドリンクは、二人ともアイスコーヒーを頼んだ。津田はミルクもガムシロップもたっぷり入れた。敷島はブラックのままストローで吸い上げる。

「その半年後に赤井は警部に昇進して、さらにその一年後には一課に招致されたんですよね」

直接の上司ではないといえ、捜査一課の係長を呼び捨てだ。この津田という男、体育会系男子のように、細かいことは体力でなぎ倒して前進するように見えるが、受けた仕打ちは忘れない性分らしい。

外の道を、候補者の名を連呼しながら、選挙カーが通り過ぎてゆく。

敷島は苦笑した。

「あの淳也の一件から五年が経って、皮肉にもまた選挙で騒がしい時期が来た。――そんなことはともかく、小西さんがおたくとおれを組ませた理由がわかったよ。おたくほどじゃないが、おれも赤井係長には少しばかり借りがある。今回のことで返せればいいと思っている」

津田巡査は、嬉しそうにうなずいて、コーヒー牛乳のような液体を一気に吸い上げた。

14　火災翌日　午後　『雛』因幡航

体の大きな男が、四角い樹脂製のトレーを目の前の小さなテーブルの上に置いて、すぐに部屋から出ていった。

男は、乱暴なことはしないが口もきいてくれない。顔つきも無表情で、何を考えているのか想像できない。

トレーに載っているのは、手拭き用のウエットティッシュと、航の好物のシャインマスカットだ。午後のおやつという意味らしい。監禁されているが、ひどい扱いは受けていない。

この殺風景な部屋は、航の部屋と同じぐらいの広さだ。ということは八畳ほどだろうか。違うところは、この部屋には家具類がほとんどない。あるのは、航が今座っているソファベッドと、学校の机ほどの小さなテーブルだけだ。

手足も縛られていないし、目隠しも猿ぐつわもされていない。完全に自由の身でない象徴は、腹にぐるりと巻かれた丈夫そうなロープだけだ。一度かれらの目を盗んでほどこうとしたが、たとえ大人の力でも無理そうだとわかって、すぐにあきらめた。

腹に巻かれたロープからはさらに別のロープが延びていて、壁にねじ込まれた金属製のフックに結ばれている。これも硬く埋まって、とても素手で引き抜いたりはできない。

少し前に、映画でこんなシーンを見たことを思い出した。

そう、南の島で囚われて船で運ばれてきたキングコングだ。自分はいま、コングのように囚われの身なのだ。ロープをいっぱいに伸ばしても、窓やドアには手が届かない。

あの家から航を連れ出したのは、男と女だった。大人の年齢は見ただけではよくわからないが、自分の親よりは下だと思う。どちらも体が大きい。特に男のほうは、普段あまり見かけないほど大きい。以前、祖父の客として家にプロバスケットボールの選手が来たが、そのぐらい大きい。

女からは何回か話しかけられたが、男はずっと無言のままだ。

女は今朝一度のぞきにきて「痛いところはないか」と訊いてから、顔を見ていない。どこかへ出かけたのかもしれない。

連れてこられたこの家は、マンションではなく、戸建てのような気がする。部屋に入るまで目隠しをされていたので確証はないのだが、壁や柱の造り、建物の匂い、外から聞こえてくる気配などで、そんなふうに感じるのだ。

寝ているところを突然起こされて、女に「騒げば静かにさせる」と脅され、目隠しをされ、男に抱き上げられ、車まで運ばれて寝袋のようなものに押し込められた。あっという間だった。

あの家にいた人たちはどうなっただろう。

〝お父さん〟と〝お母さん〟には、最近ようやく慣れてきたところだった。〝お祖父ちゃん〟は、あの家で初めて顔を合わせたが、優しくていい人だった。あのときの会話や物音、雰囲気から、一緒にいた人たちは殺されたような気がする。

ここへ連れてきた二人に訊いてみたいが、返事が怖くて訊けない。

家から外に連れ出されるとき、焦げくさい臭いがした。だから家も燃やしたのかもしれない。

ここまで運ばれ、二階の部屋に閉じ込められ、ロープで繋がれた。目隠しは外された。

「騒げば静かにさせる」

もう一度女にそう脅されて、騒がないことに決めた。

ここまでの印象では、静かにしている限り航に乱暴するつもりはないようだ。おそらく誘拐が目的なのだろう。

だとすれば身代金欲しさだろうか。

航は、祖父の将明に諭（さと）されるまでもなく、自分は誘拐の対象になりうると思い、誘拐事件に関する本を何冊か読んだ。自分にできる対策や、さらわれたあとの行動について学んでおいたほうがよいと思ったからだ。

少し残念だったのは、営利誘拐にはほとんど成功例がない点だ。つまり失敗する。そして「失敗」した場合、被害者は死体で発見される。あるいは永久に発見されない。

そのこと自体はあまり悲しくない。別れがつらい人はあの家にはいない。思い出の品ものがいくつかあるが、自分が死ぬならあれらがどこにあっても同じことだから悲しむことに意味はない。ただ、その前に一人だけ会いたい人がいる。そのことを伝えてみようかと思ったのだが、男はトレーを置くと、航が反応を見せる前に部屋から出ていってしまった。

また独りぼっちだ。小さな押しボタンのようなものをひとつ渡されて、トイレのときはそれを押せと言われている。実際、これまで二度使ったが、五分と経たずに最初は女、次は男がやってきて、閉じ込められた部屋の向かいにあるトイレに入れてくれた。そのあいだ、女ないし男はドアの外で待っている。

そしてまたこの部屋に戻り、ロープに繋がれる。することがなくて退屈だ。スマートフォンは取り上げられ、タブレット端末や本は持ち出せなかった。

母親と過ごしたころの思い出を反芻してみたりしたが、かえって悲しさが増すのでやめた。

そもそも今は何時だろう。窓のシャッターが閉まっていて、外の光は漏れてこない。トイレにも小さな窓があるが、何かで塞いである。この部屋にというより、家中に防音対策が施してあるらしく、トイレに移動するときも外の音はほとんど聞こえてこない。

あの家から連れ出されたとき、外はまだ真っ暗だった。車の中で目隠しをされて、どこをどう移動したのかまったくわからないが、乗っていたのは一時間ほどだと思う。

そしてこの部屋に入れられて、ロープで繋がれてから目隠しを解かれたとき、部屋はスモールライトがついているだけだった。

女は、ソファベッドを指さして「寝るならそこで寝るように」と言って去った。枕代わりのクッションと、タオルケットが一枚あるだけだ。空調が効いていて、暑くも寒くもない。

ソファベッドに横にはなったが、眠れるはずがない。時計はないが、おそらく二時間か三時間ほど経って、ライトが明るくなった。朝になったということだろう。そして、サンドイッチと豆乳の朝食を出された。その後、昼にカツカレーとコールスローサラダ、おやつにシャインマスカット、夜は牛丼とポテトサラダと温めた豆乳、すべて航の好物だ。ひと晩寝て、まったく同じ繰り返し――。

どうやら、今この家にいるのは、航をさらってきたあの男女と航だけのようだ。

そしてかれらは手話で会話するらしい。この家に連れこまれた直後や、短い接触の時間に、二人が会話するのを見た。おそらく、航が手話を理解できないと思って気を許したのだろう。

航が通う私立の小学校には、五、六年生を対象に「選択活動科目」という枠がある。何か自分で選んだテーマ――たとえば、古い文学作品の書かれた時代背景だとか、フードロスを減らす仕組みの考案だとか――について、自由研究のようなことをするのだ。

航は、ボランティア活動コースを選んだ。その中でも、航が入ったのは、耳が不自由な子供たちに手話をつかって簡単な演劇を見せる活動だ。去年は「泣いた赤鬼」をやった。見ている小学校低学年の児童たちが最後は泣いてくれたので、こちらも泣いてしまった。

今年はオリジナルのコメディをやろうということになって、秋の公演に向けて夏休み中に準備をすすめるはずだった。

それはともかく、そのおかげで、航は手話を日常会話程度なら理解できる。手話の種別としては、伝統的な「日本手話」ではなく「日本語対応手話」だ。彼らが使っているのもそれだと思った。

ほかにすることもないので、彼らが手話を使う理由について考えた。最初に思ったように、航に聞かせないためではなく、どちらかが言葉で会話することに障害があるのではないか。あるとすれば、男のほうだろう。女は航と普通に会話している。

手話を見た直後には、彼らのやりとりが理解できるかと少し胸が高鳴ったが、やり取りの動作が素早く、単語数が少ない上に、よくわからない表現がいくつもあった。おそらく、標準的な手話をベースに、彼らにしかわからない——あれはなんといっただろう、そうだ、「隠語」を使っているのだ。そこに、日本語でいえば「かな」に相当する「指文字」もミックスしている。

理解できた範囲と二人の雰囲気から、「あれ」を「どう扱うか」で意見が割れているらしい。「あれ」というのは、おそらく航のことだ。航をどこかへ連れて行くらしいのだが、そこまでの道中、今のように自由にさせるか、縛っておくかで意見が合わないようだ。

航にとって不安なのは縛られるかどうかよりも、その「どこか」が目的地なのか、もっとずっと遠い——そう、父親が行ってしまった世界へ行くための場所なのか、それがわからないことだ。

それと、「指文字」で名前のようなものが二度出た。だから間違いはないと思うが、それは《あおい》だ。ただ、音だけなので元が「カタカナ」なのか「ひらがな」なのか「漢字」なのかまではわからない。

マスカットをつまんで食べていると、また男が入ってきて、スマートフォンのメモアプリに書かれた文字を見せた。

「これから少し遠い所へ移動する。静かにしていると約束できるか？　できるならしばらくできないなら眠ってもらう」

〈できます〉と手話で答えた。

男の目が少し大きく見開かれたように感じた。

15　火災翌日　午後　アオイ

着信だ。相手は新発田信。ひとまずは〝拒否〟する。

一度だけ、この男と直接顔を合わせたことがある。仕事を離れての場で。つまり『アオイ』としてではなく、素の人間として会った。そのときのことは深く印象に残っている。これまで出会った中で、虫が好かないという点で因幡将明と双璧をなす外道だ。

本来、仕事の発注も報告も『組合』を通して行われる。クライアントと直接のかけひきなどありえない。無視しても『組合』からのペナルティはない。たとえ相手がアメリカの大統領であっても、そのルールは変わらない。

しかし、今回は応答することにした。向こうがアオイを〝個人的〟に知っているからというのもあるが、二度とかけてくるなと釘を刺すためにも。

「申し訳ない。一件、電話をかけさせてください。すぐに済みます」

そう言うと、樋口は「もちろんです」と丁寧に答えた。

ちょうど目に止まった小さな公園脇の路肩に車を停め、降りて車から少し距離をとった。スマートフォンを操作し、折り返す。

すぐに新発田本人が出た。

〈あれはどういうことだ？〉かなり怒っている。

「あれ、とは？」

〈とぼけるな。死人を出せとは言ってない〉

「あれは――」

その先の説明は止めた。こいつは真相を知らないようだ。ならばそのままにしておいたほうが都合がいいかもしれない。

「概ね計画通りです」

〈最悪の事態になっても、こちらの名は死んでも出すな。いいな、死んでも出すなよ〉

「わかりました」

〈そうだ。肝心のガキはどうした？〉

「かすり傷ひとつありません」

〈しかし、あと十日あるぞ。おまえらであと十日も面倒は見られんだろう。もう少しそういうことに向いた連中を向かわせる。引き渡せ〉

「お断りします」

〈なっ――お、おまえ、誰に向かって喋ってる〉

「民和党幹事長、新発田信前衆議院議員です」

〈き、きさま馬鹿にしてるのか〉

沸点の低い人間をからかうと面白い。

「馬鹿にするとかしないとかの問題ではありません。重要なのは、切り札をわたしたちが持っているという事実です」

〈先生、何をなさってるんです――〉

電話の向こうで、新発田のものとは違う声がした。通話口から少し離れていて聞き取りづらいが、アオイにはそれが誰の声かすぐにわかった。新発田の私設秘書、藪だ。

がさごそと、もみあうような音が聞こえる。藪が受話器を取り上げようとしているらしい。

〈おやめください〉藪が冷静に、きっぱりとした口調で諫める。

〈しかし、こいつが――〉という、新発田の声が聞こえたが、尻すぼみになった。

藪は、秘書といっても、新発田の政治家としての表舞台――たとえば、街頭演説の場や講演会場――などにはほとんど顔を見せない。何をするのかといえば、公にできないような汚れ仕事もこなす裏方だ。アオイも二度ほど顔を合わせたことがある。年齢不詳だが、おそらく五十代の前半だろう。

そもそも、新発田から仕事がまわってきたのは、この藪を介してだ。もちろん、ボスは新発田だが、細かい実務は藪の裁量に任されていると情報を得ている。

〈もしもし〉

藪の声が明瞭になった。受話器を取り上げたようだ。

「用件が終わったなら切るよ」

〈三十秒で掛け直します〉

「十五秒」

わかったとも言わずにいきなり切れた。新発田に聞こえない場所へ移動しているのだろう。

十四秒で、藪のスマートフォンから着信した。

「はい」

〈先生は〝オプション〟のことを知りません。その前提でご対処ください〉

「めんどくさいな。だったら、電話なんか掛けさせるなよ。なんでこっちの番号を知ってるんだよ」

〈その点は失態でした。中途半端に情報を漏らす輩がいて――。おそらく秘書のだれかでしょう〉

「あんたも嫌われものってことか。まあ、こっちには関係ない。じゃあな。二度とあいつに掛けさせないでくれ」

〈あ、少々お待ちを〉

藪の声はあくまで平坦で、興奮も憤りも感じられない。新発田よりやりにくい。

「まだ何か」

〈『雛』は無事ですか〉

「もちろん」

〈どこへ連れていこうというんです。当初の〝オプション〟の予定と違いますね〉

「安全な場所」

〈わたしには教えておいて欲しかったですね。というより、今教えてください〉

「概ね予定通りに運んでいる。細部をいちいち説明する気はない」

〈あまり言いたくありませんが、依頼主はこちらです〉

「さっき、新発田のじいさんにも言ったけど、切り札はこちらが持っている。いつ、どこでその札を切るかは、こちらの考えひとつだ」

〈そんなことをして、今後に響きませんか〉

「仕事の受注のことを言ってるなら、心配はご無用。今までずっとこのやりかたでやってきた。それでも断り切れないぐらい依頼が来る」

電話口から息の漏れる音が聞こえたが、ため息だったのか鼻で笑ったのかは、判断できない。

〈わかりました。〝細部〟はおまかせしますが、せめて着手直後にでも教えていただくことはできませんか〉

「漏れてるんだよ」

〈と言いますと？〉

「こっちの動きがさ、向こうに漏れてるんだよ。さっきあんたも言ったろ。そっちの中に裏切りものがいるぞ。誰も信じられないんで、みんなの知らないところへかくまう」

〈念のためにうかがいますが、わたしも疑われていますか〉

「あたりまえだろ。二重丸の本命だ」

また息が漏れた。笑っているようだ。

〈失礼ながら『組合』の中にいるのでは？〉

「知ってるかもしれないが、一応伝えておく。『組合』の掟は三つだ。一つ、『組合』本体を棄損（きそん）する行為は認めない。二つ、ほかのユニットの邪魔はしない。三つ、だが助けを求められれば可能な限り応じる。いずれの場合も、その手段が合法か非合法かは問わない。掟を破れば追放になる。それは業界においては死を意味する」

藪は〈なるほど〉と答え、続けて訊いた。

〈『I』という組織をご存じで？〉

「もちろん」

〈あそこが動いているようです〉

「知ってる」

〈でしたら、細かい口出しはしません。しかし、『雛』にはかすり傷ひとつつけないでください。

万一のことがあれば、あなたの命ぐらいでは償えない〉

「いまさら安っぽい脅しはいらない。そんときゃあんたも道連れだ」

返事を聞かずに切った。

地獄耳と評判の藪も、まだアオイと『I』の関係には気づいていないようだ。

アオイが元々身を置く組織『組合』とは似て非なる、そして時に競合する組織が『I』だ。その名称である『I』とは、英語の「investigator」つまり「調査官」の頭文字だと聞いた。いかにも、面白味のない役人が考えそうだが、構成員は公務員ではない。外郭団体でさえない。したがって、警察や内閣情報調査室などとは無関係だ。純粋に民間の団体だが、政府中枢と繋がりが強い。

主として政府関係者――それもある程度の大物以上――の依頼を受けて、秘密裡に対象人物の調査や事象の裏を探る、つまり探偵業のような仕事だ。対象人物や内容がデリケートすぎて普通の民間調査会社には頼めないような問題を扱う。

たとえば、上級官僚や閣僚議員などに、スキャンダルの噂が立つ。収賄でも不倫でもいい。その事実関係や相手の素性を調べ、なんらかの対策を講じるための材料を集める。つまり、もみ消すか、あえてリークするか。ときには、調査だけでなく、対策の実働もする。金品あるいは無形のものと引き換えに、関係者には沈黙してもらう。あるいは饒舌になってもらう。

この組織の幹部には、元警察官僚や法務省のOBなどが名を連ね、公的組織でないがゆえに、たとえ首相といえども、摑まれた事実を握りつぶすことはできない。目障りだが、時に利用したくなる存在のようだ。

今、アオイはその双方の組織がからむ面倒な問題に、足を突っ込んでいる。

16　火災翌日　午後　樋口透吾

「なんの話だったか訊かないんですか」

アオイは、五分ほど誰かと電話で話して戻った。シートに身を滑らせるなり、樋口にそう訊いてきた。

「一兵卒が、指揮官にあれこれ質問するのは規律に反しますから」

樋口の答えに、アオイは「ふん」と鼻先で笑った。

「一番近いインターから高速に乗ります」

「引き続き西へ？」

樋口の問いにアオイは無言でうなずき、先を続ける。

「作戦は予定どおり。アジトにわたしとほか二名で突入。一名は正面で待機」

訊き返すまでもなく「一名」というのは樋口のことだ。なにしろ四番手の控え要員だ。

「その『アジト』というのは戸建て住宅ですか」

アオイはまたしても無言でうなずき、車を発進させた。

「ちょっと訊いてよろしいですか」

樋口の問いにアオイは小さくうなずく。ひと言しゃべるごとにギャラを削られる特約でも結んでいるのかもしれない。

「そのアジトに関する情報はどこから？　あるいは誰から？」

「ノーコメント」

「上は、たとえばカラスは知っていたんでしょうか」

「ごく最近」

「わたしはまったく聞いていません。まあ、うちの組織が肝心なことを言わない体質は、今に始まったことじゃないですが」

「漏れたことが漏れたら、失敗ですから」

「たしかに、わたしは口が軽いとよく言われます」

またしても無言だ。冗談が嫌いなのか理解できないのか。質問を変える。

「そういえば、もっと肝心なことを訊いていませんでした。実行犯は独立系の連中だという噂を耳にしました。例の『組合』じゃないかと。ご存じで？」

「その噂は聞きましたが断言はできません」

「ほう。どこで聞きました？　今わたしは、とっさの思いつきで言ったんですが」

アオイがきつい目でこちらを見た。

「危ないですから、運転中は前を見てください」

「もう、赤になる」

たしかに赤になり、停止した。

「わたしを試してる?」

「とんでもない。ただ、わたしが知らないことまでご存じのようなので興味が湧いただけです」

軽く鼻を鳴らしたように聞こえたが、気のせいかもしれない。

「仮に『組合』が出てきたとしたら、彼らはどこまでやる覚悟でしょう」

「さあね」

「かれらが本気なら、我々は分が悪いな」

また無言の返答。これ以上話しても収穫はなさそうだ。信号が青に変わり、再び走り出す。

「近くなったら起こしてください」

樋口はシートをやや倒し、腕を組んで目を閉じた。

話がうますぎる。いや、すらすらと流れすぎる。それは樋口にとって、あるいは『I』にとって、都合がいいとか悪いとかではない。裏に複雑な事情があって、双方が拮抗した力を持っているような案件の場合、将棋でいえば「千日手」のように行き詰ることが多い。

それが今回は、例の火災案件以降、淀みなく進んでいる。なんとなく、誰かが書いた筋書きをなぞっている、もっと言うなら手のひらの上で踊らされているような感覚だ。

その「誰か」とは誰だ。クライアント側の人間か、敵対する側の人間か、あるいは『I』の上層部なのか。それとも、本当に『組合』が乗り込んできたのだろうか。

このまま犯人たちのアジトを襲撃して、それですんなり終わるとは思えない。

今までこの世界に身を置いてきた人間としての勘が、そう告げている。政治家や〝裏側〟の人間がかかわると、そして彼ら自身やその身内が絡む事件であればなおさら、一筋縄ではいかない。時に死人が出る。

しかし、そんなケースでも、変死体が転がることはほとんどない。たいてい、永遠に行方不明のままであったり、疑いようのない自殺であったりする。今回のようにお粗末な手際で、無理心中を偽装したり放火したり、という手口は邪道で目立ちすぎる。褒められたものではない。

もし本当に『組合』があれをやったのだとしたら、新人の加入テスト代わりにやらせたのだろうか。あるいは――。

想像できないような事情があったのかもしれない。

アオイの運転する車は、ほぼ制限速度を守って、流れるように進む。運転技術は褒めてもいい。うっかりすると、本当に寝入ってしまいそうだ。

眠気覚ましに、もう少しこの案件の本質について考えることにした。

クライアントは、因幡将明というあまり先が長くないらしい老人だ。もちろん、名前は知っていたが、その経歴にも現況にもまったく興味はなかった。先日、北海道で足止めを食っているあいだに、組織から送ってもらった資料で一夜漬けの勉強をしただけだ。

今回の騒動の発端を探すとしたら、どこまで遡(さかのぼ)ればいいのか。その因幡将明が、政界のフィクサーとしてのしあがっていく過程か。それとも、新発田信が絶対安定多数政権与党、民和党の幹事長の座を死守している裏側か。樋口も、さすがに現役大物政治家である新発田信のことは、よく知っている。『I』が依頼を受けた仕事をしたこともある。

いずれにせよ、今回の種は遅くとも五年前の春に蒔かれたといえるだろう。

当時すでに民和党の大物だった新発田信の長男、淳也が不始末を起こした。いや、犯罪の被疑者となった。大学生だった淳也は、合コンで知り合った女性に薬物入りの酒を飲ませ、主としてサークル仲間数人と性的暴行を加えた。その後法改正され、名称も変わったが、当時は《準強制性交等罪》、さらにその前は《準強姦罪》という罪名だった。

有罪になれば、初犯でも執行猶予がつかず実刑になる可能性が高い、重い犯罪だ。

予想通り、忖度(そんたく)、圧力の嵐が吹き荒れ、うやむやになりかけた。しかし、これに待ったをかけた幹部がいた。所轄である芝浦署の署長だ。この芝浦署の署長は、いわゆるキャリアの中でも将来を嘱望(しょくぼう)された者が一時腰かける、エリートコースだ。

「新発田淳也案件」については、所轄署の職員も含め、周囲のほとんどが「やめときゃいいのに」と思ったはずだ。使命感の有無といった問題ではなく、「無理」なのがわかっていたからだ。しかし、若き純粋な正義感が暴走した。親戚筋に警察庁刑事局の幹部がいたこともそれに拍車をかけた。

逮捕状が発付され、それまで冷ややかな目で見ていた所轄の刑事たちも、「なんだ、本気なのか」とがぜん燃えただろう。「ならばやってやるか」と。それが刑事の職業意識だ。

しかし、淳也のマンションで待ち伏せし、いよいよ逮捕状を執行するまさに一分前になって、この署長の親戚などよりさらに雲の上から待ったの声がかかった。事実上の「逮捕中止」だ。現地で張っていた刑事たちは、歯噛みして悔しがっただろう。その場の光景が目に浮かぶようだ。どんな〝力〟が働いたのか――。

いくら新発田のような大物政治家とはいえ、直接警察の現場に横やりを入れられるものではない。それなりの〝筋〟を通さねばならない。しかし当然ながら、政治家本人がそんな根回しや交渉の電話を入れたりはしない。筋を通せば、通した跡が残る。同様に主力の秘書も手を汚さない。

警察内部にも、主流、反主流、中間派などの派閥争いはあり、組織として一枚岩ではない。国会議員が秘書に命じて、身内の罪をもみ消すために警察幹部に圧力をかけた、などとリークされないとも限らない。したがって、それとはわからない第三者に依頼する。

このときの逮捕中止命令についても、同様の構図だったはずだが、警察機構や政治の裏事情を多少知るものは疑問を抱いた。あの新発田の思惑とはいえ、あまりに力業だったからだ。

一度は逮捕状が発付されたということは、その時点まで司法が圧力に負けていなかったことを意味する。それが急転直下中止になったからには、直接的にかなり強い力が働いたと考えざるを得ない。

こんなときに暗躍するのが、世間で「フィクサー」と呼ばれる連中だ。もっとも、関係者はそんな映画のように大袈裟な、時代がかった呼び方はしない。せいぜい「ブローカー」、多くは「コンサルタント」と呼ぶ。

この新発田淳也の案件にかかわったとされるのが、何人かいる大物「ブローカー」の中でもトップクラスの大物、因幡将明だった。

因幡がその地位に居続けられるのは、もちろん金の力もあるが、根幹をなすのは情報収集力だ。ある政治家のパーティーで、議員に「どうやって情報を集めるのか」と訊かれ、「集めはしません。情報のほうから、我も我もと集まってくるんです」と嘯いたという有名な逸話がある。

どんな権力者にも弱みはある。知られたくない秘密はある。その中身が合法か非合法かは関係ない。重要なのは、本人がどのぐらい知られたくないかだ。

たとえば、最高裁判所のある判事の性的な嗜好は、それ自体に違法性はないが、もし週刊誌にでも暴かれたら、衆議院選挙日の国民審査を待たずに辞職する可能性もある。

そのほかにも、大物、中堅の政治家――都道府県の首長や内閣のメンバー――から、財界の大御所、各種利益団体の幹部、大物評論家、大学教授までありとあらゆる業種、階層に及ぶそういった情報を、因幡は金で買い、金で売り、得た情報と引き換えにさらに大きな情報を得る。そうして集めたものが、あの邸宅のどこかにあるという〝特別室〟に床が抜けるほど溜まっているそうだ。

まさに、「日本版フーバー長官」といったところだ。

新発田淳也のときも、この因幡が当時の大臣、長官クラスに連絡を入れ、さらに重要なのは被害者にも手を回し、届け出を取り下げさせ、ついに逮捕中止となった。

逮捕状は七日間執行されなければ、失効する。淳也の場合、二度と請求されることはなかった。

逮捕状まで発付して、一転中止となったこの空騒ぎを「残念だった」で済ませるわけにはいかない。かといってエリート署長を傷ものにするわけにもいかない。結局のところ、副署長と刑事課長が依願退職、ということでけりがついた。

それはそれで遺恨を残したと思うが、樋口の関与するところではない。

また、いくつかの疑問が残った。

逮捕状の発付から執行までの時間が短ければ、事実上、外部の人間が横やりを入れる余地はない。「来るかもしれない」とは思っても「いつ来るのか」まではわからない。だからこそ発付直後の逮捕率は高い。

新発田淳也に対し、この日の早朝に執行する——つまり逮捕・身柄拘束することは、ごく一部の人間しか知らなかった。そこへ、まさにぎりぎり直前にストップがかかった。これは偶然ではないだろう。逮捕部隊のメンバーないしその指揮系統に内通者がいる、そう誰もが思った。そして、それが誰であるかも、あきらかだったようだ。

その人物の名もまた、今回案件の事前勉強で初めて知ったのだが、現場を指揮したのは赤井勝行という警部補で、当時は芝浦署刑事課の係長だった。

赤井はこの一件の半年後に警部に昇進し、さらにその一年後には、本庁捜査一課の係長という日の当たる席に座った。そして今回の、『一家無理心中、放火事件』の捜査の現場指揮を表向きとるのが、赤井係長だ。

捜査一課の捜査対象は、主として「強行犯」だ。現場指揮官である係長が放火や殺人の現場に出向くことは日常の仕事だ。

今回の謎が多い一家無理心中事件で、いまだに行方不明の男児が一人いる。この男児こそが、陰で日本の舵取りをしているといっても過言ではない大物ブローカー因幡将明の孫なのだ。

だがそれは、現場で動く警察官ですら知らない、トップシークレットだ。

因幡の孫とは関係なく、たまたま赤井が出張ってくることも、可能性として絶対にないとはいえない。強行犯担当なのだから。しかし、そう考えるには無理があるさらに裏の事情があるのだ。

五年前の淳也の事件のころは、因幡と新発田は「蜜月」とまではいわないが、まだ「もちつもたれつ」「共存共栄」の間柄だった。

その関係が最近になって突如崩壊した。崩したのは、いや攻撃を始めたのは因幡の側だ。

一年ほど前、因幡にがんが見つかった。もともと因幡は病院嫌いだった。人間ドックや内視鏡検査も数年に一度だったと聞いている。

がんが見つかったときは、複数の臓器に転移し、すでに手遅れの状態だった。年齢も加味し、手術は無理、あるいは有効ではないという判断がなされた。加えて本人は、それ以外の放射線治療や抗がん剤の投与も拒否した。

もはや、今日か明日か、というところまで来ているらしい。

気が気でないのが、情報を握られている連中だ。秘書を通して遠回しにあるいは直接的に「わたしの秘密を永久に処分してくれないか」と打診するものが後を絶たない。

ほとんどのものには応じたと聞く。ただし、条件をつけた。

樋口はその条件を聞いて「このところの異常気象は、天が驚いたからではないか」と思ったほどだ。

ひとことで済ませるなら「告白しろ」が、因幡の要求だった。

各種団体への公金給付とその見返りのパーティー献金システムの暴露、政治資金の不正帳簿、合理性のない公共工事と組織票の関係、などなどだ。

しかし、急に因幡に良心が芽生えたからではない、そう樋口は理解している。何が目的かといえば、単に、彼らが一番大切にしているもの――すなわち現在の地位を奪うことで、いくらか溜飲を下げるためだ。

中でも新発田に対する要求が象徴的だった。

「息子の淳也が五年前に犯した罪を、もみ消した事実も含めて正直に公表しろ」というものだ。

だからといって、因幡は被害者に同情したわけでも、義憤に燃えたわけでも、地獄の入口での裁きが恐くなったわけでもないだろう。

単に悔しいのだ。もっともライバル視していた新発田がぴんぴんしているのに、自分が先に死んでゆくことが我慢ならない。

「おれの葬式で、あいつがにやにや笑っているところを想像するだけで虫唾が走る」

そう言ったという噂はおそらく真実だろう。

しかし、新発田としては、そんな要求をのめるはずがない。息子のまだ発覚していない不祥事、というだけなら対処のしようもあるだろう。しかし、すでに逮捕状が発付されたにもかかわらず、因幡の政治的な力を使ってもみ消したなどと知れたら、政治生命は終わりだ。幹事長を退く程度では済まない。議員辞職も避けられず、二度と政界に戻ることはできないだろう。因幡の指示で動いた官僚も、無傷では済まない。そんなことになれば、以後新発田の命を聞くものなどいなくなる。

当然ながら、新発田側は拒否した。因幡の返答は明快だ。

「ならば、こんどの総選挙前にすべてをばらす。告白の期限は、投開票日一週間前の日曜日」

新発田が苦悩したのはいうまでもない。

今そんなことをされて浮動票でも動いたら、せっかく低投票率続きで安泰だった政権が、大きな打撃を受ける可能性がある。下手をすれば政権がひっくり返ることもないとは言えない。

今から交渉したところで間に合うとは思えない。ならば、と因幡の口を封じる手を考えた。

日本の裏社会には、『I』と似たような役割を担う組織がいくつか存在する。秘書の中に、その非合法組織に通じるものがいたようだ。

この業界ではもっとも手荒い仕事をすることで有名な組織に、『組合』と呼ばれる集団がいる。『I』と並んで没個性な呼称だ。しかし『I』のように「建前上は、あくまで合法的な活動をする」という良心的な組織ではない。組織図が描けるような機構でもない。

『組合』は、それぞれ単身からせいぜいが四、五人程度の、少人数のグループの繋がりだ。繋がってはいるが、どちらが上、ということはない。時に、いくつかの「個」や「グループ」が協力して大きな仕事をすることがある。

ただ、彼らを統括する少人数のグループがいる。そのメンバーが上位集団だ。

一年ほど前、ある中堅自動車メーカーの旗艦生産工場で大規模な火災が起きた。丸三日間燃え続け、心臓部ともいえる生産ラインが復旧不可能なほどのダメージを受けた。その火事から二週間後、創業家が出自の社長は、愛人宅のマンションから飛び降りて死亡した。会社は倒産した。

この火災も偽装自殺も『組合』の仕事であることは、関係者のあいだではよく知られている。

似たような集団に『半グレ』というものがあるが、似て非なるものだ。半グレは合法違法を問わず、直接的に金を稼ぐ。風俗店などでそれなりに真面目に働く者から、特殊詐欺集団を形成したり、ときに強盗や殺人まで犯して金を稼ぐ。

一方の『組合』は、自分たちで商売はしない。商売している人間のために、邪魔になるものを排除し、ギャランティを受け取る。

個の集まりではあるが、繋がりのある個が攻撃を受けたときは、協力して防衛反撃態勢をとる。たとえそれが、政治的経済的な大物相手であっても。

中世の『ギルド』に近いかもしれない。

では、『I』との差はなにか。ほとんど一点のみだ。作戦遂行の手段が、合法か違法かの違いである。しかしながら、ときにその境界はあいまいだ。合法的を建前にする『I』とて、陰で何をやっているかわからない。

どちらも似たようなものだ――。

胸の内でひとりごちたとき、アオイの声がした。

「そろそろ起きてください。着きました」

車は中央自動車道の国立府中IC（インターチェンジ）を降りるところだった。

17 火災翌日　午後　敷島紀明

「厳しいですね」

津田巡査が、額の汗をぬぐいながら弱音を吐いた。あと数分で午後四時になろうとしている。

「まあ、そうぼやきなさんな」

敷島巡査部長は、諭すと言うよりはなだめる口調で声をかける。津田が思わず愚痴を漏らしたのは、酷暑のことではなく、目撃者探しのことだ。

一家三人の無理心中か、外部の人間による殺人および放火か。いまだに本部の方針は固まっていない。

家主である志村潔の「息子一家」に関する目撃情報を得るために、多くの係員があてられている。敷島と津田のコンビもそのための地取りだ。商店などを中心に聞き込みをする。

成果がまったくなかったわけでもない。午前中に「火事のあった前日に、志村さんの家をのぞいている男がいた」という証言を、一件だけ得た。しかし、空振りだろう。

なぜなら、これからあれだけの仕事をしようというのに、真昼間にのこのこ下見にやってきて、近所の人間に見とがめられるようなヘマをするとも思えない。

とりあえず報告は上げるが、犯罪がらみだとしても、空き巣狙いか、せいぜい特殊詐欺の下見ではないか。

　今のところ「誰かがいる気配があった」「火災の三日前から一家が遊びに来ているという意味のことを志村潔が言っていた」という隣人の証言に、上乗せできる新証言がない。

　隣人が嘘をついているとは思えないし、現に死体は出た。

「やっぱり、その親子らしき三名は、身をひそめていたんでしょうね。誰かから隠れていた。しかし見つかった。そして殺された。あげくに焼かれた。そんなところでしょうか」

　津田が、無感動に言う。冷酷なわけでも、皮肉を言っているのでもないだろう。単に可能性、筋読みをしているのだ。

「まあ、おそらく……」

　そこまで言いかけたとき、電話の着信があった。小西主任からだ。

「はい。敷島です」

〈悪いが、戻ってくれ〉

「今すぐにですか？」

〈今すぐにだ。あ、ただし署には入るな。署の北、五、六百メートルほどのところに『緑野公園』という公園がある。そこの『北出入口』近くで待ってる。――そうだな、三十分後に〉

「みどりの公園？　それはどこ……」

　場所を訊こうとした敷島の腕を、津田が軽く突いた。顔を見ると小さくうなずいている。自分が知っているという意味だろう。

「わかりました。三十分後に」

〈津田以外のやつには言うな〉

　ぷつっと切れた。


　約束より二分ほど早く『緑野公園』の『南出入口』に着いた。

　小西に指定されたのは北だが、タクシーが停まったのがこちら側だった。敷島たちのような現場捜査員は、毎日の聞き込みに覆面パトカーなど使えない。公共交通機関を利用するから、急ぎのときはタクシーになる。よほどのことでなければ、経費申請しても通らないので、自腹になる。反対側まで回るとメーターが上がりそうだったので、そのまま降りた。

　広さはテニスコート二面ぶんほどの、目立たない公園だった。周囲をつつじなどの植栽に囲まれ、いくつか遊戯用の器具があるが、今は誰も遊んでいない。午後四時を回ってもなおこの酷暑の中、不用意に屋外で遊べば熱中症になるだろう。自分たちは聞き込みをやっているが――。

　まさかつけられてもいないだろうとは思いつつも、後方や周囲に目を配ってから、公園に入った。焼けた砂の上を人工皮革のウォーキングシューズで歩く。津田もスラックスに白ワイシャツという定番の恰好だが、足元は黒が基調のスニーカーだ。

　北側の車止めのポールの隙間から公園を出ると、路肩に一台の車が停まっていた。

「うちの署の〝覆面〟です」

　津田が小声で説明した。もう一度、さりげなく周囲を見回しながら近づく。運転席に人影が見えた。一人だ。身覚えのある、小西の小柄だが筋肉質の体軀だ。後部シートのドアを開け、まず敷島が、続けて津田が乗った。

「ああ、涼しい」思わず声が漏れた。

「悪いな、呼び出して」

「いいえ。どのみちたいした収穫はありませんから」

「まあ、飲め」

そう言って小西が、ペットボトルの飲料を一本ずつ渡してくれた。買ったばかりなのだろう、冷えて汗をかいている。

「おお、ありがとうございます」

「ありがとうございます。いただきます」

それぞれ礼を口にするなり、一気に半分ほど流し込んだ。

「さっそくで悪いが、飲みながら聞いてくれ。――今回の一件、襲ったほうにも襲われたほうにも、いわくがありそうなことは、今さら説明するまでもないな」

「はい」

敷島だけではない。現場で捜査にあたっている職員たち、おそらく全員が共有している疑問だ。

そもそも、世帯主であった志村潔が怪しげだ。

埼玉県八潮市で経営していた運送会社が倒産し、追い打ちをかけるように妻を――やはり病死と裏付けがとれた――亡くした。多額の生命保険金を手に入れた形跡もない。

まさに管理官が漏らしたように「尾羽打ち枯らす」という体だったのに、不動産価格が数千万はする、都下の武蔵境に戸建てを買って越してきた。

第一の疑問は、「その金はどこから出たのか」だ。

そこから派生する第二の疑問は、「あの家に住んでいたのは、本当に志村潔だったのか」ということになる。

現場付近の住人に志村の印象を聞くと、人づきあいが悪いというより、「ほとんど交流がない」と返ってくる。隠遁生活、あるいは身を隠すような暮らしぶりだったらしい。一方、八潮市の志村潔に関しては「妙に愛想がいい」「道で会うと愚痴を聞かされた」という証言がある。

さらには、住民票などの書類上の年齢と、見た目にあきらかな開きがある。

第三の疑問は「息子一家の正体は何者なのか。そして、誰から、あるいは何から逃げていたのか」だ。

志村潔が近所と交流が少ないとはいえ、その息子一家を、近所の人はこれまで一度も見かけたことはなく、存在も知らなかった。それが突然現れ、わかっているだけで丸三日近く、潜むようにして暮らしていた。そして、大人三人は不審死を遂げ、男児だけ神隠しにあったように足取りがつかめない。

普通に考えれば「何者かに追われ、逃げて身を隠し、結局みつかって大人は殺され、子供はさらわれた」という筋になるだろう。

第四の疑問「男児は今どこで何をしているのか。そもそも生きているのか」と、最後の第五の疑問「もしもこの事件が、外部の人間による犯行ならば、実行犯はいったい何者なのか。目的、あるいは動機はなんなのか」となる。

今朝の会議でもそうだったが、〝上〟とくに本庁一課の方針は「心中か外部犯行か決め打ちせず、とにかく〝息子一家〟の目撃証言を探す。行方不明の男児の安否を探る」を優先している。一課招集の手回しが早かったわりに、その後の進展は牛歩のように遅い。

津田もそうらしいが、所轄の捜査員たちはこれが不満だ。上層部の煮え切らない態度に、なんとなく時間稼ぎのような臭いを感じる。特に赤井の言動はそれが露骨だが、不思議なのは、普段はどちらかといえば「がんがん行け」タイプの管理官も、赤井のやりかたを黙認している。

何かある――。

日頃、人の腹を探る仕事をしているのは伊達ではない。ほとんどの捜査員が、不満と疑いを抱いている。

「おまえたち二人に、頼みたいことがある」

小西は、前方に視線を向けたまま、運転席からそう声をかけてきた。

「なんでしょう」

気がつけば敷島ばかりが喋っている。津田は口を挟まない。

「追ってもらいたい車がある。少し遠出になるかもしれん」

「遠出？　何か出たんですか？」

その問いに小西が答えるまで、一拍間が空いた。どこまで話すか逡巡したのかもしれない。

「Nシステムに引っかかった車がある。本庁の捜査支援分析センター[SSBC]が、監視カメラやNシステムで、火事発見の前三時間、後三十分間に、現場付近を通った車を徹底的に洗った。地元の『多摩ナンバー』以外に重点を置いて。配送トラックなどの営業車も含めてだ。

ひとつずつ潰していって、白黒はっきりしない対象が、十数台まで絞れたそうだ。——まあ、ご苦労さんなことだ」

小西は、つい漏らしてしまったらしい感想に、自分自身で「そんなことはいい」と突っ込んだ。

「その中の一台が、一時間半ほど前に、再度Nシステムに引っかかった。中央道を西へ向かっている。最後に確認できたのが、国立府中ICの少し手前だ」

「中央道に？　ナンバーは洗ったんですか？」

「世田谷ナンバーのスカイライン、色はシルバー。登録名義は個人だ。今、詳細を調べている」

「顔は？」

「隠している。もしかすると、Nシステムの場所を知っているかもしれない」

「もしかして、それを追えと？」

「そうだ」

それに乗っていたのは、これも小西から聞いた「見慣れない、三十代とおぼしき男女のカップル」だろうか。訊きたいことがいくつも同時に湧いて、少し混乱した。思いついた順に訊く。

「まず最初に、どうして自分たちなんです？」

「おれが指名した」

つまり、何か摑んだら小西に最初に報告しろ、という意味だろう。津田も訊きたいことはあるだろうが、ここは口を挟まず聞き手に回っている。最初はこの津田に対し、規律を逸脱する「はみだし者」のような印象を持ったが、意外に生真面目なのかもしれない。

続けていくつか質問する。

「もちろん本部も承知の情報ですよね」

わざわざそんなことを訊くのは、小西のようなやり手の場合、知り合いのＳＳＢＣ職員から直接仕入れた可能性もないとはいえないからだ。

「もちろん、知っている」

「ならば、その車に乗っているやつらを、上はどの程度怪しいと睨んでいるんですか」

「あまり熱が入っているようには見えないが、内心はわからない」

「主任はどう思うんです」

「この情報だけじゃ、なんとも言えん。灰色だな」

「みつけたらどうします？　特にその男児が乗っていたら」

「その子かどうか、どうやって判断する？」

小西のほうから訊き返してきた。

「勘です」

敷島が即答すると、小西は一度肩をゆすって笑った。

「まずはおれに連絡しろ。状況に応じて判断するが、原則は尾行だ。絶対に逃すな」

「ほかに、その車を追うメンバーは？」

「いない」

「いない？」

つい大きな声を出してしまい、あわてて車の外を見回した。やはり人影はない。

「公にはしない。例のスカイラインのことは現場のほかの捜査員にもまだ知らせない。『誘拐』の二文字は、インパクトが大きすぎる。ただでさえ、勘のいいマスコミは何か隠しているんじゃないかと探り始めている。上は、ぎりぎりまで、つまり隠せるあいだは『行方不明』で通したいようだ。何台も覆面やPCが追えば、目立つ。目ざとい記者に嗅ぎつけられる」

「目立つとか、そんなことを言ってる場合ですか」

この規模の事件で、追跡者が覆面PC一台、追う警官は二名、というのは尋常ではない。

「そんなことを言ってる場合なんだよ」

上司にそう開き直られると、返す言葉がない。

「やはり、依然として『無理心中』にしたいようだ」

「子供の命より、警察の面子ですか」

「面子とかそういう問題じゃない」と言う小西の声が苦しそうだ。「おまえが言ったじゃないか、赤井さんがからんでいるなら、五年前のあの事件とかかわりがあるんでしょうか、と」

たしかに言ったたし、津田ともそんな会話をした。しかし、本当にそんなことがあるのか。この日本で起きるのか。そもそも、どんな繋がりがあるのか。

「それはつまり、また新発田がらみってことですか。その子供は何者なんです」

「知らなくていい」

「まさか新発田の孫ですか」

「だから、その名を出すな。このあとも警察にいたいならな。おまえらは黙って追えばいい」

「くそが」

　つい本音を漏らし、手のひらで顔をこすった。津田と目があった。わかります、と顔に書いてある。こちらに顔を向けようとしない小西の耳の後ろに語り掛ける。

「つまり、こういうことですね。政治的圧力があって表ざたにはできないが、ある程度の真相はつきとめておきたい。あまり本格的に介入すると、捜査員全員の口止めが難しくなる。そのあたりのさじ加減が難しい。そこで自分と津田氏の二名に白羽の矢が立った。ぶら下げられた人参しだいでどうとでも言うことを聞くと、そう評価していただいたわけですね」

「まあそう拗ねるな。――時間がもったいない。やるのかやらないのか」

「やりますよ。決まってるでしょ」

　津田もうなずいている。

「ひとつ大事なことを訊きます。赤井さんは、自分たちが追うことを知っていますか？　途中で横やりが入りませんか？」

「もちろん知っている。本音をいえばやめさせたいだろう。しかし、みなが同じ餌を食っている犬とは限らない。あの人でも、ある程度は譲歩しないとならないこともある」

「つまり、自分たちの後ろ盾もあると？」

「可能性はある、とだけ言う。――それと、最後にもうひとつ。ここまで来ても、おれにはまだ疑問なところがある。仮にだ。男児の誘拐が目的だったとしよう。なぜ三人も殺す必要があった？　少なくとも、居直り強盗の手際ではない。押し込んだ人数も単独ではなさそうだ。

なぜ三人全員を殺したのか。大腿部を刺すなどして、反撃不能にして立ち去れば済むものを、いきなり致命傷を与えている。しかも放火している。つかまれば確実に死刑だ。連れ去りだけではない何か深い理由があるはずだ。たとえば、顔見知りの犯行で、消す必要があったとかな。おまえたちが男児を保護できれば、本来の居場所へ戻す前に、つまり〝上から伸びてくる手〟に持っていかれてしまう前に、そのあたりの事情を聞きだすことができるかもしれない」

ようやく、少し納得がいった。

「つまり、真相に迫れるかすかな可能性にかけたわけですね。――わかりました。車は？」

「これを使え。記者に知られていないナンバーだそうだ。すぐに出ろ。Nシステムの情報は、入り次第、逐次連絡する」

18　火災翌日　午後　因幡航

体の大きな男に「これから少し遠い所へ移動する」と書いた文字を見せられた。

単にうなずくのではなく〈わかりました〉と指文字で答えたら、男の表情が少し変わった。あそこまで怖くないが金剛力士像に似ていると思っていた顔が、少しだけ柔らかくなったように感じた。

〈手話ができるのか?〉と訊かれた。

〈少し〉

もっと話がしたかったが、それで終わってしまい、男はぷいっと行ってしまった。その後、変化はない。

あの家で航があてがわれている部屋と同じぐらいの広さの、殺風景な洋室に、ひとりぼっちで放っておかれている。あまり水分をとらないようにしているので、トイレに行きたいときのボタンも押していない。

航は、自分のおかれた立場がまだ理解できなかった。

さらわれ、監禁されているのに、ぶっきらぼうとはいえ、きちんとした扱いを受けている。出される食べ物も、贅沢とはいわないが、航の好物ばかりだ。むしろ、どうして知っているのか訊いてみたいぐらいだ。そして、これから何をされるのか、どこへ連れていかれるのか、それが一番気になる。

それと、二人とも初めて見る顔だが、女のほうはなんとなくどこかで会った気がする。正確には見かけただけかもしれない。背が高くアスリート体形というやつだ。顔も、女性に使っていいのかわからないが――なんといっただろう、勇敢ではない、大胆でもない。そうだ、精悍だ。精悍な顔つきをしている。

エアコンが効いているので部屋の温度は快適だし、嫌な臭いや騒音もない。あの志村家に置いてきてしまったｉＰａｄがあったら、しばらくここにいてもいいぐらいだ。

心配なのは、やはりこのあと何をされるのか、どこへ連れていかれるのか、ということだ。もちろん、聞いても教えてはくれないだろう。ただ、ここまでの扱いからすると、それほどひどいことはされない気がする。

でも、と悪い可能性も考えてしまう。

本当は閲覧を禁止されているけど、以前こっそり観たネット配信の映画のことだ。

それは、小学生ぐらいの子供たちがさらわれて、臓器移植のドナーとして海外へ売られてしまう話だった。子供の臓器というのは提供者が少ないので、お金持ちが自分の子供を救うために「いくらでも金は出す」と言うらしい。

金のためならなんでもする人たちが一定数いる。さらうときに、路上でいきなり車に押し込むので、貧しい家の子も、それこそお金持ちの家の子も交じっている。

子供たちは、さらわれたあとで選別される。血筋だとか、肌の色だとか、血液検査の結果だとかでランクをつけられる。下位の子は不衛生な大部屋に押し込められて、着るものや食べ物も粗末だったけど、上位の子は清潔で明るい個室に入れられ、食べ物もよかった。

その子は幸せそうに見えたけど、でも真っ先に売られてしまった――。

そこまで思い出したところで、そこそこに快適な部屋を見回した。

お金目当ての誘拐だろうか、臓器移植のドナーにするためだろうか。そのどちらの理由にしても、目的達成までは大事にしてもらえるけど、達成後の生存率は低い。手術のとき麻酔はしてくれるだろうか、死んだら意識はどうなるのだろうか——。

そんなことを考えているときに、いきなりドアが開いたので、とても驚いた。つい、小さな声を出してしまった。

おそらく名が「アオイ」という女だ。

「でかけるよ」

ぶっきらぼうだけど、少なくともこの人は殴らないと思った。殴らないといえば、あの金剛力士もそういう意味では怖いと思わなかった。

「はい」

「手話が使えるんだって」

「少しだけですけど」

「わかった。——あとで、誰かに何か訊かれても『目隠しをされていたし、怖くてよく覚えていない』とだけ答えるように」

「はい」

「復唱して」

言われたとおりに繰り返した。

「上出来だ。さすが、あの人の子だ。さ、急いで。詳しいことは車の中で話す」

そして、目隠しを外され、階段を降りた。

19　火災翌日　午後　樋口透吾

アオイの運転するスカイラインは、住宅街の狭い道路を抜け、突然停まった。

「着きました」とアオイが事務的に言う。

カーナビゲーションが正確なら、そして樋口のあまり自信のない記憶によれば、ここは日野市だ。日野市の北西の外れ、南北を中央自動車道と多摩川、東西をＪＲ中央線と八高線に囲まれた、静かな住宅街だ。

このあたりの道路は、升目のようにきれいに直角には交わっていない。その変則的な角度の交差点が作る、家を建てるにも公園にするにも狭すぎる、三角形のデッドスペースのような場所に、アオイは迷うことなく車を停めた。いくらカーナビがあるとはいえ、あまりに手際がいいような気がする。

アオイはアイドリング状態にしたまま、スマートフォンでメッセージを短く交わし「彼らも着いた」と言った。

「彼ら」とは、もちろん別動隊の『Ｉ』のメンバー二名のことだ。樋口のところに連絡はないが、これは珍しいことではない。通常、指令というのは指揮官宛に来るものだ。

「それらしき車が見えませんが」

「このブロックの反対側にいます。同じ場所に二台も停めたら目立ちますから」

初心者向けのような解説に、「たしかにそうですね」と答えた。

アオイは説明を続ける。

「目標家屋は、その角を左折して」と、目の前の交差点をあごで指す。「道沿いに二軒目の赤い屋根、シンダーブロックの家。応援二名は裏手から回る。今から一分後に突入します」

急な話になってきた。

「で、わたしは車で待機」もう一度確認する。

「わたしたちが突入した十秒後には表門にピタリと車をつけて、我々以外の人間の逃亡を防いでください。わたしが『雛』を連れて出てきたら、乗車次第発車してください」

「了解です。突入まであと何秒？」

『I』のメンバーは、仕事中は支給品のソーラーGPS腕時計をしているから、昔の映画のように作戦開始前にいちいち時刻合わせをする必要がない。もっとも、アオイあたりの世代だと、そんな習慣の存在すら知らないだろう。

「四十五秒。それじゃ」

アオイがドアを開けて出て行くと、樋口は助手席側から素早く降り、運転席に回った。

サイドブレーキを解除し、ハンドルを切りながらアクセルを踏む。きつめのカーブを左折し、そのまま進めば、二軒目が目標の家——だと教えられた。

一度見ただけでは特徴を説明できないような、どこでも見かける、多少築年数を経た二階建ての木造モルタル造りだった。たしかに、シンダーブロックの壁はカビのようなもので薄黒く汚れ、緑色の苔も生えている。

これもまたアルミ合金製のありふれた門は、アオイが急いで入ったからだろう、十センチほど開いたままになっている。その門前に、後部座席のドアが来る位置にぴたりと車を停める。

助手席のウインドー越しに家の気配を観察する。玄関ドアは閉まったままだ。たった今押し入ったようには見えない。別の突入口があるのだろうか。庭側のテラスか。勝手口か。だとしたら、その情報はどこから得たのか。向こうは人質を取っているのに、こんなに簡単に、何の細工もせずに突入していいものだろうか――。

あれこれ考えてしまうが、ここで待機しろというのが、指揮官アオイの命令だし、おそらく『I』の幹部も容認しているのだろう。裏口から入ったというほかの『I』のメンバーの姿は見えない。もっとも、見えたとしても本当にそうかどうか判断はつかない。

もともと、今回のアオイのようにタッグを組んだ相手しか顔は知らない。まして名前だけ聞いても、顔も声もぴんとこない。それがわかっているから説明もしないのだろうが、これほどもやもやする案件は初めてだ。

三分待った。中からは何の音もせず、争う気配はない。どちらが勝ったにせよ、あっという間に勝負がついたのだろう。

あと一分待って変化がなかったら、ここから立ち去ってカラスに連絡を取ろうと思ったときだった。

玄関のドアが開き、アオイが出てきた。肩を抱きかかえるようにして、子供を連れている。年恰好からして『雛』こと、因幡航本人のようだ。アオイはきびきびとした動きだが、あわてては いない。追われていないということか。

アオイが後部ドアを開け「乗って、早く」と航に指示をした。航は素直にシートに滑り込んだ。

アオイも続いて乗り込んだ。

「出して」

言われる前に、アクセルを踏み込んでいた。

「成功？」とだけ聞く。

「半分」

「半分？」

短く問いながら、危険でない程度に飛ばして住宅街を走り抜け、あらかじめ打ち合わせていた とおり、国立府中ＩＣを目指した。

「インターに入ったら、下り方面へ」

「下り？　西へ向かうんですか？　ひとまず『倉庫』を目指す予定でしたが」

『倉庫』はすべて区内にある。つまり「上り」方向だ。

「犯人には逃げられた」アオイが苦しそうに答えた。

なるほど、それが「半分」の意味か。こういう作戦で、いちいち是非を問うのは愚の骨頂だ。

指揮官はアオイと決まったのだから、「西へ向かえ」と指示されれば従うだけだ。

「ほか二名は？」

答えるかわりに、スマートフォンで誰かとやりとりするアオイの声が聞こえた。「誰か」といっても『I』の幹部、おそらくカラスだろう。

「アオイです。――はい。『雛』は確保しました。無傷です。二名は稼動不能。救助願います。――いえ、骨折はあるかもしれませんが、致命傷ではないと思われます。――はい。――はい。では、そのように」

合流した二名はやられたんですか、と訊こうとしたが、すでに答えはわかった。

「向こうはどんな奴ですか」

「大きな男でした。二名が対峙するあいだに、わたしが『雛』を確保しました」

「やられるところを見たんですか」

「見ました。大人と子供の争いでした」

「よくご無事でしたね」

「この子を連れ出すのが精いっぱいでした」

ルームミラーに、アオイの顔の三分の一ほどが映っている。アオイが、ちらりと『雛』に視線を向けるのが見えた。

「ぼくは目隠しをされていたので、よく覚えていません」

因幡航、平成最強のフィクサーと呼ばれた男の孫が、思ったより元気そうな声でそう答えた。

「くどいようですが、『雛』を病院に連れていかなくても？」

「怪我をしている？」

アオイの問いに「していません」と航が静かに答えた。

アオイに指示されたとおり、中央自動車道に入り西へ進んだ。

航は、もともと口数が少ないのか、誘拐のショックを引きずっているのか、ほとんどしゃべらない。アオイが最初のうちに「こちらからいちいち訊かないから、用があれば言って」と釘を刺したせいかもしれない。

スカイラインは快適に進み、ほどなく神奈川県に入り、それもすぐに通り過ぎ、山梨県へと入った。運転はそのまま樋口が続けている。

ときおり、ルームミラーで、アオイと航少年のようすをちらりとうかがう。アオイは視線を伏せて何か操作している。スマートフォンで位置情報の確認をしているか、誰かと交信しているのかもしれない。

アオイが唐突に「顔を伏せて」と言った。その理由が樋口にはわかった。Nシステムがある場所を、彼女も知っているのだ。

航はほとんど無表情のまま、そんなとき以外は窓の外に視線を投げている。多少不安げではあるが、もっと濃く出ていいはずの怯え、怒り、悲しみ、と言った色は感じられない。両親は離婚し、母親は出身の兵庫県に戻り、別離以来顔を見たこともなく、父親とは一年前に死別した。

今はあの屋敷で、あの因幡将明と一緒に暮らしているという。

自分がこの少年だったら「痛いことをされないなら、どこかへ連れ出して欲しい」とでも頼みたいところだ。

「どこまで進みます？」

樋口の問いを受けて、アオイが軽く視線を上げた。

「時期が来たら言います」

そうですかとばかりも言っていられない。

「もう少しで大月JCT（ジャンクション）になります。せめて、どちらに進むかだけでも今のうちに指示してください。車線変更の準備もありますし」

言っている途中から、自分はいつからこんなに饒舌になったのだとあきれた。

「甲府方面へ」

「了解です」

「あ、その前に」

「何か」

「そこのSA（サービスエリア）に寄ってください」

「えっ、談合坂ですか？」

さすがに少しあわてた。

「はい」

アオイはこともなげに答えたが、もう進入路の破線が始まっている。幸い、すぐ後ろに後続車がいなかったので、ウインカーを出しながら進路を変え、ぎりぎり間に合った。

談合坂ＳＡのパーキングスペースへのゆるい坂を上りながら、多少恨みがましく言う。

「指示には従いますが、進路を変える際はもう少し早めに言っていただけませんか。今は幸い後続車がありませんでしたが、混んでいると思うようにいかないこともあります」

どう反論するかと思ったが、まずは謝ってきた。

「ごめんなさい。そろそろ指示しようかと思ったら、そちらから先に質問を受けたので」

失礼しましたと答えた。駐車場をゆっくりと流す。

「どのあたりに停めましょう。適当でいいですか？」

「もう少し進んで出口に近いあたりへ」

「了解です」

ショップの入るメインの建物を通り過ぎ、ドッグランやガソリンスタンドが近い端のあたりに停めた。サイドブレーキを利かせ、次の指示を待つ。

「トイレ休憩にしましょう」

アオイの口から出たのは、意外にも平凡な言葉だった。

「そうですね。小さな子供もいますし」

同意を示したが、本心を言えば不同意だ。敵のアジトを襲って『雛』というコードネームすらあった目標物を奪取し、逃げてきた。そこからまだそう遠くへは来ていない。

トイレに行くなとは言わないが、もう少し場所を選んだほうがよいのではないだろうか。だが、意見は口にしない。

「どの順番にします？」

「まず、航くんと樋口さんがお先にどうぞ」

たしかに、小学生とはいえ六年生だ。ここは素直に男子トイレのほうがいいかもしれない。

「じゃあ、行こうか」

シートベルトを外しながらやや首を曲げ、航にそう声をかけた。意外な返事が戻ってきた。

「ぼくはいいです」

「行っておいたほうがいいと思うよ」

今日の自分は本当に人が変ったようだなと思いながら、そう声をかける。

「監禁されているとき、トイレに行かなくていいようにほとんど水分を摂りませんでした。だからしたくありません」

視線をアオイに向ける。

「とおっしゃっていますが」

「では、樋口さんだけでも」

「そういうことなら、自分も結構です。ここで待ちますから、アオイさん、どうぞ」

「樋口さんお先に。この先、どういう展開になるかわかりませんから、できるときに。それと、途中あまり電波状態がよくなかったので、わたしは先に報告を済ませます」

こんなことで譲り合っても時間の無駄だ。ではお先に、と答えて車を降りた。

トイレ棟はすぐ近くだ。たいしてしたくもなかったが、たしかにこの先運転が長くなるなら、顔ぐらい洗ってさっぱりするのも悪くない。

　早足で進み、トイレ入口の前で振り返ると、車には異常はなさそうだった。用を済ませ、流水で顔を二度ほど洗い、ハンカチでふきとりながら出た。

　ほんの一分ほど前まで停まっていた、あの車が消えていた。


「まいったな」

　ふだんはあまり口に出さない独り言を漏らした。

　あわててみても、いないものはいない。団体客の陰に身を置き、見渡せる範囲で視認した。やはりいない。

　次に、ガソリンの補給かとスタンドへ目をやるが、そこにもいない。そのさらに向こう側、出口方面に向かう合流路にもそれらしき車はない。

「つまり、置き去りってことか」

　もう一度漏らし、嘆息した。近くの集団の一人に聞こえたらしく、中年の女性が驚いたような顔をこちらに向けた。「なんでもないです」という笑みを返した。

　そのまま屋外の木陰に入る。スマートフォンを取り出して、カラスに掛けた。

〈何か〉

「置いてけぼりをくいました」

〈ちょっと忙しいんだが、また何かの冗談か?〉

「わたしも何かの冗談だと思いたいのですが、現実のようです」

〈簡潔に〉

「『雛』を確保したあと、彼女の指示で中央道を西へ向かいました。ちなみに、実行の際合流したメンバー二名は負傷したと聞きました」

〈それは把握している。回収した〉

念のため周囲に目を配りながら通話を続けるが、なんということはない、夏休み初期のやや混み合った有名なサービスエリアの平和な景色が見えるだけだ。

「数分前に談合坂ＳＡに寄りました。トイレ休憩という名目の指示です」

〈それで？〉

「細かいやり取りは省きますが、わたしがトイレを済ませる一分ほどのあいだに、置き去りにされました。ごく短時間であったことからみて、追手に襲われたのではなく、自発的に出発したのだと思料いたします」

カラスにしては珍しく、次の発言まで短い間があった。

〈それで？〉

「応援部隊は来ますか？」

〈目的物確保と聞いたので追加は派遣していない。これから手配ということになる〉

カラスにしては読みが甘い気もするが、もとはといえば自分の落ち度なので指摘はしない。

「ならば、ここまでタクシーを呼ぶか、下へ降りてレンタカーを借りるか、ヒッチハイクをするか、そのあたりの選択肢になりそうです」

〈判断はまかせる。追加メンバーを派遣する。一時間半ほどで着くだろう。それより、行き先はわかるのか〉

「組織の指示ではどこまで？」

〈裁量にまかせたが、そのあたりで引き返すはずだ〉

「組織に知られたくない場所へ向かうから、わたしを置き去りにしたんでしょうね」

〈そのぐらいの頭は働くんだな。例のものは？〉

「一応残しましたが、彼女のことですから発見しているのではないでしょうか」

例のものとは、小型のＵＳＢ型メモリ程度のＧＰＳ発信装置だ。強力な磁石で車体の下部などに付けるのが理想だが、今回アオイにみつからずにそれができそうなチャンスはなかった。やむなく、トイレ休憩の際にすばやくシートの隙間に押し込んだのだが、おそらく見つかっているだろう。

〈少し待て〉何かを確認しているようだ。

〈談合坂ＳＡの下り方面出口付近で、信号は途絶えている〉

「やはり」即座に捨てられている。

〈Ｎシステムを利用する。新しいメンバーに追わせる。おまえは、自力で戻れ〉

「了解しました」

謝罪の言葉も付け加えようとしたが、その前にぶつっと切れた。

カラスには言わなかったが、第四の選択肢は「あきらめる」だった。

もしも、あの女が本気で逃げたのなら、今さらタクシーやレンタカーを借りて追ってみても、到底追いつけるとは思えない。いや、それ以前にどちらへ向かって追えばいいのか。

彼女は大月JCTを甲府方面へ向かうと言ったが、この事態を想定していたなら、わざと反対を告げた可能性もある。さらにそれをもうひとひねりした可能性もある。

そもそも、この先にはいくらでもICがある。Nシステムででも追わないかぎり、追尾は不可能だ。

『I』という組織は、「非合法な手段は取らない」などという建前を掲げておきながら、警察のものであるNシステムの情報を利用している。もちろん、ハッキングなどではなく、上のほうで〝話〟をつけて、横流ししてもらっているのだ。

だが、さすがにリアルタイムというわけにはいかない。タイムラグがある。どんな優秀なチームが派遣されてくるのか知らないが、今から追いつけるのだろうか。

ICを降りたあと国道や県道などの幹線道路を走り、監視カメラだらけの温泉街で、のんびり温泉にでもつかっていない限り難しいだろう。

アオイもNシステムに追われることなど充分承知のはずだ。

さて、戻るにしてもどうしたものか。やはりタクシーを呼ぶしかないかなどと思ったとき、目の前にすっと一台のマークXが停まった。

20　火災翌日　午後　敷島紀明

「どうしますか。念のため寄ってみますか」

　ハンドルを握る津田巡査が訊いてきた。

　敷島は一瞬迷ったが、そうだな、とうなずいた。

「寄ろうか。この先、どういう展開になるかわからないから、トイレにも行っておいたほうがいいかもしれない」

　いくら同じ警察機構とはいえ、ここは他県だ。「追跡」行為に関して、上層部も筋は通すだろうが、だとしても神奈川県警や山梨県警側の対応は「黙認」する程度だろうと思っていた。小西も「Ｎシステムの情報は、入り次第連絡する」などと言っていたが、そうそううまいぐあいに素早い情報など入ってくるはずもない。

　しかし、いざ追尾を始めて見ると、「相模湖ＩＣ付近を通過」「上野原ＩＣ付近を通過」などと、ほぼリアルタイムで他県警の情報が流れてくる。これは小西あたりの力でできる芸当ではない。

　いや、一課長でも無理だろう。本庁の刑事部長クラスか、もっと上かもしれない。そもそもが、民和党の大物議員、新発田幹事長が絡んでいるかもしれないと踏んだ事件だ。

　ただ、その裏のからくりがよくわからない。

　一課の赤井係長は、その新発田の指示系統にいると思われる人間だ。その赤井はこの事件を一家心中にこじつけたがっている。それはつまり、誘拐された男児の跡を追えと命じたのは、新発田の思惑だということを意味するのか。だとすれば、男児を保護するというよりは、捕まえるというほうが正確かもしれない。

しかし何のために？　殺された三人はどこの誰で、子供とはどういう関係なのか、新発田とどう絡むのか。見当もつかない。

自分たち駒は、ただ命じられたとおりに獲物を追えということか――。

それはともかく、少し前に、このＳＡにある防犯カメラに当該ナンバーのシルバーのスカイラインが写ったという情報が入った。少年が乗っているらしい。

あれだけのことをしでかして、いまだに逃げおおせているのだから、犯人――おそらく複数と思われるが――は、ばかではないだろう。こんなところでのんびり串焼きをほおばっているとも思えない。

ただ、この先にはＪＣＴもあるし、どういう道程になるかわからない。今のうちにトイレを済ませ、若干の飲食物を仕入れておくのも手ではないかと思ったのだ。

「どのあたりに停めましょう」

津田がやや前かがみになって、きょろきょろと見回しながら訊いた。

「出口に近いあたりに公園みたいなスペースがある。あのあたりがよさそうだ。トイレも近い」

「了解です」

津田の運転は意外になめらかで、乗り心地はよかった。駐車場の一番建物寄りの走行路を、するすると危なげなく進んでいく。敷島が指示したあたりには《ドッグラン》の表示があるが、この炎天下に人も犬もいない。

「このあたりでいいですかね」

「ああ――」

いいんじゃないかと言いかけて、止めた。

トイレの前に固まっている数人の中年男女の中に、見知った人物をみつけたのだ。

「ちょっとそのあたりで一時停止して」

「何か不審なものでも？」

「いや。面白い顔をみつけたので」

21　火災翌日　午後　樋口透吾

目の前で一時停止したマークXの助手席のウインドーが下りて、男が顔を出した。

「お久しぶりですね、樋口さん」

男はにこやかに、樋口にそう声をかけてきた。

運転席の男は見覚えがないが、この男はたしか敷島という名の刑事だ。車も覆面PCのようだ。

本来なら無視したいところだったが、現在、どちらかといえば窮地にある。突然現れたこの刑事に利用価値があるかどうか、検討してみても損はない。うまくいけばタクシー代が浮く。後日経費申請しても、カラスが支払いを渋る可能性もあるからだ。

敷島が今はどこの署にいるか知らないが、以前会ったときは所轄の刑事課に籍を置く巡査長だった。その署の副署長が、署のプール金を私しているだけではなく、使用目的が署の女性警官との不倫のためという情報が入った。

警察署にもよるが、「署長職」は、いわゆるキャリア官僚の腰掛的意味合いもある。都会の大きな署などはほぼそうだ。実質的な人事権、庶務的な裁量権は「副署長」が握っていることが多い。その署が澄むか濁るかは副署長に負うところも大きいといえる。

だからこそ、なかなか尻尾も摑めない。警務の査察が入るなどという情報は事前に入手できるので、裏帳簿の秘匿など簡単だ。

それで『I』に調査依頼が来た。派遣されたのが樋口だった。

男の警官たちは、連帯意識が高い。よそ者が事情を聞こうとしてもそうそう内情など口にしない。そこで樋口は女性警官を懐柔することにした。

例によって——もちろん警視庁上層部の許可を得てだが——偽の身分を名乗り「自分は警視庁総務部の調査員で、何か問題がないか各署を聞いてまわることになった」と緊張感もなく伝え、当の副署長の許可を得て女性職員たちと何回かにわけて昼食会まで開いた。

副署長の腹心らしい赤井という刑事課長が感づいたらしく邪魔をされたが、どうにか目的を果たすことができた。立件できるだけの証拠を摑み、残念だったが表沙汰にはできず、副署長の辞職という形で幕を閉じた。赤井はうまく逃げた。

このとき、もうひとり樋口の真意を見抜いた人物がいて、こちらは情報提供の協力をしてくれた。その唯一の男性職員が敷島だった。副署長や赤井の横暴に腹を立てていたらしい。

「こんなところで何をしているんです？」

敷島に声をかけられ、樋口の脳裏にどう応じるべきかの選択肢が四つほど浮かんだ。その中でもっともシンプルな答えを選んだ。今日はすでに疲れ果てている。

「手違いがあって、同行者に取り残されましてね」

淡々とした樋口の返答に、敷島が「ほう」と顔をほころばせた。

「樋口さんがおいてけぼり？　そんなことがあるんですか」

楽しそうだが信用していない目だ。

「それより、今日は都県境を越えて出張ですか」と樋口が問い返す。

「ええ、ちょっと」と敷島が曖昧に答える。

運転席の若いほうの男もおそらく刑事だろう。険しい目つきで前方を睨んでいるが、耳の神経はこちらに向けているのが手に取るようにわかる。

樋口がここにいたことは意外だったようだが、敷島の顔つきと言葉遣いからして、「ここで何をしているのか」には強い関心はなさそうだ。わかっているからか、自分たちの背負っているものでそれどころではないのか。

いずれにせよ、腹の探り合いを続ける気はなかったので、やはりかかわるのはやめて適当に切り上げようと思った。すると、敷島が意外なことを口にした。

「樋口さん。もし行き先が同じなら、ご一緒にどうです？」

あいまいな聞き方だ。「どちらまで」と訊かない。やはり、うすうす感じるものがあったのだろう。こちらからも探りを入れようかと思ったが、やはり疲労感に負けた。それに、好奇心と可能性にかけてみたい気持ちもあった。

「では、どこか適当なところまで」

〝行き先〟に関しては触れずにそう答えると、敷島は手のひらで後ろのシートを示した。そちらに乗れということだろう。ドアを開けるサービスまではないようだ。

「失礼」

ひと声かけてシートに乗り込むと、敷島が顔だけ半分ほど振り返って紹介した。

「彼は、津田巡査。深大寺署の刑事課です」

「というと、やはり武蔵境の事件で？」

さりげなく、ずばり切り出した。不思議に思うことはないはずだ。ニュースでも大きな扱いになり、世間を騒がせている。敷島も指摘される覚悟はあったのだろう。動揺したようすもなく答える。

「まあ、そういうことです。もしかして、樋口さんも同様で？」

向こうがそこまで腹を割ったのに、これ以上とぼけるのは非礼だ。

「繋がりがある、とだけお答えします」

「なるほど。奇遇ですね」

小さく同意すると、敷島が運転席の津田という刑事に視線を振った。

「彼には、まだ樋口さんの素性を話していないんです。あんまり突然に見かけたものですから。まあ、わたしと同程度には信用していただいて大丈夫です」

「樋口です。よろしく」

樋口がそう声をかけると、津田刑事も会釈を返してきた。

「津田です。よろしくお願いします」

「とりあえず、車を出しましょう」と敷島が促した。「あ、でもその前にトイレに行っておかないと」


二人の刑事がトイレに行って戻るあいだにこの車を拝借しようかとも思ったが、もう少し先に延ばすことにした。

さっきも考えたが、警視庁の刑事が覆面ＰＣで堂々とこんなところまで出張ってきているということは、かなり上まで話が通っているということだ。その相手は、敵か味方かあるいは同一かわからないが、『Ｉ』のクライアントと繋がっている可能性は大きい。必要以上の刺激は避けたほうがいい。

もっとも、そんな小細工をする間もなく二人は戻ってきた。手にレジ袋をぶら下げて。

「よし、こんどこそ行きましょうか」

敷島の合図で、津田は車をスタートさせた。スムーズに加速し、出口へ向かい流れるように本線に合流した。

「樋口さん、お茶とコーヒーとどっちがいいですか」

「いや、結構です。あまり喉が渇いていないので」

「そうですか。余計なお世話ですが、今日は暑いから水分はきちんととったほうがいいですよ」

「気をつけます」

前回会ったときの印象は強く残っていないのだが、この敷島という男、話好きなようだ。こんどは、運転している津田に話しかけている。

「昔ね、樋口さんと一緒に仕事をさせてもらったことがある。すごい人なんだよ。怖いしあまり信用できないけど、汚いことはしない」

苦笑を抑えながら礼を言う。

「身に余るお言葉、痛み入ります」

斜め後方からの横顔しか見えないが、津田も苦笑しているようだ。

そんな会話が始まってすぐだった。スマートフォン型のＰＳＤ型端末を手にした敷島が、「あ、ちょっとスピード緩めて」と指示した。

「どうかしましたか」

津田の問いに、端末を手にしたまま敷島が答える。

「約十分前、目標物がひっかかった」

「どこで？」津田が訊いた。

「大月ＪＣＴから河口湖方面へ向かった」

どうやら、アオイが運転するスカイラインはＮシステムできっちりマークされているらしい。それにしても、通過後十分で現場へ情報が伝わるというのは、尋常な速さではない。しかもこの二人は、地元の山梨県警からすれば〝余所者（よそもの）〟だ。

「もちろん追いますよね」

やや意気込んで問う津田に、敷島が「もちろん」と答えた。

「インターは、やり過ごしますよ」

「オーケー」

大月ＩＣを過ぎれば、大月ＪＣＴは目と鼻の先だ。《河口湖　山中湖》の標識の矢印が、左へ寄るよう指示している。

津田が左のウインカーを出した。チカ、チカ、チカ。

「待って」

気づいたときには発声していた。

「えっ」と二人同時に訊き返す。

余計なことを言うなと自分自身の忠告が聞こえたが、もう遅い。踏み出した道は進まねばならない。

「左へ寄らず、まっすぐ。甲府方面へ」

急にスピードが落ちた。すぐ後ろにいた車が長めにクラクションを鳴らし、数十キロは速度超過して追い抜いていった。まさか相手が覆面PCだとは思わなかっただろう。

「あとで説明します。ジャンクションに入らずまっすぐ」

分岐はもう目の前だ。間を置かず、敷島が指示した。

「まっすぐ行って」

「了解」

津田がやや不本意そうに答え、車を本線に戻した。


「説明していただけますか」

大月JCTを通過しながら敷島が訊いてきた。まだ未練があるのか、津田はさきほどまでのスピードを出していない。時速八十キロほどだ。

「それより、次の初狩PA（パーキングエリア）に入ってください」

「えっ」

さっきから津田の口から出る言葉の半分は「え」だ。無理もない。大月JCTから初狩PAまで三キロほど。たとえ時速八十キロでもあっという間だ。

「そこで説明します。とにかく入って」

「はい」

そのやりとりが終わるころ、早くもPAへの進入路が見えた。スピードを落としながら坂を上っていく。やがて駐車スペースが見えた。

「かなり狭いですね」

津田が正直な感想を漏らした。樋口はここへ来るのは初めてではないが、あらためて狭いと感じる。

「どうします?」敷島が訊く。

「なるべく目立たないところ。――あ、あの二台の間がいい」

樋口が二人の間から指さしたのは、四台の大型トラックが停まっているあたりだ。ドライバーたちは休憩中のようだ。そのうちの二台の間が一台分空いている。

津田の運転するマークXは、するするとその隙間に入り込んだ。混み具合によっては、正規の駐車スペースから外れた合流路のあたりに停めることも考えたが、まあまあの場所が空いていた。ここならば、真正面か真後ろからでなければ、車が停まっているのは見えないだろう。見えたとしても、覆面PCだとは思うまい。

津田はレバーをPに入れ、サイドブレーキを利かせたが、エンジンはかけたままだ。

「お二人は、被疑者に面が割れていますか」

その樋口の問いにどう答えるかで、誰を追っているのか、そもそも事件性があると認識しているのか、はっきり返答することになる。逡巡はあったようだが、敷島が素直に認めた。

「われわれの面は割れていないと思います。樋口さんは?」

さすがに、航を連れて逃げているのが、さっきまで一緒にいた女だとは思っていないらしい。

よけいなことは言わない。

「わたしは顔を見られています。――なのでわたしは身を低くしていますが、お二人はあまりわざとらしくなくしていていただければ大丈夫かと思います」

　樋口と出会ってから苦笑ばかりしているように見える敷島が、言いにくそうに訊いた。

「どうして、Ｎシステムが認知したとおりに河口湖方面へ向かわず、こっちへ来たのか。これから何が起きるのか。簡単で結構ですので教えていただけませんか」

　わかりましたと答えて時計を見る。ざっと計算する。そこそこ飛ばしたとしても、まだ十分ほどはあるはずだ。

「結論からいえば、標的はここを通ると考えます」

　二人は顔を見合わせ、代表して敷島が訊いた。

「その理由は？」

「詳細は言えませんが、わたしが仕掛けたＧＰＳ発信機を、標的は数分後に無効にしています。Ｎシステムで追われていることも充分わかっているはずです。どこかで車を乗り換える可能性が大きい。それも、わたしを撒いてすぐに。時間を置くと意味がなくなる。乗り換えのついでに少し攪乱(かくらん)したい。そう長い時間でなくていい。ミスリードして、時間稼ぎをしたい。

　一番簡単なのは、進路を誤認識させることです。その点、高速道路はわかりやすい。交差点も脇道もない。降りるしかない。たまに方向転換があるとすればＪＣＴぐらいです。標的はそのＪＣＴを利用することにしたとわたしは考えました」

「では、河口湖方面へ向かったのは、カモフラージュということですか？」

津田刑事がはじめて会話らしい発言をした。

「おそらく」とうなずく。「この先どこか、下に降りたところで乗り捨ててある標的の車がみつかるはずです。彼らは今回の計画をかなり用意周到に進めているようです。乗り換えの車が用意してある可能性があります。そしてわれわれの読みとは違う目的地へ向かう」

今度は敷島が訊く。

「その理屈が当たっているとして、このPAに寄る理由は？」

「正直、それは賭けです。車を乗り換えた標的たちがどこへ向かうのかで大きく変わる。しかし、わたしはもうしばらく高速道路を使う気がします。今の逃避行は身を隠すためではなく、どこかへ行こうとしている。わたしはそう考えます。となれば、多少のリスクを負っても、高速道路のほうが利便性がある。

そして、高速道路を使うのなら、河口湖方面は見せかけで、実際は甲府、もっといえば信州、北陸方面へ向かうのではないか。

ひとつ問題があります。同行者に小学生の子供がいる。アジトから救い出してすでに二時間近く経っています。いくら夏とはいえ、そろそろトイレに行きたくなる時間だ。さきほど、わたしを置き去りにするために、少年はあえてトイレに寄らなかった。理由はわからないが、わたしの目を盗んで誘拐者と会話をし、協力することに同意したのでしょう。

われわれが行き先の偽装に気づく前にトイレなどは済ませておきたい。だとすれば、もっとも手近なＰＡないしＳＡに寄る。もし、大月ＪＣＴを過ぎて車の交換と方向転換のため最初のＩＣを降りたとすれば、都留ＩＣです。都留から乗ったなら、最初のＰＡはこの初狩になる。狭くて目立つから『まさかこんなところに』と見過ごしやすいと彼らは考えるのではないか。それが、薄い根拠ながらわたしの推理です。

そうだ。今のうちに本部と連絡をとって依頼してもらえませんか。ここ十分以内、及びこの先十分後まで、都留ＩＣから乗って、その後甲府方面に向かった、特に白か黒の高級ＳＵＶがあればそのナンバーを以後追うようにと」

「どういうことです？」津田が訊く。

「車種に関しては論理的な根拠はありません。ただ、彼らがそういう車種を好む、というだけの理由です」

それ以上の詳しい説明はしない。『組合』や『Ｉ』に属する工作員たちが、いま言ったような車種を好むのは本当だ。機動力があり、積載量も多く、運転席からの見通しもいい。体の大きな者にも窮屈ではない。そして都心でも郊外でも目立たない。

敵方のアジトを襲って逃走する際に『Ｉ』から借りる車種を、なぜアオイがスカイラインにしたのかはわからない。

二人は出会ってからだけでもう何度目か顔を見合わせ、敷島が樋口を見た。

「樋口さん。あなた、何者です？　やつらとどういう関係です？　やはり仲間割れですか」

まあ、そう思われても不思議はない。

「その話は長くなるからやめましょう。知り合い、とだけ答えておきます。この馬鹿騒ぎが終わったら、お話ししましょう」

二人の反応はない。顔もほとんど見えないので、機嫌がいいのか悪いのかすらわからない。

「そんなことより、暗くなる前に腹ごしらえしませんか」

樋口は話題を変えた。ダッシュボードの時計は午後六時二分を表示している。返答を待たずに続ける。

「日没まであと一時間ほどですし、このあたりは山の陰になっているから、すでに日も翳（かげ）り始めています。長い夜になるかもしれない」

樋口の提案に、前席に座る二人の刑事は顔を見合わせた。冗談なのか、別の意味を含んでいるのか、考えているのかもしれない。

「自分は少し腹が減りましたが――」

運転席の津田が、前方に視線を戻し、そう答えた。見たところせいぜい三十歳ほどだろう。食欲旺盛そうな体格だ。

「あんた、さっき結構食ってたけどね」

助手席の敷島が、少しあきれたように肩をゆすった。

今の会話で、この二人の仲は悪くないがそれほど深い付き合いでないこともわかった。誘いを重ねる。

「薄暗いと思ったのは時刻のせいだけじゃないようですね。なんだか、ぽつぽついってきましたよ。通り雨かもしれませんが」

樋口の言葉に、二人はそれぞれ自分の側の窓から外を見た。

「ああ、ほんとだ」

津田はうんざりした声を上げたが、敷島は空を見上げただけで何も言わなかった。

樋口がさらに重ねて勧める。

「ここはＰＡだから、たいしたものは売ってないかもしれませんが、今のうちに何か仕入れませんか？」

「そうしますか」

津田が誘いに乗って素直に答える。敷島が小さく鼻を鳴らした。

「樋口さん、わたしたちを追い払ってどうするつもりです？」

やんわりとした指弾だ。津田が、小さく「えっ」と声を上げて、肩越しに振り返った。その驚きと非難の混じった顔に、作った笑顔で答える。

「敷島さんにはきかないか」

「まさか、乗り逃げするつもりだったんですか？」

津田が驚きの声を上げた。敷島が諭す。

「津田さん。おれはあんたの上司でもないし、説教するような立場にない。でも、多少長くこの仕事で飯を食ってきた人間としてアドバイスさせてもらうと、あまり簡単に腹の中は見せないほうがいい。被疑者はもちろん、協力者にも――」短く間を置いて続けた。「そしてたとえ同僚でも」

津田はそれに応えず、「そうなのか。騙そうとしたのか」という目を樋口に向けた。

今指摘されたばかりではないか、と内心苦笑しながら、静かに説明した。

「賭けです。もしわたしの予測が当たって本当に彼らが現れたら、多少手荒い展開になると思われます。お二人にはご迷惑をおかけしたくない。できることなら、ここでお別れしたほうがよいかと思った次第です」

「ご迷惑って、これは自分たちの仕事で……」

急に唇に人差し指を立てた樋口を見て、津田の非難は止まった。

樋口が窓の外に視線を向けたまま、手のひらで「身を低く」という合図をした。

とっさに意味を理解したらしい二人が、正面を向き、シートの中で体の位置を下げた。

「来たんですか」敷島が小声で訊いた。

「おそらく」樋口もささやくように答える。

二人とも素早くシートを斜めにし、仕事中に休憩している会社員のふりをした。もちろん、薄目を開けて見ているだろう。樋口は、ちょっと外から見たのではわからないあたりまで頭を下げた。

今、左からやってきて、ゆっくり前を通りすぎたのはレクサスの白いＳＵＶだ。彼らの好きそうな車種だ。すでに薄暗いし、頭を低くしていたので、向こうは気づかなかっただろう。――そう願いたい。

一瞬だったが、車内のようすがおよそつかめた。そのタイミングで、街灯が車内を照らしたからだ。運転しているのはごつい体つきをした人物でおそらく男性――あのアジトにいた人物の可能性がある。『I』のメンバー二名をあの短時間で始末した凄腕だ。武蔵境の三人も、一人で片づけたのかもしれない。

後部席の二名はアオイと、小さい影は航だろう。

樋口はそっとドアを開け、スマートフォンをアスファルトに着くまで下ろした。隣のトラックの下腹部越しに、レクサスの進路方向へ向け、角度をずらしながら連写する。

すぐに成果を確認する。車の下半分ほどが写っており、ナンバーが認識できる。今のスマートフォンのカメラは、少し前の高級コンパクトデジタルカメラを凌ぐ描写力を持っている。楽になったものだ。

品川ナンバーで、四桁の数字は覚えにくく意味をなさないものだ。それを読み上げる。

「このナンバーを本部に連絡して、以後、Nシステムで追うように依頼してください」

言い終える前に、敷島はその旨の連絡を始めていた。

樋口は車から滑り降り、地面に腹ばいになってようすをさぐった。

レクサスはゆっくりと駐車場を周回するつもりかもしれない。突き当りの角を曲がる。建物の反対正面、つまりこの車にとって後方へ回るようだ。場内を一周し、警戒すべき相手がいないか、確認するのだろう。すでに樋口たちが乗る車も見たはずだが、どう認識したのかわからない。それらしいと気づいて素知らぬふりをしたのか、あるいは本当に見過ごしたのか。

そんなことを考えるうち、突然車は停止した。合流路に近い、本来は駐車スペースではない場所だ。周回はやめて逃走を優先したのか。もう一度写真を撮り、注意深く車内に戻った。

成果を二人に見せる。

「ここに停めました」そして補足する。「さきほど、前を通過したとき、乗っている人物も一瞬ですが見えました。間違いないと思います。車も、あの組織の人間が好む車種です」

「どうして、こんなに見通しがいい場所に？　丸見えじゃないですか」

津田が、画面を見ながら率直な疑問を口にした。すかさず敷島が説明する。

「丸見えってことは、向こうからも周囲がよく見えるってことだな」

「あ、降りてトイレに行く可能性が高いので、頭を低くするか寝たふりのまま」

樋口が忠告すると、二人は再びシートに頭を押しつけた。

「それにしても、ビンゴですね。樋口さんの読みどおりだ」

納得したようすの津田の声には興奮が混じっている。

「しかし、もう一度訊きますがどうしてここまで正確に予測できたんです？」

一方の敷島は、どこかに懐疑的な臭いを含ませて訊いた。やはり経験の差だろう。たしかに、こういった案件で話がすんなり行き過ぎるときは、裏になにかあると考えたほうがいい。協力するふりをして、実は罠かもしれないという疑いは常に持つべきである。

樋口はあっさりと答える。

「少なくとも犯人二人のうち一人と、同じ組織に属していますから」

アオイのことだ。それを聞いた敷島が、一気に責める。

「ではやはり、内輪もめですか？　置いてけぼり食って、こんなことしてるってことは。――ということは、そもそも樋口さんは敵側？　あの子供をどうするつもりですか」

「恥を忍んで申し上げると、今の敷島さんの指摘は的確です。お世辞ではありません。ちょっとした行き違いがあって、いわば目標の奪い合いになりました。彼女なら――女性のほうです――この展開も予想している可能性があります。万が一、わたしと決着をつけることになるなら、ひと目の少ないＰＡを選ぶと思ったのです」

そんな説明にどこまで納得したのかわからないが、敷島は「なるほど」とうなずいた。そして「ならば強行突破で救出しましょう」と続けた。

「どうやって？」

津田の問いに敷島が答える。

「向こうは二人。男女が一名ずつ。得ている情報と、樋口さんの話は一致している。そして、見たところ周囲に援護チームはいないようだ。だとすれば、こっちは男が三人。小細工なんてしないで正面突破でいいと思いますが。どうです？」

最後の問いかけは樋口に向かってだ。樋口はあいまいに同意した。

「まあ、そんなところでしょうか」

敷島がにこりともせずに続ける。

「ただし、一名は樋口さんのお仲間だという。樋口さんが絶対に裏切らない保証はない」

「それも否定しません」樋口は小さくうなずく。

「そんなばかな……」

津田は若さと正義感の複合で、沸点がだいぶ低いようだ。

「じゃあ、何かほかに作戦がある」

敷島の反論に、津田は「いえ」と口ごもった。

「それが最適だと思います」

樋口は、いきなり強行突破などと決め打ちはせず、距離を保ったままもう少し泳がせ、機会を狙って奪う選択肢もあると思っていた。

ここはさきほどのSAほどではないにしろ、やはり人目がある。あまり派手な騒ぎにしたくない。まして、夜のニュースで《視聴者撮影》などというキャプション付きで映像など流されては今後の仕事に響く。カラスからどんな仕打ちを受けるかわからない。

しかし、この二名は「即座に奪還」するよう使命を帯びてきたようだ。意気込んでもいる。ならば、多少のリスクを承知で二人の顔を立てようと思ったのだ。過去には一か八かで成功したこともある。

「出てきた」

こまめに写真を撮って確認していた樋口が指摘した。

運転席のドアが開き、さっきハンドルを握っていた大柄な男が窮屈そうに降りるところだ。

あの場所は単に見通しがいいだけでなく、街灯からもやや距離がある。薄暗がりで、しかも雨がぽつぽつ降り始めた中だから、ほとんどシルエットでしか認識できない。

「降りよう」

敷島の提案に、少し迷ったが従った。

車からそっと降り、後方へ回る。トラックの鈍く銀色に光るパネルの角から、そっとようすをうかがう。樋口と敷島は角からスマートフォンのレンズだけをのぞかせ、津田は身を折ってボディの下側からのぞいている。

男は雨が気になるのか、ちらちらと空を見上げながら後部席へと回った。ドアを開け何かの身振りをすると、こんどは子供が一人降りた。

「あれが目標か」津田が興奮気味に漏らす。

ある面では相当に踏み込んだ情報も得ているようだが、『雛』というコードネームは知らないらしい。ということは、情報の入手先が『I』やその周辺ではないということだ。あるいはそんなことも聞かされていない、本当に末端の兵隊か——。

子供にだけ傘を差させて、二人連れ立って建物方向へ歩いて行く。アオイは降りてこない。

この組み合わせは、おそらく作戦的な理由からではない。単に航がアオイと一緒に女子トイレに入るのを嫌ったために違いない。そんなことを気にしている場合ではないのだが、あの年頃の子にはむしろ大人よりこだわりがある。

敷島が早口で言う。

「じゃあ、自分たちが目標を確保します。樋口さんは援護を兼ねて女をお願いします。お仲間

――なんですよね」

　やはり完全には信用していない言い回しだが、素直に了解する。

「わかりました。しかし、あの男も相当手ごわそうですよ」

「ま、自分らもそれなりに」

　津田はそう言って、腰のあたりを軽く叩いた。拳銃ではなく特殊警棒のことだろう。さすがに、こんなところで拳銃をぶっぱなすわけにはいかない。それこそ、トップニュースぐらいでは済まない騒ぎになる。

　この二人、刑事になっているからには武道の有段者の可能性が大きい。身のこなしからして、剣道ではないか。ならば彼らにもプライドはあるだろうし、なにより押し問答をしている時間はない。

「よし。ゴー」

　敷島の合図で、二人の刑事は車の陰づたいにトイレのある方へ進んだ。

　樋口は彼らと反対方向、すなわちアオイが残る車へ向かう。途中で身を隠す車両も尽きた。車内にいたアオイは、二人の刑事にすぐに気づいたようだ。

　アオイがドアを開けて降り立つのと、樋口が足音を消して間合いぎりぎりまで近づくのがほとんど同時だった。

「置いてけぼりはひどいですよ。指揮官殿」

　アオイは、ほんの一瞬表情を硬くしたが、すぐに口元に笑みを浮かべた。

「さすがね」

22　火災翌日　夕刻　因幡将明

因幡将明は、可動式ベッドの上半身部分を六十度ほど起こし、ゆったりとした姿勢で庭を眺めていた。

もうかれこれ一時間近くそうしている。

起きて本でも読もうとすれば、すぐに疲れてしまって横になりたくなり、横になればあっという間に浅い眠りに落ちてしまうことがほとんどの最近では、めずらしいことだ。やはりまだ気が昂っているのかもしれない。

将明はそのままの姿勢で手元のボタンを押し、声を上げた。

「おい」

声がかすれ気味なのは、一時間前に声を荒らげたことばかりが原因ではない。約一年前に肝臓にがんがみつかり精密検査を受けた結果、複数個所に転移しており、原発不明と診断された。

自分でも不思議だったのだが、最初から戦う気が起きなかった。「手術すれば五分五分」とでも言われたらまた違ったのかもしれないが。

その後、保険のきかない承認されたばかりの高額な薬をいくつか試した。それが効いたのか、最初の診立てが間違っていたのか「桜は見られない」と脅されたのに、窓をあければ蟬がうるさくてしかたない。「このあたりは緑が少ないから、蟬の憩いの場になっているようです」と井出が言っていた。

　しかし、特急から急行に乗り換えたようなものだと、自分では醒めて考えている。現に、体全体の活動力そのものが驚くほど弱くなってしまった。介護なしで自力で立てるかどうか、試す気も起きない。そして今さらそれを嘆くつもりはない。あれほど傲慢に生きてきたこの自分が、発病前なら誰かをこきおろすための比喩に使ったかもしれない「箸を持ちあげる力もない」ようなありさまとは、むしろ自分で笑ってしまいそうになる。

　不快なこともいくつかある。たとえば、すぐに痰がからむようになった。やはり以前なら一度か二度の咳払いで済んだものが、今では延々と、際限なく続くのかと思うほど咳き込んでしまう。このところ固形の食物はほとんど摂れなくなったが、たまにゆっくり飲む水分補給の飲料も、すぐに誤飲してしまい、また延々と咳き込むことになる。なるほど、高齢者の死因に肺炎が多いと聞くが、こういう状態になるのかと妙な納得をしている。

　それにしても、しん、としている。窓は防音断熱の二重構造であるし、家の中に大きな音をたてる輩はいない。特に発病後はみなが気を遣って無人の館のようにしんとしている。

すぐ近くを選挙カーが通り過ぎるときは、さすがにそのがなり声が響いてくるが、それ以外はきわめて静寂だ。わずかなカーテンの隙間から、夕日だろう赤い光が差している。

　数秒待ったが答えがないので、もう一度声を上げようと思ったときだった。

〈はい。なんでしょう〉

ヘッドボード部分にセットされたインターフォンから、筆頭秘書である井出の声が流れた。

「どうなった」

将明は、姿勢を変えることなくそう訊いた。「どう」とは、もちろん航のことだ。

あわてるようすもなく、井出の事務的な声が答える。

〈あのあと少々進展がありまして、ご報告しようと思っていたところでした。ただ、決着がつくに至っておりませんので、お目覚めになってからと思っておりました〉

「そうか」

ここは素直にうなずいた。

井出は、報告が遅れた言い訳を作話するような男ではない。最近の将明は、激怒したあとの疲れから、長い時は半日ほども寝込んでしまうことを知っているからだ。

まさに一時間ほど前、喉を痛めるほど大声を出したのも、井出から航の件で報告を受けている最中だった。

井出は〈航さんを連れ去ったのは、男女の少なくとも二人組で、かなり訓練を積んでいると思われます〉と言った。最後の声の調子に不審を抱いて「ほかにも何かあるのか」と質した。

井出は「自分からは言い出さないつもりだったが、雇い主に訊かれたからしかたなく答えた」という流れをとっさに作る程度の才覚は働く。

〈実は少々不愉快な展開になっておりまして〉

「いいから早く結論を言え。世の中に不愉快でないことなどあるのか」

〈申し訳ありません〉

将明の機嫌が悪くなりかけたとき、どういう応対をするのが賢明か井出はとっくに学んでいる。ただひたすら謝る。

〈犯人たちのうち一名は、例の『組合』のメンバーであるという情報を得ました〉

「誰から得た」

〈警察関係者からです〉

先ほどは、ここで怒りの堤防が決壊したのだった。

筋書きが〝完全に〟確定したからだ。すなわち、航の拉致に絡んだ一連の事件は、単なる殺人、放火、誘拐事件ではない。やはり『組合』とかいう呼称を持つ、例の非合法組織がからんでいた。

『組合』は、ほとんどあらゆる汚れ仕事を請け負うと聞く。料金も高いし、接触するだけでハイリスクだ。したがって下っ端役人はおろか、当選歴の浅い国会議員あたりでも、そうそう気軽に仕事の依頼ができる組織ではない。

今回の一件を依頼したのは、与党側の腹黒い人物だ。そういう筋書きだろうとは睨んでいたが、「ほぼ」と「確実」は持つ重みが違う。

それに「与党側の腹黒い人物」などという遠回しな表現はいらない。指示したのは新発田信だ。それ以外にない。もちろん、あいつが直接接触したりなどはせず、秘書の誰かが依頼したのだろう。だが、実態は同じことだ。

新発田は、五年前に当時大学生だった息子――怒りのあまり、その名を失念した。すぐに思い出せなければ腹立ちがつのる。

「新発田のごく潰しの倅はなんという名だった」

〈淳也です〉井出が即答した。

そうだその淳也だ。あいつが、女に乱暴を働いて逮捕状が発付された。それが執行される寸前になんとか手を回して、結果的に逮捕を中止にできないかと、新発田が将明に泣きついてきた。そんなときばかり、秘書も通さず直接電話をかけてきた。

将明はこれという条件もつけず、その希望を呑み、〝筋〟を通してやった。もちろん、友情のためなどではない。与党の大物議員に大きな貸しをつくれるいい機会だからだ。

〝筋〟を通すといっても、警視庁や警察庁の大物に「ひとつたのむよ」と声をかけただけでは、さすがにことは済まない。それなりの手順と資金が必要だ。

成功裏に終わった礼として、両庁の上層部には甘い汁を吸わせ、うち一人などは国会議員への道筋を作ってやり、下っ端の警官たちは何人か出世させてやった。

そこまではいい。

しかし、あろうことか新発田は、それら将明がばらまいた〝褒美〟が、まるで自分の差配だったかのようにわざと噂を流したのだ。そう、普通なら口を噤むところを、あの男は恥知らずにも己の権力誇示のためにわざと吹聴した。

警察は上意下達の見本のような組織だから、将明の指示だったことはごく一部のトップしか知らない。しかし、それでもまだそのときは我慢していた。〝フィクサー〟と呼ばれるような人種が、ことあるごとに「あれを仕切ったのはおれだ」などと、いちいち名乗り出るわけにはいかないからだ。

性根が犬のくそみたいな人間でも、大物政治家であるうちは役に立つこともあるだろう。そう思って、自分は表に出なかった。新発田に対し返礼も求めなかった。

新発田はそれで増長し、自分の名で警察関係者に恩を売り、自分の影響力を嘯いてまわった。「あの人はすごい」という噂が立てば、すごいのだと思い込むのが世間だ。

新発田はそれ以来、ことに警察方面に顔が利くようになったと聞いている。

今回の騒動のそもそもの発端となった将明の爆弾宣言、すなわち「息子の淳也が五年前に犯した罪を正直に公表しろ。因幡将明に懇願し、因幡の力でもみ消せた事実も含めてだ。しないならば、こんどの総選挙前にすべてをばらす。期限は選挙一週間前の日曜日」という条件は、そのときの不快をずっと引きずっていたから出たものだ。

選挙一週間前の日曜日は、もう三日後に迫っている。それで我を失った新発田が今回の暴挙に出た。

そうだろうとは読んでいたが、あんな組織に接触という禁じ手を使い、警察まで抱き込んでのなりふりかまわぬ作戦だったのか――。

最近にしては珍しく、瞬時にそんなあれこれが頭をめぐり、激怒に繋がった。

井出相手に何をどう怒鳴ったかよく覚えていないが、とにかく「航を無事に返さなかったら、新発田はかならずこの世から消えてもらう。その『組合』とかいうふざけた組織も壊滅させる。

実行犯は刑務所などには送らない。出自である和歌山県に持っている山林のどこかに、半死半生のまま埋めて、野生動物の餌にしてやる」そんな意味のことを怒鳴った。

それから約一時間、眠りに落ちることはなかった。さすがに激昂の反動で庭をぼんやり眺めていたのだが、また進展が気になって呼び出したのだ。


「あ、すまない。続けてくれ」

将明は、回想するあいだの短い沈黙を自身で破った。

短い間が空いた。将明が謝罪などしたので、面くらったのかもしれない。

〈それでは。——武蔵境にある『I』の戸建てのアジトから、保護担当員三名を殺して航さんを連れ去ったのは『組合』のメンバーらしいという報告はすでにいたしました〉

「ああ」

やはりおれは病に侵されているなと、将明はちらりと思った。少し前までなら、二度同じことを言われれば激怒したものだ。もっとも井出のことだから、将明がこのところ忘れっぽい点や、それを自覚してあまり激怒しなくなったことまで考慮したうえでの発言だろう。

〈結論に至る前に、簡単に現況を説明してよろしいでしょうか〉

「ああ」

〈今から二時間半ほど前、『I』のメンバー四名が二手に分かれて、日野市にある『組合』のものと思われるアジトを急襲しました。航さんはたしかにそこにいらしたようです〉

「続けろ」

〈作戦は成功し、踏み込んだ三名のうち一名が航さんを救出しました。そして、待機していた一名と合流し、つまり『I』の二名と航さんの三人でその場を去りました〉

「だが、いまは確保できていない」

〈おっしゃるとおりです。まず現場で何があったかですが、すぐに『I』の別動隊が駆け付けました。詳細は不明ですが、踏み込んだ三名のうち二名は、現場で稼動不能な状態で発見されたということです。負傷の程度は不明です。航さんをさらった犯人はすでに現場におらず、二名の証言によれば、犯人は巨漢の男一人だった、自分たちは相手になんらダメージを与えることはできなかった、と〉

黙ったまま聞く。

〈可能性として考えられるのは、巨漢の犯人とこの二名が戦っているあいだに、もう一人が航さんを連れ出した。巨漢は二名にダメージを与えた後、すぐさまそのあとを追った。――ここまではあまり無理のない流れかと思いますが、このあと解せない展開になります。――航さんを連れて逃げたのは、男女二名の『I』の構成員だそうですが、談合坂ＳＡで、このうち男のほうが置き去りにされ、女と航さんだけが逃げたそうです〉

「どういうことだ？」

頭の中で整理する。今回、航の保護を依頼したのは『I』という組織だ。これまでも何度か頼んで信頼度は高い。そのアジトを、新発田に依頼された『組合』のやつらが襲い、航をさらった。

さらにその『組合』のアジトを『I』が襲い返し、航を奪い返した。ところが、その『I』のメンバーが裏切って再び航をさらって逃げている。そういうことか。

将明は、その考えを口に出した。

〈おっしゃるとおりです〉

井出が持ち上げるように相づちを打つ。

〈『I』の幹部からの報告では、まだ手違いなのか裏切りなのか、判然とせずとのことです〉

「単純明快だ。手違いでも裏切ったのでもない。元々敵側の人間が入り込んでいることに気づかなかったんだろう。ぼけかすどもが」

〈まさに、おっしゃるとおりです。その後、例の巨漢と、その女が合流した模様です。なぜか西、つまり下り方面へ向かっており、意図は不明です。現在、警察庁からの指示で都県をまたいでNシステムなどの情報共有をし、一刻も早い身柄の……〉

「要するに、まだ確保できていないんだな」

〈結果的にそうなります〉

「目的もわかっていないんだな」

〈はい〉

「新発田の指示なのか」

〈不明です〉

また堤防が決壊した。

「何が不明だ。毎日馬鹿みたいに照りつけてる太陽より明々白々だろう。おれをうすのろだと思っているのか？　なぜさっさと決着をつけん。皆で示し合わせてわざとのらりくらりやって、もうすぐおれがくたばるのを待っているのか？　新発田にでもスカウトされたか？　たしかにおれはこの先長くない。しかしおれが死んだら、おまえらはせいぜいが穴ぐらを失くした蝙蝠（こうもり）みたいな存在だぞ」

一気にまくしたててから後悔した。井出を傷つけてしまったかもしれないからではない。ただでさえ総量が少ない体力を、つまらない怒りに使ったりなどせず、新発田や民和党幹部の連中との対決に温存しておこうと決めたのに、また無駄に消費してしまったからだ。

〈あまり、興奮されないほうがよろしいかと〉

そんな将明の心中を見透かしたかのように、井出が冷静に言った。その声を聞いて、まさかと思った。まさか、今の罵倒の内容が的を射ていることはないだろうな。そんなことになったら——。

心臓が苦しくなり、何度か意識的にゆっくりと深呼吸した。

〈先生。すぐにうかがいます〉

「来るな。顔も見たくない」

〈では医者を〉

「いい。——それより教えてくれ。おれは今後、誰を信用し、誰にものを頼めばいいんだ？」

〈お言葉もありません。ただ、これはわたしの勘ですが〉

「なんだ」

〈新発田も裏切られたのではないかと思われます。さきほど、新発田の秘書と連絡を取ったのですが、あわてているようすでした〉

「意味がわからんな」

〈その巨漢と女のコンビは、大胆にも先生と新発田幹事長の双方を敵に回すつもりではないかと〉

その意味を考え、数秒の間が空いた。その沈黙を将明みずからが破った。

「なるほど。少しだけ生きる気力が湧いてきたぞ。地獄に道連れにしたいやつがまた増えた」

自分でも知らぬ間に笑い声を立てていた。

23 火災翌日 夕刻 アオイ

油断がなかったといえば嘘になる。

あの『B倉庫』で初めて樋口と手合わせしたとき、アオイがあっさりと一本取った。樋口が手加減しているようには見えなかった。あの男にも華やかな時はあったのかもしれないが、この仕事の現場に出るにはそろそろピークを過ぎているし、順当な実力の差だと理解した。だから、再び対峙することがあったとしても、そして向こうに多少の〝得物〟のアドバンテージがあったとしても、充分制圧できるだろうと踏んでいた。

その油断がこんな結果を招いたのか、あるいは、やはり初の手合わせということで、ようすを探るため樋口は手加減をしていたのか。自分はそれほど軽く見られたのか――。

すでに『組合』の本部から、ほかにも警察車両が追っているという情報を得ていた。

樋口をSAに置き去りにして航を連れて逃げることに成功したにもかかわらず、すぐに都留ICで降りたのは、追手を撒くと同時に彼らの実力を測る狙いもあった。彼らとはすなわち、うるさく追ってくる警官たちだ。

今回、リョウの提案で、本格的移動まであえて一日あいだを空けた。すでに網の目をくぐって都内から出たと思わせるためだ。航には細かいことは何も説明していないが、何か感じとっているらしく、騒いだりしないのでうまくいった。

追っ手である『I』の二名は、予定どおりあっさりと片づけた。あの樋口とかいう男もまんまと置き去りにしてやった。

追加で得た情報は――その都度、決して安くない代金を支払っているにもかかわらず――いささか拍子抜けだった。警官の数はわずかに二名、しかも訓練を受けたSITの隊員などではなく、ごく普通の刑事だという。航の命などどうでもいいと思っているのか。あるいは、何か意図があるのか。

たしかに、いくら大物とはいえ、因幡将明は公人ではない。警察に圧力をかけているのが民和党幹事長の新発田信一派だとすれば、航の生死はあまり重要ではないかもしれない。衆議院選挙まで、航の〝身柄〟を押さえておくことができれば、そしてその事実を因幡側に切り札として提示できればそれでいい。

だとすればなおさら、〝裏切った〟アオイたちをとことん追い詰めるはずだ。

これは泳がされているのだろうか――。

それを確かめる狙いもあった。

追ってくる連中がそのまま河口湖方面へ向かったなら、ただの間抜けだ。おざなりに追っているだけだろう。今後はほぼ警戒するにあたらない。

あるいはまた、都内へUターンすると深読みして、中央道の上り方面で待ち伏せするのであれば、それも問題外だ。

やっかいなのは、大月ＪＣＴを直進して、下り方面の少し先で待ち伏せされた場合だ。アオイたちの本当の狙いに気づいている可能性がある。そこで、いくつかある案のうちこの計画を選んだのだ。結果次第では、早めに決着をつけておく必要がある。

アオイの主張に、同行者、というより「相棒」と呼ぶほうがふさわしいリョウも同意してくれた。

同時に、航のトイレ問題も解決しなければならない。アジトを出てから、まだ一度もトイレに立ち寄っていない。そろそろ限界だろう。

本来、このような場面なら、都留ＩＣ出口にある管理施設に併設されたトイレで済ませたいところだが、潔癖症の航は嫌がるはずだ。面倒なのは、はっきりと嫌がらないことだ。彼の性格なら、おそらく「まだしたくない」と言う。アオイにとって航は、いわば「腹違いの甥」だが、そんなところは似ていると感じる。

ならば、トイレに入れ入らない、などと押し問答せずに、さっさと高速道へ戻り、下り方面へ向かう。そして最初の初狩ＰＡに立ち寄る。それもひとつの選択肢だ。

そこまで読んで彼らが先回りしているかどうかは、今後を占う賭けになる。

果たして、彼らはいた——。

大型トラックの間にうまく潜り込んではいたが、それらしき臭いのする一台を見つけた。まったく無警戒でも怪しまれるから、あえて少し離れた場所に停めた。

通り過ぎる一瞬に観察したところでは、乗っているのは男二名、知らぬ顔だったが、覆面ＰＣとそれに乗った刑事だと確信した。これが例の追手だろう。樋口の姿は見えなかった。さすがに、この短時間で追いつくのは無理なはずだ。

しかし、樋口なしでこの待ち伏せをしたのだとしたら、油断できない警官だ。だが、それはないと否定する。偶然に違いない。いくら冴えているとはいえ、刑事が航のトイレの嗜好まで計算できるはずがない。串焼きでもかじって腹ごしらえをしていたのだろう。

やや緊張が解けた。

特殊訓練を受けた隊員ならともかく、刑事二名ではためらう価値もない。いっそここで襲撃してくれれば、決着をつけて小うるさい蠅を叩き潰すことができる。

アオイと「女性用」に入るのを航は嫌がる。手間のかかる獲物だ。しかたなくリョウと一緒に行かせた。すると、さきほどの車から降りた二人の男たちが、それを追うのを見た。航の姿を偶然見つけて、幸運に胸躍らせているかもしれない。ならばアオイがさらに彼らの跡を追い、リョウと挟み撃ちにし、制圧する――。

踏み出そうとしたとき、あいつの姿を見た。

「置いてけぼりはひどいですよ。指揮官殿」

このくそ暑いのにスーツを着て、涼し気なうすら笑いを浮かべる顔を見ても、にわかには信じられなかった。警官二名だけではなく、樋口もいた。どんな手を使ってこの短時間に警察車両に同乗したのかわからないが、やはりここで待ち伏せしたのは樋口の知恵だったのだと、その点は納得がいった。

しかし、動揺したのはごく一瞬だ。ばかな奴、と内心嘲った。余裕を見せて声などかけずに、背後からいきなり襲えばまだ勝算はあったかもしれないのに。そんな憐憫さえ湧いた。しかし、それが油断だった。いかなる場合も、相手に情を移してはならない。

すぐに気を取り直して向き合った。あの身のこなしの刑事二名なら、拳銃でも使用しなければ――仮に威嚇射撃ぐらいされても――リョウ一人で大丈夫だ。ならばこちらはこちらで、きっぱりと白黒をつけておこう。

立ち寄り客の絶対数が少ないPAを選んで正解だった。野次馬は邪魔でしかない。素早く周囲に人目がないのを確認し、間合いを取った。

樋口の顔にはなんの表情も浮かんでいなかった。怒りも、侮蔑も、疑念も、嘲笑も。いや、かすかに笑みを浮かべている。そしてこちらの目を静かに見ている。アオイも樋口に呼吸を合わせ、睨み合う。

刹那といえる隙を突いた。右手に持った特殊警棒を、一度フェイント気味に右から左へと振る。樋口は当然見切ってかわすはずだから、アオイはあえてバランスを崩してみせる。その隙を突いて樋口が踏み込んでくる。アオイは、捻った体を戻しつつ、左手に隠し持った棒を樋口の右のこめかみに叩き込む。

振る。かわす。よろける。踏み込んでくる。そこまで読み通り。

取った――。

そう思った。今度は寸止めせずに、特殊警棒を本気で打ち込んだ。樋口は何を血迷ったか、それを右手の前腕で受けた。ちょうど肘と手首の中間あたりだ。見切ったのはさすがだが、骨は砕ける。そうは思ったが、相手もプロだ。覚悟はあるだろう。

ガシッ。

打ち込んだ特殊警棒がおかしな音を立てた。樋口は、いつの間にか腕に防護具をつけていた。スーツの上着を着ていたのは、伊達ではなかった。

目が合った。

切り札は取っておかないとね――。

そう語っているように見えた。樋口が突き出した特殊警棒の先が、アオイのみぞおちに埋まった。思わず前かがみになったアオイの首に、樋口の手刀が打ちおろされた。

世界が暗転した。

24 過去　堀川葵

自分には父親というものがいないのだと、堀川葵は物心がついたころから自覚していた。母親と二人暮らしという家族構成を、不幸だとか友達に負けているとか、あるいは珍しいことだと思ったこともなかった。

それが、のちに痛いほど自覚するようになる生来の気の強さからくるのか、母親の育てかたに由来するのか、あらたまって考えたことはない。それに、幼稚園にしろ小学校にしろ、クラスの中に一定の割合で親が一人――まれに一人もいない、という子はいた。

葵は、洋室二間とリビングダイニングという造りの賃貸マンションで、母親の咲と二人きりで暮らしていた。

記憶にあるだけで二度引っ越したが、いずれも山の手線内という立地ではあったし、建物は老朽化してはいなかった。しかし「高級」とつくほどのマンションでもなかった。

生活の水準は――当時はそんな単語は知らなかったが――贅沢と呼べるほどではないが、そして母親が良しと認めたものだけだが、つきあいのある友達が買ってもらえる程度のものはほぼ買ってもらえた。食事も、栄養のバランスを考えて咲が料理したものを、過不足なく食べた。

要するに「都市部での平均的な生活」を絵に描いたような毎日だった。

「平均的」でなかったのは、母親の勤務形態だろう。彼女が髪を振り乱して、あるいは寝る間も惜しんで、しゃかりきに働いていたという印象はない。というよりも、そもそも定時に出退勤する会社勤めをしているとは思えなかった。

葵が学校へ行く時刻には、まだ家にいることがほとんどだ。学校が休みの日に出かけるときは、午前中に家を出ていく。ふだん、葵と近所へ買い物に行くときよりは着飾った雰囲気であることを、子供心に感じていた。

ほとんどの場合、夕食の時刻までに母は帰宅したが、たまに夜遅くなることもあった。しかしどんなに遅くとも夜のうちには戻っていて、翌朝葵が目覚めたときに不在であったことは一度もなかった。

ひとりきりの夕食は、冷蔵庫にある作り置きの料理を温めて食べることが習慣化していた。たまに、夜遅くなって、ベッドで寝ている葵のようすをうかがいに母が近づく気配に目覚めることがあった。そんなときはかすかにアルコールの臭いがした。

母親はどんな仕事をしているのか。そんな興味がわき出したころ――つまり小学三年生あたりになって知ったことだったが、母親の咲は、元陸上短距離の選手だった。

実業団チームで活躍し、全国大会決勝の常連だったという。一度だけだが、オリンピックの強化選手にも選ばれた。

しかし、まさにそのただ一度の強化合宿中に、並走の選手と接触、転倒し、右膝の靱帯を二本断裂する怪我をした。あっさりと選手生命は絶たれた。こうした場合の進路は、後進選手のコーチやスタッフという道が一般的なようだが、咲は所属していた大手建設会社の、総務部秘書課へ配属された。

その後のことも含め、母親本人の口から得た情報はほとんどない。今の仕事に就いてから、切れ切れの情報として得たものだ。いろいろな〝裏の事情〟に詳しい人物たちと、何人も知り合う機会があって知ったことだ。

母親とあの男との出会いについても、断片的な情報を繋ぎ合わせた結果、ひとつの物語になった。

怪我で現役引退したのち、咲がもっとも会社から期待された仕事は、パーティーなどでの〝コンパニオン〟役だった。もともと多少の知名度はある。それに加えて、週刊誌などで「美人アスリート」などという特集が組まれるときは、必ずといっていいほど選出される程度の容姿をしていた。

つまり、今から慣れない事務仕事を覚えるよりも、「広告塔」としてのほうが存在意義があると会社は判断した。

あるとき、名目はどうあれ事実上の政治資金パーティーへ、社長の付き添いとして顔を出す機会があった。社長の後にしたがい、つぎつぎに挨拶を交わした。

「相変わらずお美しい」を繰り返す顔見知りもいれば、「噂には聞いていましたが、たしかにお綺麗だ」と世辞を言うものもあった。そしてあの男と邂逅(かいこう)した。

「先生、ご無沙汰いたしております」

社長はそんなふうに言って頭を下げただろう。相手の男は短く応じ、ちらりと咲を見た。それに気づいた社長が秘書にめくばせし、秘書が咲を紹介した。目に浮かぶようだ。

「先月から秘書課に配属になりました、堀川咲と申します。お見知りおきを。こちらは——」

そう紹介された男は、みずから名乗り微笑んだ。当の社長よりは若く、精悍さを漂わせた男だった。

「よろしくお願いいたします」

長身で均整のとれた体を和服で包んだ咲が、頭を下げる。

「存じ上げていますよ。たしか怪我をされたとか。もう走るのは無理ですか」

男はざっくばらんな口調で訊いた。

「はい」と目を見て答えた。

「それは残念。——ところで、お酒はいけるの」

「多少ですが」と、咲は視線を外さずに微笑んだ。

これが、このときはまだ四十五歳だったが、すでに政財界に隠然たる影響力を持っていた因幡将明との出会いだった。

その二週間後に、咲は因幡と関係を持った。当時因幡には妻の房子と、小学一年生の長男、宏伸がいたが、これ以降、咲は事実上の愛人となった。形ばかりの避妊はしていたのだが、すぐに妊娠し、翌年出産した。生まれた娘に葵と名付けた。

妊娠がわかったときから、因幡はこれまでにも増して高額な援助を提案したが、咲のほうから断ったようだ。具体的な金額まではわからないが「親子が二人であまり困窮せずに生活できる範囲」で折り合ったらしい。

しかし、愛人は愛人だ。葵は小学校高学年になるころには、その事実に気づいていた。中学生になると、葵はいくつもの運動部から勧誘を受けた。その体軀と身のこなしを見た、教師や先輩たちから。しかし葵はすべて断った。そして母親に詰め寄った。

「コーチへの誘いの話もあったと聞いた。お母さんぐらいの実績があれば、指導者としてやっていけるのではないか。それをどうして、あんな男の愛人などしているのか」

そういう趣旨のことを訊いた。はじめてのことだった。

咲は少し考え「つらいから」と答えた。

自分は選手として燃え尽きていない。ある日突然、それこそいきなり電源プラグを抜かれたように終了した。とても満足した競技人生だったとはいえない。

だから、このあと毎年毎年若手の選手が入ってきて、自分の才能や将来に夢を抱き、瞳を輝かせているのを見るのは死ぬほどにつらい。だったらいっそ、競技とはまったく関係のない「今の仕事」をするほうが気が楽だ。

それに、「コーチ」といっても、自分程度の実績や知名度では、将来にわたって安定した生活は保障されない。せめて、葵を大学ぐらいまでは行かせてあげないと。

「お母さんがそんなことをしたお金で学校なんて行きたくない」

何度かそんなやり取りを繰り返して、とうとう葵は家を出た。中学三年になる直前の春休みだった。

三日間、水しか飲まずに繁華街を彷徨(ほうこう)した。何度か危うい目に遭った。運動能力は母親に似るという説があると誰かに教わったが、皮肉なことに、こんなときにそれを実感した。補導の巡回をしている警察官や、人生を投げたような風体の男たちに追われても、決して追いつかれることはなかった。

その一方で、葵のような境遇の少女たちを家に泊めるのを趣味とする男たちが大勢いることも知った。もちろん、宿泊や食事に対するなんらかの見返りを求めるものも一定の割合でいるようだ。その対価は肉体そのものであったり、物品や写真であったりする。しかし、純粋に「家出した少年少女に一宿一飯させてやる」ことに喜びを見出す連中もいた。

葵は、そんな男たちの――まれに女の――部屋を渡り歩いた。もちろん、肉体や〝物品〟の提供などなしに。

家を出て一か月半ほどが経ったころ、とうとう逃げ切れそうもない相手に囲まれた。「半グレ」という言葉が、まだ一般的になる前のことだ。

「こりゃ、売れるな」

「でもよ、その前に――」

そんな会話が聞こえた。すでに身長が百六十センチを超えていた葵が滅茶苦茶に暴れても、喧嘩慣れした男四人がかりでは相手にならなかった。手足を摑まれ、ウインドーが真っ黒のミニバンに押し込まれた。フラットになった後部シートの上で、あっと思う間もなくジーンズごと下着を引き下げられ、いっそ舌を嚙もうかと覚悟したとき、スライドドアが勢いよく開いた。

その場にいた全員の動きも声も止まった。

にゅっと伸びた手が、葵にのしかかろうとしていた男の襟首を摑んで、車外に引きずり出した。「えっ」とか「おっ」という声が上がった。直後に、どすっという鈍い音とぐえっという変な声が、それぞれ一度だけ聞こえた。

残りの三人が、口々に何かを叫びながら車の外に出た。葵が急いで下着とジーンズを元通りにはき、開きっぱなしのドアから顔を出すと、体の大きな若い男が、一人の腹に膝蹴りを入れているところだった。ほかの三名はすでに地べたにはいつくばっていた。

その場には、断末魔の昆虫のようにのろのろ動く男たちと、低いうめき声だけがあった。

救ってくれた男は、何も訊かず、何も言わず、ただ一度だけ顔を振って「ついて来るか？」という素振りを見せた。葵は迷うことなくうなずいて、従った。

走るのかと思ったが、男は――一般人からすればかなりの早足だが――ただ歩いて行く。やつらの仲間が追ってくるのではといった不安など感じさせない。たしかにさきほどの戦いぶりを見れば、自信があるのも不思議ではなかった。

「ありがとうございました」

小走りになりながら礼を言ったが、男はかすかにうなずいただけだった。

「どこへ行くんですか」

その問いに対する返事を待ちながら、男を観察した。百八十センチは軽く超えていそうな身長に、格闘家のような筋肉質な体をしているのが、服の上からでもわかった。

顔を見ると、まだ若かった。大学生のようにも見える。

男は「来ればわかる」とだけ答えた。

十分ほど歩いて、あまり特徴的ではない外観の中規模マンションに入った。派手さはないが、セキュリティは厳しそうに感じた。無言のまま男に従ってエントランスを抜け、エレベーターは使わず、三階まで上った。

このころになると、心を決めていた。この男になら抱かれてもいい。まだ経験はなかったが、この男が最初ならそれでいい。いや、そうしたい。

築浅の綺麗なマンションだった。間取りこそ奇しくも母親と暮らしたのと同じ2LDKと広くはなかったが、ベッドと最低限の家具しかなく、彼一人では広すぎるようにさえ見えた。

男は「リョウ」と名乗った。ほとんど空き部屋のようになっていた六畳の洋室に、予備のマットレスを敷いてそこで寝るように言われた。眠れずに待っていたが、結局何も起こらなかった。

それ以来、何度か住む場所は変わったが、ずっと一緒に暮らしている。この間、一度も肉体関係はない。求められたこともない。葵のほうからそれとなく誘ったことは何度かあるが、無視された。それがリョウの肉体的な理由によるものなのか、性的指向によるものなのかまでは、訊いたことはない。もちろんリョウのほうから語ったこともない。

リョウは、基本的に自分で料理をした。食材をスーパーで買い求め、マンションのキッチンで調理する。鶏肉のソテーや、具沢山のスープ、ジャガイモ主体の炭水化物、栄養バランスを考え、薄めの味付けにこだわった料理に、最初は慣れなかった。母の元を出て以来、口にするのはインスタント食品やファストフードがほとんどだったからだ。しかしすぐに慣れた。そして美味しいと感じるようになった。どこか咲の料理に通ずるものがあった。

葵はその料理を手伝いながら、あるいは食事をしながら、自分の身の上を語った。リョウの表情は関心がありそうには見えなかったが、口を挟まず、遮ることもなく、終わりまで聞いていた。リョウは、自分がどんな仕事をしているのかを話したことがない。葵も聞いてはいけないと直感して、話題にしたことはない。ただ、やはりこれも母親と同じく、普通の会社勤めではないことはすぐにわかった。

毎日決まった時刻に出かけるわけではない。終日家にいることもあるし、早朝に出かけて夕方に戻ることもある。母親と違ったのは、泊りがけの仕事がしばしばあることだった。そんなときは、口数の少ないリョウが「今夜は戻らない」とだけ言い残して出ていく。

もう一点印象に残ったのは、その警戒心だ。リョウが出たらドアにロックをかけ、リョウがインターフォンを鳴らしたとき以外には開けないようにと、これだけはくどいほどに言われた。後に知ったのだが、窓ガラスも中間に特殊フィルムを挟み込んだ、防弾レベルの強度だった。

リョウはひと晩かふた晩留守にして、戻ってくる。長い時間家を空けたあとほど、疲労感と、まだ体にまとわりつかせたままの緊迫した空気を感じた。ときおり、医療用と思われる厚手の絆創膏を貼っていることもあったが、葵への態度は常に変わらなかった。

一緒に暮らすようになって半年ほど経ったころ、一度だけ「学校へ行くか」と訊かれた。学校に通っていれば中学三年生だ。しかし葵は、即座に「行かない」と答えた。それきり二度とその話題は出ない。

　本来であれば中学卒業にあたる春、つまり一緒に暮らし始めて一年近く経ったころ、リョウが「一緒に行くところがある」と言った。

　珍しく車が用意してあり、その助手席に乗った。ほとんどドライブなどしたこともないし、地理もわからない。太陽の位置から西へ向かっているらしいと思ったが、道路標識の行き先や数字を見ても、まったくどこかわからなかった。

　一時間ほど車に揺られて着いたのは、都内なのか他県なのかもわからない、近隣に民家など見当たらない、研究施設か合宿所のような建造物だった。

　周囲を深い森に囲まれ、さらに三メートルはあろうかという壁に囲まれた中に、陸上競技場ほどの広さがあるグラウンドと、何かの収容施設を連想させる白い三階建ての建物があった。

　最初に、その建物内の小さな会議室のような部屋に入れられた。リョウは一緒には入らず、通路で待っていると言った。部屋の中にいたのは、以前通っていた中学の数学の教諭に雰囲気が似た男だった。

「いくつか質問をするので、簡潔に正直に答えるように」

　そう言い放っただけで、こんにちはの挨拶も自己紹介もなかった。

「まず氏名を名乗って」

「堀川葵です」

「生年月日とここへ来る前の住所。警察による補導、逮捕歴あるいは送検及び裁判――いや、逆送と審判歴があれば、その時期と事由について簡潔に述べなさい」

逮捕や審判はもちろん、補導歴すら一度もなかった。そのことを告げると、聴取の男はかすかにうなずいて、手元のノートに短く何かを書き込んだ。

その後もいくつか質問され、正直に答えた。最後に男が宣言した。

「いいだろう。構成員の推薦もあるし、仮入所を認める。規則その他についてはのちほど書面で渡す。部屋に案内する」

何かのボタンを押すと、ドアがノックされ、リョウとは別の、しかしやはりがっしりした体つきの二十代ぐらいの男が入ってきた。面接官はペンの尻で葵を軽く指した。

「部屋へ。２１２だ」

「わかりました」

若い男が答え、ついて来るよう短く指示された。通路で待っていると言ったリョウの姿はなかった。


それが『組合』に加入したいきさつだ。

一年間、ただ訓練を受けた。体育の授業でやるような球技も多少あったが、ほとんどは格闘技系だった。総合型から、正統派の剣道、合気道、空手、アーチェリー、さらには水泳やロッククライミングもやらされた。一般常識の座学もあった。

一年ほど訓練を受け、ひとまずカリキュラムが終わったようだった。

　このころまでには、リョウの身の上を、『組合』の教官や職員から聞いていた。

　リョウは捨て子だった。正確な生年月日はわからないが、養護施設の前に置かれたときは、まだ出産後の沐浴も済ませていなかったという。

　その後、高校を出るまで施設で育った。そしてスカウトされた。『組合』には、〝身寄りがなく、将来役に立ちそうな〟才能を秘めた子供を探す部署があるのだ。

　組合のメンバーになる道には二通りある。ひとつは、すでにほかで一人前に仕事をしていた人間が「契約」を結ぶ。つまり即戦力のプロだ。彼らはプライドと自我が強く帰属意識が薄いので、加入、脱退が頻繁におきる。

　もうひとつは、リョウや葵のように、養成所を経て現場へ出る新人だ。この場合は、養成費用をその後のギャランティの中から返済する。「個人事業主」であることに変わりはないが、前者よりは帰属意識が強い。

　第一線にデビューするとき、リョウはそれまでの名を捨てた。施設の職員が便宜的に付けただけの名だったからだ。赤を「赤」、石を「石」と呼ぶように、意味はなかった。以後「リョウ」と名乗るようになった。これはスカウトした『組合』の職員が名付けてくれたもので、以後は『組合』構成員としてカタカナの名を使っているが、あえて漢字を当てれば「燎」なのだと教えられた。この字には「野原を焼き払う火」という意味があるそうだ。

　葵も入所以来、カタカナで「アオイ」と名乗っている。

　葵は訓練期間を終え、推薦人のリョウと組んで試験任務を与えられた。

もちろん「軽め」というだけで実践だ。失敗したら叱られて済む訓練ではない。その二度目まではあっさり遂行できた。そこで油断が生まれた。ふとした折に油断の影が差し込むのが、自分の欠点なのかもしれない。

三度目の任務は、若い爆弾マニアの男を無力化することだった。

この男はある大手化学製品会社の創業家社長の次男で、働かずに親の援助で生活していた。都内のマンションに住み、爆弾製造とアイドルの〝推し活動〟に、時間と高額な資金をつぎ込んでいた。今のところ、爆弾は作るだけで使用はしていない。する兆候もない。しかし、野放しにはしておけない。いつか惨事を招く。

若いコスプレをした女に気を許すというデータがあり、当時まだ十七歳だったアオイがアニメの主人公のコスチュームをまとい、男に近づいた。

油断させたところで合図をし、リョウが踏み込んで〝無力化〟する作戦だったが、アオイがスタンドプレーに走った。この男に対して感情的になったことが主たる原因だ。

男はアオイにコレクションした動画を見せた。あきらかに小学生と思われる少女に、一線を越えたコスチュームを着させ、正視に耐えない動作をさせている。

感情のストッパーが外れ、男を殴る蹴るして痛めつけているとき、いつまでも合図がないのを不審に思ったリョウが踏み込んできた。

歯を折られて裂けた唇の端から血の混じったよだれを流し、男がにやっと笑った。

しまったと思った直後に、激しい爆風で体を吹き飛ばされた。しばらく失神して意識を取り戻すと、とっさにアオイを体でかばったリョウが激しいダメージを受け、横たわっていた。

リョウはＩＣＵに入れられ、何度も手術を受けた。

手術はほぼ成功し、リハビリを経て、体力という意味においては元の任務につけるほどに回復した。

しかし、ひとつだけ回復しない機能があった。

聴力が失われたのだ。鼓膜の問題ではないと説明を受けた。脳の中にある、聴覚をつかさどる神経回路がダメージを受けたのだと。

それ以後、もともと口数が少なかったリョウは、口頭で会話をすることができなくなった。かならずアオイとセットで動き、アオイが耳と舌の代わりをした。アオイとリョウは手話で意思の疎通をする。

ベースは「日本語対応手話」と呼ばれるものだ。そこに、「かな」に相当する「指文字」をミックスしている。さらに、二人にしか通じない、「隠語」も相当数作った。手話を解読できる人間がどこにいるかわからない。声なら小声という選択もあるが、手話は何メートル離れていても見えれば解読される。

したがって、任務に関わる特殊なやりとりはほとんど「隠語」で行う。

これは計算外だったのだが、航も多少手話を理解するようだ。それもあって、リョウに対する警戒が解けるのが早かった。

25　火災翌日　夕刻　アオイ

「大丈夫か」

リョウの声を聞いたのは、もう何年振りだろう。

「大丈夫か」

なんとなくほっとしたような気持ちになりかけたが、いやそんなはずはないと意識の底で否定した。リョウの声ではない。

「大丈夫ですか」

しだいに声がリョウではない別人のものに変わった。

体から拡散してしまった意識が、映像を逆再生するように体の中に戻ってきた。

目を開くと、のぞき込んでいる顔が三つあった。中年の配送運転手風の男と、旅行途中に見える二十代のカップル風の男女。失神していたのだ。

「大丈夫ですか」

キャップをかぶった、アオイより年下に見えるカップルの男のほうが訊いた。アオイは小さくうなずいて、時計を確認した。おそらく、樋口との対決のあと、まだ数十秒しか経っていない。ずいぶん長い夢を見ていた気がするが、そんな一瞬のことだったのか。

アオイは手をつかずに体のバネだけで起き上がった。

25　火災翌日　夕刻　アオイ

「おおー」

のぞき込んでいた三人が声を上げた。小さなＰＡであることが幸いして、ほかに野次馬はいない。その点だけは狙いが当たった。

「大丈夫です」

早く散って欲しくてそう口にした。この借りは返す、と胸の内で樋口に向かって吐き捨てる。

「あっちに行きましたよ」

カップルの女のほうが、本線合流路のほうを指さした。

「あれ、誘拐っすか?」

少し離れて見ていた、別な男が訊いた。

「違います。ちょっとした身内のトラブルです。なんでもありませんから」

そう言って、車のドアを開け、転がり込むようにレクサスの運転席に座った。

野次馬を押しのけるようにしてリョウがこちらに向かってくるのが見えた。押しのけられた男が、一瞬「なんだこいつ」という顔をしてリョウを睨んだが、その体格を見て抗議をするのをやめたようだ。

エンジンが始動するのとほぼ同時に、リョウが助手席に乗り込んだ。

何も問わず急発進し、ＰＡからの出口へ向かう。合流路を急加速し、一気に本線に流れ込んだ。

リョウの顔をちらりと見てから、左手の親指を立て、それをダッシュボードにきつく押し付けて曲げる。手首をひねるようにして手のひらを上に向けた。

〈やられたのか？〉を意味する、二人だけに通じるオリジナルの手話だ。運転中など、片方がふさがっている条件下でも会話できるように、重要なことは片手で完結するように考えてある。

最後にその手で握り拳を作り、ふたたびダッシュボードに叩きつければ〈やったのか？〉になる。

リョウは人差し指と中指を立て、その先を二センチほど振った。〈取り逃がした〉続けてその二本の指先で前方を指す。〈追う〉

アオイは短い問いを重ねた。

〈彼は？〉

〈連れて行かれた〉

〈拳銃か？〉

リョウが、素手とはいえ〝並〟の刑事二人に獲物を奪われるとは、しかもアオイが失神していたのと同じ程度の時間、動きがとれなかったとは考えにくい。向こうが拳銃を使用したのだろうかと思ったのだ。それにしては怪我をしたようすはない。麻酔銃か。

リョウは、開いた二本の指先を素早く二度曲げて、その指先で左胸を軽く突いた。

〈スタンガン〉の意だ。

〈警察が？〉

リョウの動きを封じるような強力なスタンガンは、日本にはない。市販はもちろん、公務でも使用されないはずだ。ただし、表向きには、だ。

　あちらもルール無視か――。

〈傷は？〉

〈問題ない〉

〈何秒？〉ロスした時間を訊く。

〈三十秒〉

　つまり、アオイが失神していたのもその程度だろう。そんなに短い時間に、あれほど長い夢を見たのか。

　ならばもう醒めないほうがよかった――。

　二本合わせた指でこめかみを指してから進行方向へ振る。

〈予定通りに行く〉

〈了解〉

　そこで会話は終わり、沈黙が満ちる。

　この静けさはときに不安を呼ぶが、ときにはありがたい。今は後者だ。もしも、普通に口頭の会話をしていたなら、「アオイもあいつにやられたのか」「武器を使ったのか」などとよけいなことを問われる可能性もある。

　何度振り払おうとしても、樋口のほとんど無表情の顔が浮かんだ。

26　火災翌日　夕刻　敷島紀明

〈はい〉

呼び出し音が鳴るかならないかのタイミングで、小西警部補とはすぐに繋がった。敷島は簡潔に用件を告げる。

「目標確保。初狩ＰＡから甲府方面へ走行中。現況障害なし」

〈よくやった。――すぐに指示を出す。切らずに待て〉

小西も手短に応じ、会話は中断した。

「やはり次の勝沼ＩＣで降りますかね。――だとすると、あと十キロもないので、数分で着きますけど」

やや前のめりの姿勢でハンドルを握り、アクセルを底まで踏みつけんばかりの興奮状態で、津田刑事が訊いた。

敷島は前方に視線を向けたまま、意図的に落ち着いた声を出して応じる。

「津田さん。その前に、もう少しスピードを落として。今、百六十キロ出てる。いくら違反切符切られないといっても、事故ったら元も子もない。指示も待たないとならない」

敷島の軽い冗談に多少冷静さを取り戻したらしい津田が、いくらかアクセルを緩めた。やや減速して、百二十キロほどになった。

敷島は、後続車をチェックするためにルームミラーを調整しつつ、後部席に座った樋口と、その隣に座る少年の顔を見た。

樋口はあいかわらず、無表情というか、何もかも他人事といった涼しい顔をしている。敷島たちが少年を奪い返しているとき、もう一人の女とちょっとした格闘をしたらしいが、その気配もうかがわせない。

そして問題の少年も、こんな目に遭っているとは思えないほど、冷静な顔つきをしている。

こいつ、何者なのか――。

そんな思考を、小西の声が破った。

〈勝沼ＩＣを過ぎてすぐ、釈迦堂ＰＡに入れ。裏手から敷地の外に出られる。通路を抜けて上り方面に回れ。そこに支援チームを待機させる。彼らから車を借り、東京方面に向かえ。繰り返せ〉

「釈迦堂ＰＡに入り、外に出て上り方面へ回り、支援チームから借りた車で東京へ戻ります」

〈よし。まめに連絡を入れてくれ〉

「了解しました」

通話を切り、津田の横顔に「聞こえたかな」と訊く。

「了解しました」

答えたとたんに笹子トンネルに入った。

今の小西からの指示は、ある程度予測していた。

このあたりのＰＡ・ＳＡは、外部と行き来できる造りになっているところが多い。高速バスの停留所もあるし、高速道を利用しない人間にも、施設で飲食などをして金を落としてもらう算段かもしれない。

特に、今指示された釈迦堂ＰＡは、たしか土偶だか土器だかの博物館が併設されていて、外部と出入りが自由にできるはずだ。

とにかく、ＩＣでＵターンするとなれば、追手もそのままついてくる可能性が大きい。ＰＡで反対方面へ乗り換えれば、振り切れる可能性がある。

敷島は、顔だけ振り返って後部席の二人に声をかけた。

「聞こえていたと思いますが、釈迦堂ＰＡというところで、車を乗り換えます。着いたらすみやかに降りてください」

「わかりました」

樋口が淡々とした口調で応じた。少年もうなずいたように見えた。

異世界に迷い込んだような錯覚を抱かせる、トンネル内の照明と対向車のライトが、現れては流れ去る。そのたびに、ルームミラーに端整な少年の顔が、一瞬浮き上がる。

今回の大騒ぎの、どうやら「主役」らしいこの少年について、敷島は詳しいことは何も聞かされていない。津田も同様だろう。名前すら知らないのだ。教えてもらっていないだけでなく、気軽に問いかけられない雰囲気を、少年自身が持っている。この不思議な威圧感は持って生まれたものなのか、あるいは育った環境によるものなのだろうか。

ここまで得た情報から推理すると、裏で民和党幹事長の新発田信が絡んでいる可能性が高そうだ。子飼いである、警視庁捜査一課の赤井係長やひょっとするとその上の人間にまで手を回し、あの事件を単なる一家心中に絡んだ事件に納めようとしているのかもしれない。

問題なのは、その狙いだ。なぜ真相を隠そうとするのか。この少年は、立場はどうあれ大人を三人も殺し、家を焼いて連れ出すほどの価値がある存在なのだろうか。

そして、新発田がそこにどう絡むのか。いくら新発田が腹黒いとはいえ、現役の与党幹事長が、これほどの事件を指示するとは思えない。たとえ間接的にだとしてもだ。

とすれば、さらった男女は独立系の犯罪グループだろうか。営利誘拐なのか。

いくつか仮説が浮かばないでもない。

まずこの少年は、誰か〝大物〟の家族なのだ。もちろん、新発田の関係者という可能性もあるが、少なくとも新発田に表向きの孫はいないはずだ。ならば隠し子か、親戚筋か——。

いや。むしろ新発田の政敵の子や孫である可能性はないか。何かの理由があって、疑似家族の形を借りてあの家でかくまっていた。それをさきほどの男女が連れ去った。目的が金銭なのかほかにあるのかまではわからない。この少年も、あの三人が本物の家族ではなかったからこそ、ほとんど抵抗もせず、おとなしく連れ回されていたのだろう。

その事実を知った新発田が、この子を横取りしようとして、警察に手を回した。うしろめたいところがあるから「大ごと」の追跡にはできず、敷島と津田だけが表に出ている。

一方、裏では警視庁や県警の垣根を越えて、情報の共有がなされているようだ。この大掛かりな包囲網の割に、表向きの追跡隊が自分たち二名ということになっているのは、よほど複雑な裏事情があるからではないか。そう考えれば辻褄は合う。

ということは、自分たちはすでに網にかかった獲物を、同じ網のなかでキャンキャン追いまわしている子犬か。

もう一つの謎は樋口の存在だ。この男は何をしに現れた？

もちろん〝仕事〟だろう。噂でしか聞いたことがない、例の『Ｉ』とかいう組織の一員として。『Ｉ』に依頼した、あるいは命じたのは誰か。それもまた新発田一派か。いや、それでは抗争の重心が偏りすぎる。バランスが取れない。おそらくは反対勢力、つまりこの少年の本来の身内ではないか。だとするならば、その人物ないし関係者は、新発田に対抗する大物ということになる。

つまり、指示系統上では、樋口は自分たちの〝敵〟だ。

待て。そうすると、こいつと敵対しているさっきの男女はむしろ自分たちの味方なのか。しかし、小西はそんなことを何も言ってない。

一体どうなっているのか、理解を超えている。とにかく、この樋口という男には要注意だ。

早めに津田にも警告しておこう。

トンネルを抜け、勝沼ＩＣをやり過ごすと、ほとんど間をおかずに《釈迦堂ＰＡ》の標識が見えた。

「寄ります」

ハンドルを握る津田の宣言に、敷島は「頼む」と答える。

「やつら、視認できますか」津田が訊く。

「いや、目視できる範囲についてきている車はないな」敷島が応じる。

「あきらめたんでしょうか」

津田の楽観的な発言に、いままでほとんど発言しなかった樋口が反応した。

「彼らを甘く見ないほうがいいと思います」

「でも、さっきは……」

津田の反論を、めずらしく樋口が途中で遮った。

「ここまで順調だったので、彼らも油断したのかもしれない。でも、そう何度もうまくいくとは限らない」

この樋口の発言には、津田は面白く思わなかっただろうが、反論はしなかった。

釈迦堂ＰＡへ入った。

「トイレ」

少年が、初めて自発的に意味のある発言をした。

「もう少し我慢できないかな」

津田の問いに、少年が繰り返す。

「トイレに入りたいです」

樋口が助け舟を出した。

「さっきのごたごたがあったので、トイレを済ませる時間はなかったでしょう。これ以上我慢させるのは酷かもしれません」

「わかりました」

夕食どきにかかっているせいか、さっきのＰＡよりは人の姿が多かった。あるいは、ここは食べ物が充実しているのかもしれない。

トイレのすぐ前に車を停めた。すぐ後ろからついてきた車が短くクラクションを鳴らした。無視するとそのまま追い抜いていった。

「どうしましょう。自分が連れていきますか」

津田がシートベルトを外しながら、敷島に訊いた。

「わたしは、ルートの確認をします」

言外に、樋口にも協力してくれという意図を込めて敷島は答えた。

それを察したのか、単に自分もしたかったのか、相変わらず感情が読めない樋口が言った。

「では、わたしも一緒に行きます」

「お願いします」敷島は軽く頭を下げた。


津田と樋口が、少年を両側から挟むようにして、トイレに入っていく。

それを横目で確認しながら、敷島は建物の裏側に回った。経路を確認するためだ。

かなり高い位置に、博物館の建物が見えた。すでに閉館時間なのか休館日なのかわからないが、館内の灯は落ちて、街灯が寂しげに周囲を照らしている。案内板を見ると、出入り口は階段を上ったところにあるようだ。

「この階段か」

かなり急な段を、息を切らしながら上る。上り詰めると、金網の扉を開けて簡単に外へ出られるようになっていた。通りすがりの人でも簡単に出入りできる構造だ。道路を挟んだ向こう側が、博物館の敷地らしい。

扉の外に出て、周囲を確認する。ほかに人の姿はない。周辺一帯は果樹林のようで、ほとんど民家も見当たらない。うす暗い道路を街灯が照らしているばかりだ。身を、あるいは車を潜ませるには、格好の場だ。

もし自分が〝獲物〟を奪って逃げる立場なら、ここに別動隊を待機させて乗り継ぐな――。

そんなことを考えながら、もう一度周囲を確認する。小西が指示したとおり、上り方面のＰＡと行き来するための通路も確認できた。

皆のところへ戻るため、上ってきた急な階段を注意深く下りる。下りきって、トイレスペースに向かいかけたところで足が止まった。すっと血が引くのを感じた。

トイレ脇のアスファルトで、津田は尻餅をつき、樋口は頭を左右に振りながら立ち上がるところだった。野次馬が何人か心配げに見ている。スマートフォンのカメラを向けているものもいる。

素早く駆け寄った。

「こちらへ」

二人の腕を引いて、建物の陰に回った。

「子供は？」

津田が首を左右に振って答える。

「逃げられました」

「逃げられたとは？」

納得がいかない敷島に、樋口がこんな場合でも冷静な口調で説明した。

「トイレを済ませたあと少年が突然走り出し、大声で助けを呼び求めました」

津田が口真似をする。

「たすけて、誘拐です」

驚いて言葉を失う敷島に、樋口が続ける。

「周囲の人間がわたしたちを怪しんでとり囲むうち、少年は、猛烈な勢いでやってきた車に拾われてそのまま去りました」

「あなたがたのさっきの様子は？」

「車の前に立ちふさがって、はねられました」

津田が、自分の説明にあきれたような声を出した。

「車とはまさか」

敷島の問いに樋口がうなずく。

「さっき、我々が少年を奪ったあの連中の車です」

27　火災翌日　夕刻　新発田信

自宅にある執務室に入ってきたのは、長男の淳也だった。

「お父さん、ちょっといい？」

新発田信は瞬時、手元の書類から目を上げたものの、すぐに戻した。

「今は忙しい」

信としては、言外に「出て行け」と匂わせたつもりだが、淳也はおかまいなしに、父親が執務をしている机の前に置かれた応接セットのソファに身を沈めた。

「だから、その雑用を少し減らすお手伝いができそうだっていう話なんだけど」

信は再び顔を上げ、いかがわしいものを見つけたような気分で息子を見た。

「また何かくだらんことを考えてるのか」

「ひどいな。こんなに心配しているのに。日頃お世話になってる恩返しをしようと思ってさ」

「つまらんことを考えずに、挨拶状を書いていろ。指示した分は終わったのか。コピーなぞで済ませるなよ。一人ずつ手書きの手紙で応援のお願いをするんだ」

「あれは、くだらないよ。あんなもの、バイトにでもやらせれば充分だよ」

「ほかに、お前に何ができる。七光りで入れてもらった商社のぬるい仕事でさえ、一年ともたんくせに」

新発田は、職員に指示したとおりに党の公式ホームページの文面がきちんと直っているかを確認するため、ノートパソコンを起動した。

「だから、こんどこそ役に立つって言ってるの。『雛』のことだよ」

その発言に、キーボードに置いた指の動きが止まる。

「こんなところで、その名を出すな」息子を睨みつける。「いや。そもそも、誰に聞いた」

淳也は部屋に入ってきたときから、へらへらと笑みを浮かべたままだ。その軽薄そうな口元が、ますます信をイライラさせる。

「ぼくにだって、情報網はあるよ。民和党剛腕幹事長の息子だからね。そんなことより、『雛』を取り戻したいんでしょ」

「だから、その名を出すなと言ってる」

「じゃあ『兎』とでも呼ぼうか。とにかく、なんでもいいけど、そいつを取り返せるかもしれない」

「どういう意味だ」

「二日ぐらい前から、ニュースでやってるあれでしょ。武蔵野市あたりで、一家三人殺されて放火されて、小さい子がさらわれた事件。あれのガキだよね『兎』は」

「もう一度訊く。誰に聞いた」

「それよりさ、取り戻したいんでしょ。わりと簡単かもしれない」

「何を企んでる。もう尻拭いはしないぞ」

「こっちこそ、その説教はもう聞き飽きた。そのガキを連れて逃げてるのは二人なんでしょ。たしか『組合』とかいうブラック組織の」

信は、もう何も答えずに、息子が何を企み、何を言い出すのか待っている。

「聞いたところによると、あっちはチームプレーじゃないらしいね。しかも、因幡のおっさんも敵に回してるわけでしょ。『I』とかいうスパイごっこみたいなチームと警察に追われて、逃げるのがやっとって感じじゃない。こっちは十人ぐらい用意できる。いくら格闘技の上級者だって、五倍の人数じゃ相手にならないでしょ」

「あいつらを舐めるな。汚れ仕事のプロだ。ごくつぶし仲間を集めるつもりかもしれんが、世間知らずの若造が何十人束になってもかなわん。やめとけ」

「誰が自分で手を出すって言った？」

「なに」

「ちょっとやばい連中にコネがあって、そいつらは金で動く。やれと言われたことは犬みたいに忠実にやる。それに狂暴なんだ。そいつらを先回りさせる」

「先回り？　行き先がわかるのか」

「へへへ」

日頃から、信にこいつには爬虫類ほどの脳味噌しかないのではないかと思わせる、薄っぺらな表情だ。

「ちょっと摑んでね」

「どこだ」

「言えないよ。切り札だからさ。それより、もし取り返したら、やつらに払うギャラちょうだいよ」

「考えておく。それより、これ以上ニュース沙汰になるようなことはするな」

「ゼンゼン大丈夫。それより、成功したら頼みがあるんだけど」

「なんだ」

「そろそろさ、政治がやりたいよ。もう少し顔を売れる仕事をさせてよ。街頭とかに立って、握手とかサインとか求められるやつ」

息子という存在はクビにできないのが残念でしかたがない。無言でうなずいた。

適当にあしらい、仕事に戻ろうとした手が止まった。息子を見る。ろくなことは考えていないだろうが、目はギラギラと光っていた。こいつの軽い脳味噌は人の命も軽く考えている。それは前から感じていた。

「ところで、『兎』ちゃんの生死は問うの？」

「問わない。しかし仮に死んだら、選挙まで、いや永遠にそれを因幡に悟られてはならない」

「コピー」

淳也は腰を浮かせ、おどけた敬礼をした。

わが子ながら、どうひいき目に見ても軽薄でしかない淳也が出ていった執務室のドアを、新発田信は短いあいだ睨んでいた。

「どうしたらあれほど出来の悪いのが生まれるんだ」

普段は腹に納めている愚痴が、つい口からこぼれた。いや、考えないようにしている現実を、ふいに見せつけられたことへの嘆きか。

わが子とは認めたくなくて、妻が浮気してできた子ではないかと疑ったことさえある。しかし中学に進んだあたりから、顔つき体つきが自分によく似てきた。

とくに、我ながら好感度を下げているると自覚しているきつい目つきなど、そっくりそのままだ。人に言わせれば、電話越しだととっさに区別がつかないほど、声も似ているらしい。しかし、自分が淳也の年頃だったとき、あれほど軽薄ではなかったと断言できる。

まあ、そんなことは今はどうでもいい。

問題なのは、あの馬鹿息子が『雛』の呼び名も知っていたし「取り返せるかもしれない」などと口にしたことだ。まんざらかまをかけている風でもなかった。「ちょっとやばい連中にコネがあって」とも言った。そいつらはいったい何者なのだ。

テーブルに置いたスマートフォンの画面を操作する。最初の呼び出し音が鳴るかどうかというところで応答があった。

〈はい藪です〉

私設秘書の藪は、今日、別の場所で新発田信本人がその場にいないほうがよい仕事をこなしている。

「今、倅が来た」

〈淳也さんが？〉

訊き返す声に、驚きは感じられない。

「『雛』の居場所を知っている。ちょっとやばい連中にコネがあって取り戻せるかもしれない。そんな意味のことを言った。あの馬鹿は平気でほらを吹くが、さすがにそんなにすぐばれる嘘はつかない。おまえ、何か知ってるか」

信は人を信用していない。秘書というのも、しょせんは賃金で結ばれた雇用関係だ。根底にあるのは打算だ。自分のほかに、どこでだれと繋がっているかわかったものではない。しかし、ここはまず藪に問うのが先決だ。

短い沈黙ののち、藪が答えた。

〈いえ、わたくしには見当がつきません。ただ——〉

この男のことだから、一度言い淀むのも計算のうちだろう。

「知ってることは話してくれ」

〈これは確証もありませんし、もちろんこの目で見たわけでもありません。それこそ〝噂で聞いた〟レベルです〉

「だから、何だ」

〈今回、例の件でわたくしが仕事を依頼した『組合』ですが、系統だった組織ではなく、個人事業主、今風にいえばフリーランスの集団です。情報を集約し構成メンバーを統括する、小さくて強力な支配権を持った〝本部〟的なものはあるようですが、基本的にはそれぞれ好き勝手に仕事をするというスタンスだと聞いています。規律もごくわずかだと。しかし、それすら守れないはみ出し者もいて、そいつらは『組合』を脱退して、本当に一匹狼的に活動するようです。もともと能力がある上に組織で非合法活動のノウハウを教え込まれ、歯止めを失くした危険な連中です〉

「まさか、淳也がそいつらと？」

〈お話をうかがいますと、かかわりを持たれた可能性はあるかと〉

「あの間抜けが、どこでそんな連中と接点を持つ？」

〈ネットに境界も壁もありません。今はスマホひとつのやりとりだけで、普通の大学生がアルバイト感覚で特殊詐欺や強盗に手を染める時代です〉

スマートフォンを叩きつけたくなるのを、どうにかこらえた。

「あの馬鹿者が」

息が荒くなっている。続く言葉が出てこない。ゆっくり三つ数えるほどの間をあけて、藪の声が聞こえた。

〈淳也さんがどういう経緯でそんな連中と接点を持たれたのかはわかりませんが、淳也さんご自身が抱えるリスクを度外視するならば、これも面白いのではないかと思います〉

「どういう意味だ」

〈今回の『雛』をこちらで保護する一件は、わたくしの一存でやったことです〉

「もちろんだ」

万が一にも発覚し、隠蔽（いんぺい）ができなくなった場合には、という意味だ。信は何も知らない、秘書がかってにやったことだという筋書きにする。もちろん、常識ではそんな苦し紛れの言い訳は通らないが、無理を通すのが政治家の力量だ。

藪が淡々と続ける。

〈そもそも、『組合』とわたくしとの繋がりすらも足がつかないように細心の注意を払ったつもりですが、どんなに完璧に見える風船でも、ピンホールが空いていないとは断言できません〉

「おれがあのアオイとかいう女に直接電話したことを責めているのか」

〈そうではありません。あれが原因で外に漏れる心配はないと思います。可能性の話を申し上げております〉

ここで効果を狙うかのように、短い空白を挟んだ。

〈あの者たちが『雛』を連れて逃げたことは僥倖だったかもしれません〉

「どういう意味だ」

さっきから、なんとか信の気を静めようとして「面白い」だとか「僥倖だった」とか言っているのではないかと疑いたくなる。

〈今回のイベントの目的は、選挙投票日まで『雛』を当方の目の届くところにおくこと、もしくは『雛』の庇護者から有利な条件を引き出すことにありました〉

隠語や回りくどい表現を使うのでめんどくさいのだが、藪はこんな言い回しを好む。どこに耳があるかわからないからという。

たとえば〝『雛』の庇護者〟とは、航の祖父にして、今や信にとって不倶戴天の敵となった因幡将明のことだ。そもそも今回の騒動は、あいつを追い詰めるために始めたことだ。

　選挙当日まではまだ十日もあるが、確かな筋の情報によれば、因幡の命の火は消えかかっているという。あと二日かせいぜい三日程度のようだ。そのあいだ、因幡の軽挙を抑えることができれば、それで目的は達成できる。

〈警察からの情報によりますと、あの者たちは寝返って、因幡についたわけでもないようです。つまり、独自の狙いがあるのかもしれません。現在、警視庁の刑事二名と『I』のメンバー一名によって追跡中です〉

「ほかは？」

〈それだけです〉

「全部で三人か！」

　罵倒したくなったが、ここで逆上してはならないと思い直し、別の疑問を口にする。

「刑事はわかるが、例の『I』が加わっているのはどういうことだ。やつらはむしろ因幡側だろうが」

〈『雛』を奪い返すまでの、呉越同舟というところでしょうか。確保してしまえば、二対一ですし、こちらは正規の警察官です。公務執行妨害でもなんでも適用できます〉

　そううまくいくのかと思うが、今は納得するしかない。

「よほど使える連中なんだろうな、その三人は」

〈それが、特殊訓練も受けていないごく普通の刑事と、『I』のメンバーは、盛りを過ぎた中年の男のようです〉

「本気で捕獲するつもりはあるのか！　そもそも『組合』のやつらはどう考えてるんだ。自分のところの組織員がしでかした不始末だろう。どう落とし前をつける気だ」

〈手付金ぐらいは返金されるかもしれませんが、具体的に何か行動を起こすつもりはないようです。つまり『報酬が未払いのうちは裁量権は自分たちにある』という考え方のようです。今回造反した二名の処分に関しても、この先除名などはあるかもしれませんが、その程度止まりのようです。秘匿性とかなりの汚れ仕事も引き受けるかわりに、発注者側もリスクを負うというのがやつらの世界の……〉

「わかった。もういい」

ようやく全体像が見えてきた。普通のビジネスの常識は通用しないのだ。ようするに、先払いしなかったのだから、失敗を責められるいわれはない、ということだろうか。

「つまりこういうことか。アオイたちから『雛』を取り戻すには、追っている三名に期待するか、『組合』に追加料金を払って追加発注しなければならないと」

〈はい。おっしゃるとおりです。お怒りを招くと思い申し上げませんでしたが『組合』側から打診が来ております。連中は『オプション』と呼んでおりましたが〉

怒りを通り越して、むしろ冷静さが戻って来た。

「まさか、わざとあの航とかいう小僧を、おれの監視下におけないように画策しているんじゃないだろうな。ギャラの値を吊り上げようとして、あるいは因幡と取引して向こうから報酬を得るために。まさかきさま――」

めずらしく、藪の少しあわてた声が返ってきた。

〈めっそうもございません。わたくしにそんな度胸も力もございません。事実を報告いたしております。――ただ、さきほども申し上げましたが、結果的によかったのではないかと〉

「だから、それはどういう意味だと聞いている」

〈アオイたちの裏切りによって、バックに別の人間、あるいは組織がいる可能性も出てきました。先生のお味方でもない、因幡側でもない〝第三者〟です。その者が時間を稼いでくれれば、万が一ことが発覚したときに、先生のお名前が出る恐れがさらに少なくなります〉

ようやく藪の言わんとしていることがわかった。割り込んできたその〝第三者〟が何者なのかわからない。少なくとも新発田側ではない。だが、因幡側でもなさそうだという。

たしかにそいつが引っ掻き回してくれたら、そして事態を長引かせてくれたら、当初の狙いからはズレるが目的は達成されるかもしれない。

〈それに、見逃す心配はないと信じております。実際に追っている人間は三名ですが、かれらはあえてたとえるなら、狩りの際の走狗のようなものです。バックでは警視庁や県警の垣根を越えて、捜査網を敷いて追跡しています〉

「わかった。――報告はまめに入ってるんだな」

〈はい。警察庁の筋から〉

「おれにも逐次連絡するように」

〈了解いたしました〉

28　火災翌日　夕刻　因幡将明

おれはまだ生きている。

浅い眠りから覚めたとき、因幡将明の頭にまず浮かんだのはそれだった。

室内の照明は暗い。将明がオレンジ色の常夜灯を「辛気臭い」と嫌うので、昼光色のまま限りなく光量を落とした照明になっている。カーテンの隙間から朱く差し込んでいた夕日が、いまは弱弱しくなっている。

右手の先を少し動かしてリモコンのボタンを押し、ベッドの上半分をわずかに起こした。室内が見わたせるようになった。壁にかかったアナログ式の時計は、午後六時四十分あたりを指している。この時刻にまた多少日が残っているということは、今は夏か――。

インターフォンに呼びかける。

「誰かいるか」

数秒の間を置いて聞き慣れた声が返って来た。

〈はい。井出です〉

「今日は何日だ」

〈七月二十四日です。二時間ほどお休みになられたかと思います〉

大真面目に井出が答える。

そうか、と答えたが、頭は晴れない。

二時間――？

二時間しか寝ていないのに、この記憶と思考の混濁はどうしたことか。酒に酔っている気配はないし、薬の量が多すぎたときの嘔吐感もない。

そんなことより、何か気掛かりなことがあったはずだが、それはなんだったろう。たしか選挙に関することだった気がする。そうだ、衆議院選挙だ。国政選挙がらみだとすれば、また民和党が苦戦しそうだとかいって新発田のばかたれが泣きついてきたのではなかったか――。

思い出せない。それとなく井出に探りを入れる。

「何か変わったことはあるか」

〈申し訳ありません。大きな進展はなく、現在追跡中です。釈迦堂ＰＡでの折り返しに失敗し、再び奪われたと――〉

井出にしてはめずらしく、最後は申し訳なさそうな口調で尻すぼみになった。そんなことより、喋っている内容が理解できない。

「何を――」

言ってるんだと怒鳴りそうになって言葉を止めた。怒りが引き金になったのか記憶が戻ってきた。おかしな夢にうなされたせいかもしれない。航に関する一連のことがすっかり抜け落ちていた。

新発田側に不穏な動きがあるので『I』という組織のアジトに隠したこと。そこがあっさりと探知されて襲われ、護衛は皆殺しにされ航が敵にさらわれたこと。さらった一味は『I』のメンバーで、つまり裏切りだったらしいこと。警官や『I』の別メンバーが追跡しているが、いまだに奪い返せていないこと。

「何をぐずぐずしている」

〈警察も『I』も増員態勢で追っています〉

「葵を呼べ。あれは、つまらん男より頼りになる」

〈葵さんも追跡チームに入っています。おそらく中心となって追っているかと〉

「そうか」

葵の名を聞いて、また沸騰しかけた怒りが寸前で収まった。

「しばらくあいつの顔を見ていないな」

〈三日ほど前にもお見舞いにいらっしゃいましたが、先生がお休みだったようで、お声をかけずにお帰りになったようです〉

「そうだったのか」

数秒間の沈黙。次の指示を井出が待っている。

「本人には正式に言ってないが、後継者は――いや、正しくは航の後見人か――葵しかいないと思っている。〝会社〟の連中ではあてにならん。おまえらやわな男どもより、よほど頼りになる。

やはり血が繫がっていないとな」

〈同意いたします〉

「なんだ、不服そうな声だな」

〈めっそうもございません。葵さんは頼りになると思います〉

「そうか。もし、今回のことであいつが航を取り戻せたら、公式に宣言しよう。あいつを航の後見人にすると」

〈葵さんも喜ばれると思います〉

ああ、と応じながら「いや待てよ。そんなことはとっくに宣言したのではなかったか」という疑念が湧いた。そうでなければ、まだ小学生の航を庇護する者がいないまま放り出すことになる。いくら死にかけているとはいえ、この自分がそんな不安定な状態のまま放っておくはずがない。

そうだ思い出してきた。すでにその体制を固めるよう命じた覚えがある。ならば、井出はなぜそのことを指摘しない？　なぜ初めて聞いたような返事をする？　たしかにこの男は、必要とあれば百万回聞いた話でも初耳のような顔を作れる狸だ。こっちの病気を気遣って、なんでもイエスと答えるつもりか。

しかし追及はせずに話題を変える。

「それにしても腹が立つのは新発田のあほたれだ。期日まで待たずに、例のことを暴露してやろうか。――リストは持ってるな」

「リスト」というのは、将明が「暴露する」と脅している、大物政治家の醜聞をまとめたものだ。

たとえば、防衛大臣が装備品購入に際して、武器製造会社からロンダリングした数億円の政治献金を受け取っていること。たとえば、厚労大臣が保険証システムを改革するにあたって、当該システム開発を発注した会社の株を、発注発表前に大量に安価で購入したこと――。

いくらでもあるが、世間が大騒ぎするのは、やはり新発田の息子の性犯罪もみ消し事件だろう。国民は地位のある人間のスキャンダルが、それも下半身の絡んだものが大好きだ。総選挙どころではない騒ぎになる。

想像すると楽しくなってきて、口元に笑みさえ浮かんでいることに自分で気づいた。消滅しかけていた体力が、わずかながら復活したような気分だ。

「厚労大臣のインサイダー取引の話、脅しの意味も含めて先に暴露してやるか。あいつは、大臣就任のときでかい花を贈ってやったのに、礼状だけですませたケチで横着なやつだ」

〈面白いとは思いますが、いましばらくお待ちください〉

そのとき、将明の神経回路の一本が何かを告げたが、はっきりとはわからなかった。探りを入れてみる。

「まさかと思うが井出、何か企んでいないだろうな」

〈何をおっしゃいますか。滅相もない〉

「ふん。そんな度胸はないか。――まあいい。葵に電話するように伝えてくれ」

〈はい。お伝えいたしますが、この状況下ですので――〉

しゃべり過ぎて疲れた。井出の返事を最後まで聞き取ることなく、また意識を失うように眠りに落ちた。

29　火災翌日　夕刻　敷島紀明

「下り方向のままでいいんでしょうか」

ハンドルを握る津田が問いかけてきた。

山梨県石和温泉街への玄関である一宮御坂ＩＣを、まもなく通過するところだ。

「本部からの指示はそういうことだ」

敷島は頻繁にチェックを入れているスマートフォンタイプの通信端末に視線を落としたまま答えた。いらいらしている気分は極力抑えたつもりだ。

そう、腹が立っている。このていたらくはなんだ。何かの冗談なのか。

釈迦堂ＰＡでのＵターン作戦に失敗したばかりか、せっかく奪い返した保護対象である小学生に逃げられた。奪われたのではない。子供が自分で逃げて、犯人たちと行動を共にしたのだという。このおれが脱出口を下見にいっている、わずか数分のあいだに。

なんだそれは――。

津田も樋口も、それほど使えない人間だったのか。津田はともかく、樋口は『Ｉ』とかいう組織から派遣された、多少歳はくっているとはいえやり手ではないのか。個人的な事情で退職する前は、本庁でも異色の執念深い刑事だったと聞いたが。

とんだお笑い草だ。今は自分たちを〝ずっこけ追跡隊〟とでも呼びたい気分だ。

そして、あのガキもずいぶんなタマだ。いったいどういう素性なのか。

こちらは警官を名乗っているのに、なぜ逃げたのか。たった二日のあいだに「ストックホルム症候群」に見舞われたわけではないだろう。犯人と人質のあいだに心の交流ができてしまうというあれだ。でないとすれば、津田と樋口を誘拐犯よりも恐いと感じたのか。犯人たちと一緒にいるほうがまだ安全そうだと。あるいは何か餌でもぶら下げられたか。しばらくいい子にしていたら、最新ゲーム機を買ってやるとでも――。

わからない。さすがに推理する材料が少なすぎる。

「本部は、やつらを見失ったわけではないんですよね」

納得しきれないらしい津田が重ねて訊いた。さすがに疲れが溜まってきたのだろう、口調が荒い。どの口が言っているのかとこちらも腹を立てる。おまえらが逃がさなければ、今ごろとっくに東京へ向かっていたんだぞと。

「何も言ってこないということは、そうだと思うしかないだろ」

敷島も負けずに乱暴に返す。樋口は後部シートに座ってほとんど口も開かない。

津田は、敷島の腹立ちを察したのか口を閉じた。ならば、こちらから訊きたいことがあった。

「そういえば、さっきはそれどころじゃなかったから聞き逃したけど――」

津田にちらりと視線を走らせる。

「さっきのスタンガン、というかテーザー銃か。あれはどこで？」

所轄の刑事にあんなものが正式に支給されているはずがない。いや、そもそもこの国では所持が認められていないはずだ。

「まさか深大寺署特例の装備じゃないよね」

「あれ、ですか」

津田が言い淀んだのは、説明しづらいからか、さすがに樋口を気にしてのことか。おそらく、両方だろう。

「樋口さんは大丈夫だよ。そんなことをＳＮＳにアップしたりしない」

二人ともくすりとも笑わなかった。津田が言葉を選ぶようにして答える。

「もちろん私物です。入手経路は、今は勘弁してください。――なんていうか、しくじりたくないんですよ」

急に言い訳のようにつけ加えた。

「しくじる？」

「親父は仕事に人生を捧げていました。高卒の叩き上げから警部にまでなりました。品行方正な公務員だったかといえばそうでもなく、ルールを踏み外したこともあると思います。しかし、警官としては恥じるところがない人生だったと思います。それが、あんなことで――あんなくそ政治家のくそ息子を守るための尻拭いで、長年築いてきた警官人生が突然終わりました。

自分はあんなふうに終わりたくない。自分は今回の件、やり遂げます。あの子供もおそらくただの小学生ではないんでしょう。その正体なんてどうでもいい。皇族の隠し子だろうが、マル暴の会長の孫だろうが関係ない。奪い返せというなら奪い返す。また逃げようとしたら、今度は手錠をつけてでもトランクに押し込めてでも、連れて帰る。そう決めています」

「なるほど」とだけ答えた。

悪い夢を見ている気分になってきた。

30　火災翌日　夜　樋口透吾

時折、カラスから短い指示や情報の文字連絡が入る。もちろん、刑事二名にはその内容をいちいち知らせない。それはお互い様だから、気にすることもない。

《魚が泳ぎたそうであれば、しばらく放て》

それが、釈迦堂ＰＡに入る直前に届いた指示だった。つまりは『雛』が自分の意思で何かしようとするなら邪魔をするな、という意味だ。

通達された指令にわが目を疑いたくなるのは、これが初めてではない。念のため数秒後に更新したが、送信ミスではないようだった。さすがに《どういう意図ですか》と問い返したかったが、作戦の着手前ならともかく、一旦進行してしまった以上、指示に疑義を挟むのはタブーだ。

やむなく、不自然でない程度に〝獲物を取り逃がす間抜けな工作員〟を演じた。つまり『雛』が逃げるのを全力で阻止はしなかった。

津田はいい体をしているが、事実上一人であの二人組に対抗するのは無理だ。樋口が手を抜くと、あっさり取り逃がすことになった。真相に気づいていないようだ。ただ、「聞いたほどではない、使えない中年」と思われた可能性はある。しかたがない。面子になど価値はない。むしろそのほうがやりやすいのだと割り切るしかない。

その後、カラスからは《別途指示があるまで警官と同行》と来ただけだ。《あの巨漢と決着がつくまで対峙せよ》という命令よりはましだと思うことにした。

指令の急転換とどう絡むのかわからないが、ひとつ気になっていることがある。

日野の、誘拐犯たちのアジトを急襲した一件についてだ。

あのときアオイは、ほとんど丸腰で――隠し持っていたとしてもせいぜい特殊警棒程度で――アジトに入っていき、三分あまりで『雛』を奪い返して出てきた。

『I』の応援組が二名いたとしても、そして敵方の人数が少なかったとしても、あまりに手際がよいことにひっかかっていた。しかも、その応援組二名は返り討ちにあい、行動不能だという。今回のことは最初から辻褄が合わない。大筋は見えるが、小さな矛盾がたくさんある。

その後の展開と口数の少ないカラスの説明から推察するに、アオイは初めから誘拐犯側の人間で、待ち伏せていた仲間、つまりはあの巨漢と協力し『I』のメンバーを瞬時に制圧した。樋口には奪取したとみせかけて、単にアジトの再移動のきっかけにしただけだったのだろう。

あの、日野のアジトは最初から捨てるつもりだったのだ。

それにしても、手際がいい。いかに彼我の力の差が大きかったにせよ、『I』のメンバーもそれなりの手練れだ。アオイの実力は身をもって測った。巨漢も人間であることに変わりはない。

二対二の構図なら、それほど極端な力の差があったとは思えない。おそらく三分で息も切らさずに制圧できた理由は、アオイの突然の裏切りで虚を衝かれたことが大きいのではないか。

つまりは、アオイが初めから裏切るつもりで仕組んだ筋書だったということだ。まんまと、あのカラスさえしてやられた。

しかし、その割にカラスも『I』も冷静だ。「しばらく放て」などと暢気な指示を出すのはどういうわけだ。

樋口がブラフで出した『組合』の名称に、あきらかにアオイは過剰反応した。とぼけていたが、間違いない。だとすれば、あの巨漢が『組合』員なのか。アオイは『I』の構成員でありながら『組合』のメンバーと手を組んだのか。

しょせんは金で命を張る仕事だから、金額によっては魂も売るだろう。そうだとしても納得がいかないのは、なぜ今回の急襲は死者が出なかったのかという点だ。

あれだけ圧倒的に短時間で決着がついたなら、今回もまたとどめを刺すことは簡単だったはずだ。しかし、死者が出たとは聞いていない。プロを相手に生きたまま反撃不能にすることは、殺すよりも難しい。

無駄な殺生はしない主義なのだと言われれば納得がいく。仕事のたびにいちいち相手を殺していては、必要以上に騒ぎが大きくなり、やがて仕事がしづらくなるからだ。可能な限り目立たないようにことを運ぶのが、こういった組織の不文律だ。

ならばなぜ武蔵境の家では、『雛』の護衛メンバーを皆殺しにしたのか。それだけでも足らず、放火までしたのか。

証拠隠滅のため、というのは理由にならない。相手が『I』であれば、放っておけば自分たちで勝手に証拠などきれいに消してくれる。むしろ、放火したことによって事案を隠しきれなくなり、警察が介入し、マスコミが大々的に報道する騒ぎとなった。ひとことでいえば「闇に葬られるはずの事件」をわざわざ「派手な事件」にしてしまった。

日野のアジト襲撃の手際のよさと差があり過ぎる。この差異は何に由来するのか。

最初の殺人放火の騒ぎが大きくなりすぎて、反省したのか？　まさか。あれほどの実力者が確信をもって始めたことなら、作戦途中で自省などしない。まして『組合』の構成員なら。

ではなぜ？

いくつかの仮説がありそうだが、現実的なものはひとつしか思い浮かばない。

それは、武蔵境のアジトのメンバーを皆殺しにして放火したのは、アオイたちとは別の人間の犯行だった可能性だ。

ではどんな事情で『雛』を連れて逃げる主体が入れ替わったのか。武蔵境事件の際か、日野のアジトで内紛が起きたのか。最初からその計画だったのか。それともアオイたちの裏切り、あるいは割り込みだったのか。

何よりも、アオイたちの目的は何なのか。『雛』をどうするつもりなのか。

アオイが『I』と『組合』の両方、二重に籍を持っていた可能性は考えられないだろうか。

『組合』はもともと独立系の集団だと聞いている。会社組織でたとえるなら、管理部門のような機能はあるものの、ほかは完全歩合制の営業担当であったり業務担当であったりする。組織とほかの構成員に迷惑をかけなければ、何をしようと互いに干渉はしない。ほかの構成員から手助けを求められれば、相応の見返りを条件に手を貸す。

アオイが、今回は『組合』として動いたなら、裏切りという概念はあてはまらないかもしれない。

一方、『I』のメンバーとして行動し、途中で軌道を変えたなら、重大な裏切りに相当する。『I』は裏切りを許さない。裏切ったメンバーは社会的に抹殺する。裏稼業はもちろん、表の世界でも仕事につくことはできない。破滅の道しかない。いくら腕っぷしが強くても、〝個人営業〟では、菌類のように政府中枢まで触手を伸ばした『I』にいつかは負ける。アオイの活動員としての余命は、いくばくもないことになる。

それを承知の上で、『雛』をどうしようというのか。前例をみないほどの巨額の身代金を要求するつもりだろうか。

因幡と新発田の両悪を手玉にとって、身代金の額を吊り上げるつもりか。だとすれば、たとえ何億せしめようと、割に合わない商売になるだろう。

アオイの立ち位置のほかに、もうひとつ大きな疑問がある。

今のこの追跡体制だ。

さらわれたのは『雛』こと因幡航、政財界の事情を多少なりとも知る人間なら〝あの〟をつけて呼ぶ因幡将明の直系卑属、世間でいう内孫だ。

聞くところによれば、因幡はいま瀕死だそうだが、仮にも平成最強のフィクサーと呼ばれた男の、たったひとりの跡取り候補がさらわれたのだ。いくら与党の大物幹事長と敵対しているとはいえ、そしてそいつが陰で警察に圧力をかけているとはいえ、この寂しい追跡劇は何の茶番だ。

もしかすると、と真剣に思う。比喩ではなくこれは本当に茶番劇なのではないか。自分たちは世間向きのエクスキューズとして野に放たれた使い捨ての走狗で、裏では別の取引がなされているのではないか。警視庁、県警をまたいでほとんどタイムラグのない追跡情報が得られるわりに、追っている人間がこれほど少ないのはそれでなんとなく説明がつく。

まさかというよりも、またか、と思った。

またしてもカラスに踊らされたのか。

31　火災翌日　夜　新発田淳也

「おお、百七十出てますね。こんなん久しぶりです」

新発田淳也は、運転席側後部シートから身を乗り出すようにしてメーターパネルを覗いた。クラッチバッグから煙草を取り出しかけて、『シズマ』が嫌煙派なのを思い出した。

左隣の助手席側後部シートに座ったシズマは、口元にかすかな笑いを浮かべただけで何も言わない。

「自分もめったにないですね。淳也さんのおかげでお墨付きだから、安心して走れます」

かわりに運転席の男がおべんちゃらのように答えた。

「おやじの七光りです」

そう答えると前列の二人は笑ったが、あいかわらずシズマはほとんど表情を変えない。

『シズマ』というコードネームしか知らないこの三十代半ばあたりの男は、あの闇の集団『組合』の中でも、トップクラスの戦闘能力を有していたという話だ。フル装備の警官八人に囲まれて、その全員を半殺しにして逃走したという伝説がある。「歩く凶器」とか「白いマングース」という呼び名があったそうだ。

色白で、毒蛇を食らう凶暴さと、鋭い目つきがマングースを連想させるからだと聞いた。しかし、本人は気にいっていないそうなので、口には出さない。たしかに、会ってみるとそんな雰囲気だと思った。

「でも、マイバッハ乗ってみたかったですね」

本音半分、ご機嫌取り半分だ。シズマが普段乗っているのは、メルセデスの最高級グレード車種であるマイバッハＳ６８０だ。総額で四千万近くしたと聞いた。

しかしながら今乗っているこれは、やはりシズマの車だが「仕事用」と呼んでいるＢＭＷの白いＳＵＶだ。もちろんこちらも高級車に変わりはなく、このスピードを出しても振動は少なく乗り心地はいい。加えて派手すぎる目立ちかたもしない。『組合』が、仕事用として推奨している車種だけのことはある。

もちろんリミッターカットしてあるそうで、二百五十を出したこともあると、運転している男が少し前に自慢げに言っていた。

ちなみに、追っている連中が乗っているのは当初スカイラインだったが、追手を撒くためか途中でレクサスのＳＵＶに乗り換えたらしい。この業界の連中はＳＵＶ好きか――。とにかくそんな情報も入ってくる。

父親の信は、影響力は持っていても、万が一のことを考えて表に出たり関係者と接触することを嫌う。しかし淳也は気にしない。虎の威だと言われようと七光りだと笑われようと、利用できるものは利用する。それにしても、父親の〝顔〟を使って得た情報を、当人に恩を売るために使うのだから笑える。

今、中央自動車道をやや〝抑え気味〟の時速百七十キロほどで、長野方面へ向かっている。この車のナンバーがフリーパス扱いされるようにも手配してある。要するに緊急車両と同じ扱いで、時速何キロ出そうと違反で捕まることはない。

それでも百七十前後で止めているのは、淳也という客を乗せているからだろう。万が一事故など起こさないようにと配慮してのことだ。気遣われるのは気持ちがいい。早く「先生」と呼ばれる身分になりたい。

逃げている連中には速度超過の特権はないが、スタート時刻でずいぶん遅れをとった。高速道路上でまみえるのは難しいだろう。

ならば、得ている情報を基に目的地へ直行するのみだ。

この車を先頭に、後続にあと二台、色も型番も同じ車が続いている。それぞれに五人ずつ乗っている。つまり、シズマと淳也以外に十二名の猛者がいる。どれも格闘技の心得がある連中だ。

「控えめに言って、秒殺だろ」

つい、淳也の口から嬉しそうな言葉がこぼれる。逃げている二人組も相当なやり手らしいが、シズマとその手下たちを相手に勝てるはずがない。

32 火災翌日 夜 アオイ

ヘッドライトが前方を照らしている。

夜が迫るその行く手を睨みながら、リョウが軽く手振りをした。

あえて普通の会話文にするなら「あんなものをどこで買ってくるんだ」というところか。

ごく短時間とはいえ、リョウから運動能力を奪った強力なスタンガンのことを指しているのだろう。発射式だったらしいから、正確にはテーザー銃と呼ぶべきかもしれない。いつから日本の刑事がそんなものを持つことを許されるようになったのか。その点が釈然としないようだ。

〈八王子あたりのホームセンターじゃない？〉

冗談のつもりだが、リョウはにこりともしない。

〈拳銃の弾が高いから、コストダウンでしょ〉

リョウは真顔のまま、指を動かす。

〈子供に当たらなければいいが〉

〈そうね〉

リョウの心配も当然だ。もしもそんなものが航に当たったら、場合によっては命にかかわる。少し面倒なことになった。

〈やつらだけならどうということはないと思うけど、航に怪我をさせるわけにはいかない。それがネックだね〉

リョウが同意した。

そこでふと思い出した。航も手話を少し理解できたのだ。あわてて後部シートを振り返った。いったい何人の大人どもを振り回しているのか。おそらくそんなことに気づいていない航は、飲み終えた豆乳のパックを床に落とし、渡しておいたタオルケットを胸のあたりまでかけて熟睡している。


目的の小淵沢ＩＣが近づいてきた。

ちらりと右手に目をやる。八ヶ岳の尾根が、かすかに朱を残す空に黒い稜線（スカイライン）を描いている。もう何度も足を運んだのに、じっくりと見たことがなかった。リョウは山にも詳しく、一度、山の名をすべて教えてくれた。しかし「一番偉そうなのが赤岳」以外は忘れてしまった。

苦笑したとき、小淵沢ＩＣ出口まで五百メートルの標識を過ぎた。いよいよだ。

〈どうする〉

ハンドルを握るリョウが、片手で短く訊いた。

どうする、とは「〝やつら〟が出口で待ち伏せしていたら」という意味だ。〝やつら〟が数人の精鋭部隊なのか、一個大隊なのか、そこまでわからない。少なくとも、樋口と間抜けな刑事の三人組のほかに、もう一グループ加わったことはわかっている。

そう、ほんの十五分ほど前に『組合』に、大金――難度の高い仕事一回分のギャラ相当――を振り込んで得た情報だ。少しやっかいな追手が加わったらしい。新発田のドラ息子淳也が、こともあろうに『ドロップ』の『シズマ』に依頼したという。

ドロップとはつまり「ドロップアウト」の略で、『組合』を離れていった連中のことだ。ドロップする理由は極端に二つに分かれる。

一つは、目的のためには合法違法を問わずほとんど手段を選ばない『組合』の、「組織に傷をつけない限り社会的道義性より金銭を優先する」という体質に耐えられない、いってみれば職人気質の悪党だ。

もう一つは、その『組合』の中でさえほかのメンバーと折り合いがつかないはぐれ者、慈悲の心を持たない獣人とでも呼ぶべき危険な連中だ。

シズマは間違いなく後者だ。『組合』時代も『白いマングース』と呼ばれていた。返り血を浴びて、にやっと笑った青白い顔を見た人間がつけた渾名だ。

しかし、技量ではリョウも引けを取らないだろう。少なくとも素手に近い戦いでリョウが負けたという話を聞いたことがない。現にこの情報を得た直後に、シズマ参入のことはリョウに伝えた。リョウは小さくうなずいただけだった。その目に不安も憎しみもない。

正直にいえば、アオイにも二人の力の差はわからない。その場の状況や時の運次第ではないかと思っている。ライオンと虎のどちらが強いと一概にいえないのに似ている。

〈突破する〉

リョウの問いに、アオイは短くそう応じた。

ほかに答えようがない。高速道路の料金所はいわばボトルネックだ。獲物を捕獲するのにこれほど適した場所はない。しかし、ここまで来て予定を変えたり、まして断念するつもりはない。

リョウもそれをわかった上で訊いたのだ。小さくうなずいてウインカーを出し、流出路へと進入していく。

シズマとはわずか二度しか会ったことはないが、待ち伏せするにしても「こんな場所ではない」という気がしていた。やつはたしかに人の皮をかぶったマングースかもしれないが、美学を持っている。

下ってゆくランプの途中に障害物が置いてあることもなく、料金所のカメラに捕捉されて警報が鳴り響くこともなく、あっけないほど簡単に縞模様のバーが跳ね上がった。

少し前に航のトイレも済ませた。立て籠もりになったときのために、航用の豆乳も買った。ゴールはもう少しだ。

ところが、バーの横を通り抜けた瞬間、上り方向の路肩あたりに停まっていた車が急発進した。そのまま急ハンドルで下り方向に乗り入れ、行く手を塞いだ。シルバーのマークXだ。屋根で赤いランプが回転している。覆面ＰＣだ。

少し手前のＰＡで〝接触〟し、航を奪い返した相手が、性懲りもなくついてきたのだ。おそらく緊急車両特権で飛ばしてきたのだろう。航のトイレでＳＡに立ち寄った隙に抜かれたのかもしれない。

咄嗟に対応を考える。闘うか逃げるか。迷いながら後部シートを振り返った。航は目のすぐ下あたりまでタオルケットを持ち上げて寝ている。

腹をくくった。目的地までついてこられるのも面倒だ。シズマたちが待ち伏せしている可能性も充分にある。こいつらはここで始末をつけよう。幸い、ほかに応援組はいないようだ。

〈わたしがやる。あなたは彼を見てて〉

指を素早く動かしてリョウに伝え、ドアを開け、アスファルトに降り立った。

向こうの車も後部席のドアが開き、男が一人降りた。あと二名、運転席と助手席にも人影は見えるが降りそうな気配はない。ぎりぎりの間合いをとって対峙する。

「置いてけぼりはひどいですよ」

樋口が口元だけで愛想笑いをし、同じセリフを吐いた。

「お仲間を呼びなよ」覆面ＰＣの車内を顎で指す。「さっきはロートルだと思って手加減、いや正直にいえば油断した。今度は礼をつくして本気でいく」

樋口の口元から、申し訳程度の笑みが消えた。

「本気でお手合わせ願いたいのは、わたしも同感です。あちこちからコケにされて少々虫の居所が悪いもので。しかし、それは今に始まったことではないし、何より任務があります。わたしの数少ない売りは、忍耐強さと、任務は必ず果たす点です」

「もし『雛』のことを言っているなら、渡さない」

後方で静かにドアの開く音が聞こえた。覆面ＰＣのあほ面の二人の目がそちらに動いた。リョウが降りたのだろう。

〈待てと言ったのに〉

振り返ってリョウに告げた。しかし、刑事が違法なテーザー銃を使うという想定外の攻撃を受けたにせよ、「油断」の借りを返したい思いはリョウも同じかもしれない。

「じゃあ、いつでもいいよ。それとも、こっちから行く？」

樋口の顔には、さきほど以上になんの表情も浮かんでいなかった。笑うでもなく怒るでもなく、怖れるでもなく蔑むでもなく。ただ、料理人が今日の具材でもながめるかのようにこちらを見ていた。

33
火災一週間前　堀川葵

「お義姉さん」

ベッド脇のパイプ椅子に座ったまま、葵は可能なかぎり静かに声をかけた。うっすら目を開けた大西(おおにし)和佳奈が、ゆっくりと顔をこちらに向けたからだ。

葵はぎこちない笑顔を作った。病人には優しくするものだとリョウに教わった。

「起こしちゃったかな」

慣れない言葉遣いをして不自然な発音になった葵の問いかけに対し、和佳奈はごく自然な、しかし力のない笑みを浮かべ、顔をかすかに左右に振った。

「ずっと、半分起きて半分寝ているみたいなものだから」

それにしても皮肉なものだと、葵の胸に苦い思いが浮かぶ。和佳奈のことだ。

確執のあった義父の因幡将明とほとんど時を同じくして、まったく同じような処置を受けながら、同じようにこうしてベッドに横たわっている。いや皮肉というなら、注入している薬剤まで同じであることもだ。

ただ、向こうは都心に構えた豪邸の、特別にいい部屋で何不自由ない時間を過ごしている。それに対してこちらは、歩いていける距離にコンビニすらない土地に建つ、クリーニング業者が入っても時間のにおいは消せない、築数十年を経た別荘の一室に一人で寝ている。

さらに向こうは完全看護体制のうえ、使用人を通じて今でも世の中の何分の一かを動かしている。一方こちらは、住み込みの看護師が一人付き添っているだけだ。

ただ、窓からの眺めだけは、こちらが勝っているだろう。

「今、何時ごろ?」和佳奈が、喉に痰がからんだような声で訊く。

「朝の七時を少し過ぎたところ」

「悪いんだけど、カーテンを開けてみてくれる?」

葵は遮光一級の濃紺のカーテンが引かれた出窓を見た。

「わかった。でもレースは引いておくね。もうこの時刻だと日差しがかなりきついから」

和佳奈は小さく「ありがとう」と答えた。

葵は立ち上がり、簡素な医療器具のスタンドを避けてほぼ東に向いた出窓の遮光カーテンを開けた。

とたんに、レースのカーテン越しに真夏の朝の光が差し込む。

「きれいね」

薄いレース生地越しにではあるものの、夏の朝日を浴びた濃い森と、その向こうにそびえる八ヶ岳連峰の一部が見える。

この別荘はなだらかな斜面途中の、見晴らしのよい小高い位置に建っている。立ち上がって窓際へ寄れば、驚くほど近い山並みはもとより、麓を走る道路や街の灯りの一部まで望めるのだが、終末医療期に入っている和佳奈には無理な望みだ。

ただ夜には、そして晴れてさえいれば、ベッドに横たわったままでも手を伸ばせば触れられそうなほど近い星空を見ることができる。

その窓際の壁に背をあずけ、葵は話題を変えた。

「あのじいさんが、なかなかしぶとくてね」

和佳奈が小さく首を左右に振る。「そんな言いかたはしないで」という意味だろう。しかし葵はやめない。

「お義姉さんもようやくここに落ち着いて、そろそろ例の話を実行しようかと思ったら、あのじいさんが最後に残った燃料をそこら中にぶちまけて、たいまつに火をつけやがった。しかも、そのたいまつを持ってるのがあのよぼよぼの手だから、政界は大騒ぎになっちまった。航君には、前にも言った『I』っていう組織から護衛を派遣してもらって、少なくとも二人は常時ぴたりとついてる。じいさんの差配だから勝手に動かせない。これは計算外だった」

言葉遣いが普段に戻ってしまった。

「無理はしないで」

しかし、葵には和佳奈のその言葉が本心ではないことがよくわかっている。残された時間が少ないことは、和佳奈自身が一番知っているだろう。何を犠牲にしても航に会いたいはずだ。

「心配しないで。必ず連れてくるから。約束する。それより、今さらだけどお義姉さんにもう少し東京寄りに居てもらったら、会えるチャンスが増えたと思う」

「東京は疲れるから。——あまりいい思い出もないし」

和佳奈が何かを思い出すように語り、葵もうなずく。

「そうね。それに——」

その先は言い淀んだ。自分としたことが、まさに「今さら」の話題を口にしてしまったと悔いる。リョウとも相談し、都内に潜んだのでは計画遂行が難しいと判断した結果なのだ。何より都心は監視網が厳しい。『組合』や『I』の情報収集力なら、最近空き家を借りた人間のリストなど、あっというまに入手できてしまう。

それに、警察にしろ『組合』にしろ『I』にしろ、アオイやリョウの顔は常時カメラで捉えているはずだ。

しかし、さすがにこのあたりまで捜査範囲を広げるのは無理だ。仮に見つけたとしても、こんな場所に『雛』の親鳥が潜んでいるとは考えもしないだろう。便の悪い場所だからこその有利さがある。

和佳奈が窓に目を向けてゆっくりと語る。

「それに、ここは空気が綺麗だし、静かで、夜も部屋のライトを落としてあのカーテンを開けてもらうと、星空がプラネタリウムみたいに見える。満月なんて、まぶしいぐらいに明るいの」

「それはよかった。わたしには星を眺めるとかそういう趣味がない。この物件は相棒が選んだ」

「ロマンチックなかたね」

「こんど会ったら伝えておく」

リョウのいかつい仏頂面を思いだし苦笑する葵のほうへ、和佳奈は点滴の管が刺さった腕を伸ばした。

「それに、ここはあの人と最初に二人きりで過ごした場所に似ている」

「あの人」とは、和佳奈の別れた夫で航の父親、今は亡き因幡宏伸のことだ。つまり、和佳奈は航の産みの母ということになる。

和佳奈のことは、二人が結婚する以前、宏伸に紹介を受けた。当時はまだ将明が元気で、今ほど葵の存在を肯定していなかったから、屋敷の外で会った。

自分は因幡将明が愛人に産ませた子であると名乗った。つまり、宏伸の母親違いの妹であると。和佳奈は少しだけ驚いた表情を見せたが、すぐににっこりと笑って「妹が欲しかったの」と言った。

それ以来「お義姉さん」と呼んでいる。葵として心を開く数少ない人間だ。

和佳奈が視線を天井に向け、過去の映像を見るようにゆっくり口にした。

「あれは、みんなに内緒でこっそり行った旅行だったけど、ここによく似た雰囲気の場所で、やっぱり星が降るように綺麗だった。あんまり長いとはいえないあの人との関係だったけど、あの夜が一番幸せだったかもしれない」

「あらあ、ごちそうさまです」葵はあえておどけた口調で言い、和佳奈の目尻を滅菌ガーゼで拭った。

「ごめんなさいねえ。宏伸さんとの旅行と比べたら、食事も部屋の豪華さも段違いでしょ」

ううん、と今の和佳奈にしては強い口調で否定し、葵の目をしっかりと見た。

「とても感謝しています。――だから、無理しないで。最後に航に会いたい気持ちは変わらないけど、あの人が知ったらどんな妨害をするかわからない。危険は冒さないで」

「わかった」とうなずいた。これ以上問答しても意味はない。ただ、葵には物心ついたころから変わらない主義があった。

やると決めたことはやる。

それに、この騒動は因幡将明が一人で始めたのではない気がしている。将明が「航が成人するまで葵を後見人とする」と関係者に洩らしてから、妙な潮の流れになった。将明以外の思惑も働いている。そう考えているが、もちろん、そんなややこしい話を和佳奈にするつもりはない。

葵が和佳奈の病状を知ったのは、今年の三月末、東京都に桜の開花宣言が出されたころだった。葵はもとから属している『組合』とは別に『I』の非常勤メンバーとしても登録、活動していた。もちろん、どちらの組織にもその事実を申告した上でだ。

そもそも『組合』は「組合本体ないしほかのメンバーに迷惑をかけずに任務を遂行するならほかのことには一切口出ししない」という主義であったし、『I』は「重大な法令違反を犯さず、かつ任務を完遂する」という方針を守ればそれでよしとされた。どちらの組織も「任務遂行」が最大の目的であり、個人的な事情には干渉しなかった。

つまり、その気になれば——そしてその才能があれば、誰でも葵のように「かけもち」が可能だった。

ときにその成否が国家の屋台骨を揺るがしかねないような、そんな重圧がかかる任務を、高い成功率で成し遂げられる人間など限られている。多少のことには目をつぶり、有能なメンバーを持ち駒として確保することが優先された結果だろう。

ただ、リョウは『I』を好いていないようだった。もともと警察や自衛隊を辞めた高官が立ち上げた組織、という官僚臭さが鼻についたのかもしれない。短い付き合いだが、あの、ほとんど無駄口をきかない樋口という男も、「カラス」と名付けた上司の悪口だけは口にしていた。

葵が和佳奈の現況を探るよう指示を受けたのは、その「カラス」とは別人だが、同じ程度に冷酷な幹部からだった。

和佳奈を一定期間〝失踪〟させる、などという特殊な任務ではなかった。単に現在の環境、接触のある人間の洗い出し、思想、信条、生活パターンなどの調査だ。もちろん、アオイが和佳奈の義妹にあたると知っての上だ。警察は事件関係者の身内であれば捜査から外すと聞いたが、ああいう組織は別だ。利用できるコネクションは利用する。

この調査は、今にして思えば死期を悟った将明が、おのれ亡きあとに和佳奈が良からぬ人間や組織と手を組んで航を取り戻しにかかるのではないかと恐れた結果だろう。

和佳奈は神戸市にある実家に戻っていた。そして、病を患っていた。病名は「がん」だ。

この二年ほどほとんど連絡をとっていなかった。宏伸の葬儀にも和佳奈は呼ばれなかったので、電話で話しただけだった。

和佳奈は一年半前に肝臓がんがみつかり手術をしたが、寛解と呼べるには至らず、再発した。肺と胃に転移し、二度の手術に踏み切った。葵が神戸まで和佳奈を訪ねていったのはその二度目の手術後、二か月ほど経ってからであった。

組織からは、和佳奈には接触せずに調査報告をすませるよう指示されていた。したがって、この病状をそのまま伝えた。将明も安心したようだった。

しかし、任務の終了後はアオイから葵に戻った。介護仕様のハイヤーから両親宅へ運び込まれる和佳奈の姿を見たからだ。以前会ったときとは別人のように痩せて、生気がないことに衝撃を受けた。

　在宅時を狙って訪問し、応対した両親に正直に名乗った。和佳奈本人が希望して、部屋に通された。

「寝たままでごめんなさい」

　元は和室だったところを床だけ補強してベッドを置いたようだった。掃き出し窓が南側の庭に面した居心地のよさそうな部屋だ。掃除がゆきとどき、寝具や和佳奈の部屋着なども清潔感に満ちていたが、死の影がうっすらと漂っているのを葵は感じた。

　事実、これ以上の手術や薬物療法はせずに、終末医療――いわゆる「在宅ホスピス」の道を選ぶつもりだという。

　噂で病気を患っていると聞いたので見舞いに来た。そんなふうに説明すると、和佳奈は疑った様子もなかった。

　二人に共通の知人といえば、因幡一家ぐらいしかいない。話題はほとんど航のことになった。葵は、実は航とまだ直接会ったことがないと告白した。将明が葵のような人間との接触を嫌ったからだ。

「ほんとうに可愛い子なの」

　和佳奈は、最初のうちこそ笑顔で航の思い出を語っていたが、こらえきれなくなったのか、堰(せき)を切ったように涙と思いをあふれ出させた。

「死ぬ前に、ひと目でいいからあの子に会いたい。そしてもう一度抱きしめたい」

その訴えを聞いて、葵の心は決まった。計画の大筋を立て、具体的なあたりをつけるのに丸一日で足りた。

和佳奈を「在宅ホスピス」状態のまま、東京圏に移住させるのだ。末期患者の自宅看護の概要は、因幡将明を見てわかっている。あそこまで大掛かりでなくていい。一週間、いや二週間だけ安全に過ごせる環境を作ってやればいい。それだけあれば、葵が航を連れ出し、再会させる自信があった。

問題なのは場所の選定だ。当初、都内を考えた。病院の数も、医療関係者の数も多い。交通の便はいい。そしてなにより因幡邸に近い。

しかし、近くに移るということは、みつかりやすくなる、ということでもある。何より、あのごみごみとした街中に一週間も潜んでいたら、病状が悪化してしまうのではないか。そう訴えるリョウの勧めもあって、この土地に決まった。

中央自動車道を使えば、都心からでも二時間ほどで着く。東京から中部圏、近畿圏という大都市部へまっすぐ向かうルートではないので、チェックも甘くなるはずだ、などの理由を挙げた。具体的に選んだここは、小淵沢ＩＣから北東方向へ数キロと近く、八ヶ岳連峰に抱かれるような場所で、星空観測が有名な空気の澄んだ土地だ。ペンションやロッジなども程よい間隔で点在する。葵はあまり詳しくないが、かつてペンションブームの際に一世を風靡したという「清里」も近いから、環境はいいのだろう。

ただ、この物件自体はそれほど念入りに選んだわけではなかった。

あまりに人里離れた場所よりも、周辺に多少は人家があるほうがよいとは思った。目立たないし、ライフラインが確保されている可能性が高い。大掛かりな手入れをせずにすぐに住める。

小淵沢ＩＣを降りて、しばらく北東方向へ進む。五キロほど進んで、大きな《ペンション村》の看板を目印に左折する。そこから二キロほどで、森の中にペンションやコテージなどが点在する一画に出る。目的の別荘は、その少し手前をさらに右へ折れた土地に建っている。

賑やか過ぎず寂びれてはおらず、電気、水道、ガスは通じていて、必要最低限の街灯も立っている。背後は雑木林の斜面で、家の前を細い道路が一本通るのみ。その道も、数百メートル先で、今では往時の面影もなく荒れ果てた牧場の跡地に突き当たって、行き止まりになる。

ひと目みて気に入った。ここに決めようと思い、和佳奈に会いに行き周辺の景色も含めて写真を見せた。和佳奈がポロリと漏らした。

「なんだか、夢を見ているよう」

即金で購入した。

名義はもちろん葵自身ではない。『組合』が、本人死亡の戸籍を入手しさらにロンダリングしたものを、高額で転売してもらった別人格だ。『組合』関係者以外から足がつく恐れはない。

難問のひとつである看護人は、これも高額のマージンを払って『組合』に仲介してもらった。看護資格を持つ『元組合員』だ。人にダメージを与える立場から救う立場に変わったが、アオイと同じプロであることが会ってすぐにわかり、安心してまかせた。

必要な機材や薬品類は、将明のところへ通っている医者に、これもまた少なからぬ代金を支払って、一式揃えてもらった。将明の部屋にあるような、医用テレメータシステムなどの精密機器は必要ない。二週間ほど持ちこたえる薬剤や栄養剤などと、点滴用の器具などだ。

移動する日は和佳奈の両親も付き添ったが、その先の事情も説明してあったのであれこれ細かいことを訊くことなく神戸に戻っていった。

いよいよ航をなんとか連れ出して、面会――という段階まできたところで、将明が往生際に大騒動を起こした。大物政治家たちを相手に「過去のスキャンダルを自分で告白するか因幡に暴露されるか選べ」と迫ったのだ。

衆議院解散は決まってしまっている。期限は投開票日の一週間前の日曜までだ。永田町は蜂の巣をつついたような騒ぎになった。

因幡のほうでも、新発田たちの反攻を恐れて、航の両親を装った男女のガードを二交代でつけている。セキュリティの厳しい私立小学校までの通学も、ドアツードアで車を使う。さすがに葵も、連れ出す隙が見つからずに手を焼いた。

そんなときだ、病を患い気弱になったのか、あるいはこれまでの好悪や価値観が覆ったのか、ずっと遠ざけていた葵を急に呼びつけ、航を自分の後継者とするにあたって、葵にその後見人となるよう指名した。

井出を始め側近たちは大騒ぎになったが、葵はそんなことの是非よりもこの千載一遇の機会を利用した。

つまり、航の身を案じる言説に続けて、武蔵境にある『I』のアジトに航の身柄を移すことを提案したのだ。往時の聡明さを失い、疑心暗鬼を生ずる状態に陥っている将明は「家の構造も警備体制もばれているこの屋敷に置くのは危険だ」という葵の思いつきのような提案に簡単に乗った。

件の一軒家は、アジトとはいえ元は民家だ。セキュリティも甘い。今の屋敷から連れ出すよりまだチャンスがある。陽動作戦でもたてて、護衛の目を逸らした隙に連れ出す。連れ出してから「少し預かる」とだけ連絡を入れ、一泊程度で連れ戻せば大きな騒ぎにはならない。

その陽動作戦のために、最低限の情報を新発田側に洩らした。新発田に近い人間を使って、『組合』に発注が来るように、しかも因幡の内情を知るという理由でアオイをご指名で――。

この作戦は成功しそうに思えた。つまるところ、襲う側も警護の側も主役はアオイだ。あとは適当に辻褄を合わせればいいと思っていたが、計画が狂った。新発田側に潜ったこちらに通じた〝エス〟からの情報によれば、新発田信以外の依頼を受けた『ドロップ』の連中が、強引に航を奪いに行くという。しかも、未確認だがその『ドロップ』は『シズマ』という名だという。どうやら、できの悪い息子が絡んでいるらしい。

めんどくさいことになった。

34　火災当日　早朝　アオイ

アオイが『組合』の工作員として、リョウと二人で武蔵境のアジトに駆け付けたときには、ほとんどが終わっていた。

リーダー格のシズマとその一味たちが、護衛役である三人の『I』のメンバーを皆殺しにし、一家心中に見せかけて火を放った直後だった。

残忍な仕事だ。ここまでするのは、やはり「白いマングース」の仕業だ。

だが、アオイたちにとっても航にとっても、三つの幸運があった。

一つは、連中がさっさと航を連れ去らず、放火などの小細工をしていたおかげで、アオイたちがぎりぎりに間にあったことだ。不意をつかれた一味から航を奪い返すことができた。

二つ目は航の聡明さだ。航とアオイは初対面だったが、勘の鋭い航はアオイたちを少なくとも害をなす人間とは見ずに、抵抗することなく素直に指示に従ってくれた。

最後の三つ目がもっとも大きい成功要因だと思っているが、その場にシズマがいなかったことだ。子供嫌いのシズマは、作戦は成功したとみて、さっさとその場を離れてしまったのだ。残った連中が放火だ偽装だと面白半分にやっていたおかげで隙があった。

もしまだシズマがいたら、どうなっていたかわからない。

35　火災翌日　夜　アオイ

樋口たちと別れ、一気に目的地を目指す。ステージはすでに夜の部に入った。

ペンション群手前で折れる田舎道は、すぐに二股に分かれるが、その先はどちらも行き止まりになっている。住人か住人に用のある人間しか通らない。和佳奈をかくまっている別荘は、この道沿いにある。ここで、エンジンも止めて合図を待つ。

「今夜も星がたくさん見える」

車のウインドー越しに空を見上げアオイが小声で漏らすと、聞こえないはずのリョウがうなずいたように見えた。だから、つけ加えた。

「まだ、星を見ているといいけど」

そう言い終えたとき、スマートフォンにメッセージが届いた。自分に言い聞かせるように「開始だ」とつぶやき、エンジンをかけた。


建物の表玄関と道路のあいだにある、砂利敷きのスペースに車を停めた。

この先に民家はない。建物裏手の雑木林の斜面には、灯りもない。人がすれ違うのにも難儀しそうな、細い階段状の急な上り径があり、さきほど別れた細い道路まで繋がっている。

アオイは運転席に座ったまま半身だけ振り返って、後部シートのタオルケットをそっとかけ直した。視線を前方に向け、腹式呼吸でゆっくりと息を吐く。

いる。あいつはここにいる――。

直前に身に着けたベストのベルトを締め直した。いくつかの小道具が入っているし、気休め程度の防刃仕様になっている。

〈いくよ〉

リョウに合図し、ドアをそっと開けた。リョウも同じように助手席側のドアを開ける。靴の下で防犯用の砂利が鳴った。二人とも車のすぐ脇に立ち、周囲を見回す。アオイがピピッと電子音を鳴らし、車のドアをロックした。

互いに目で合図し、ゆっくりと建物に向かって歩きだす。

「こんばんはー」

そのとき、背中から人を食ったような声がかかった。

振り向かなくともわかる。新発田信の不肖の息子、淳也だ。

「垣根はないけど」そう言いながらゆっくり振り返った。「道路のこっち側はうちの敷地だから。入らないでもらい――」

そこで言葉が止まった。

もちろん淳也一人でないことはわかっていた。周囲の薄暗がりに隠れていたのだろう。若い男たちが、手に手にバットや金属製のパイプ、あるいはむき身のナイフを持ち、にやにや笑いながら出てきた。素早くチェックを入れる。淳也を含めて十二人だ。意外に少ない。裏手にも何人か回したのかもしれない。

だが、人数はあまり大きな問題ではない。問題なのは、淳也の脇に立って、にこりともせずにこちらを見ている、背の高い一人の男だ。街灯のせいかますます顔色は白く、血でも吸ったみたいに唇だけが赤い。こいつとは会いたくなかった。

「お久しぶり。シズマさん」

「あちこちと忙しそうだな。お二人で」

シズマが軽くうなずいて、視線をアオイからリョウへ動かした。笑ったのかもしれないが、判別できなかった。

「そっちこそ、餌をくれるなら誰でもいいの？」

自分のことを皮肉られたのだと気づかない淳也が、気楽な声を上げた。

「ええと、アオイさんだっけ？　遅いじゃない。まさか先に着いちゃうとは思わないからさ。退屈してたよ」

くちゃくちゃとガムを嚙みながら話すこの若造が、今回の大騒動の引き金を絞ったのだから、世の中はわからない。しかし、そのおかげで膠着しかけていた事態が動いた。こうして、航を母親と再会させる機会を作ることもできた。感謝せねばならない。

「でさ、本題なんだけど、『雛』とかいうそのガキを、おとなしく渡してもらえないかなあ」

反応せずその目を見返した。淳也は軽く両手を上げて、にやにやしながら続ける。

「そしたら、痛いことはしない。そのあとのお楽しみも我慢しちゃう。アオイさんみたいなタイプ、意外に好みなんだけどさ。普段恐い顔してる女ほど、あの時には激しく別人になるっていうしさ。――どう？　さっさとガキを渡してそっちも試してみる？」

アオイは今すぐにぶちのめしたくなるのを、どうにか堪えた。いつのまにか隣に立っているリョウが足を踏んだからだ。心配りには感謝するが、加減を知らないので痛い。あとでやり返す。

深呼吸しながら、車を振り返った。街灯からはやや離れているが、後部シートに黒っぽい小さな盛り上がりが、ぼんやりと見える。

「こんなやつに飼われて、自分が情けなくない?」

アオイは再度シズマを挑発したが、蠟人形のように無反応だ。

痺れを切らしたらしい淳也が、芝居がかった大声を上げた。

「いいか。三つ数え……」

「断る」

もとから交渉するつもりなどない。

映画の主人公にでもなったつもりだったらしい淳也が、目を剝いて、口を半開きにした。

「ぐだぐだ、めんどくせえんだよ。くそが」

唐突に、取り巻いていた連中の一人が大声を上げ、アオイたちが乗って来た車に向かって走った。どうやら正規の『ドロップ』はシズマ一人のようだ。シズマを雇うのに大金を使ってしまい、あとはそこらのはみ出しものを安く雇ったのかもしれない。これで勝算が出てきた。

駆け寄る男は、手にしたバールを振り上げている。窓ガラスを割るつもりだろう。この車は『組合』ルートで足がつかないように買ったというだけで、特別仕様車ではない。防弾ガラスになどなっていない。

しかし男は車まで行きつく前に、もんどりを打って転がった。本人は何が起きたのかわからないだろうが、リョウが素早く投げた石が頭に当たったのだ。

それを合図にほとんど全員が動いた。

口々に何か叫びながら向かってくる。動きがないのは淳也とシズマだけだ。

「おらあ」

アオイに向かってきた最初の一人が、大きく振り上げた金属バットを振り下ろす前に、その股間を蹴り上げた。男は喉から言葉にならない声を出し、バットを放りだして倒れた。蹴られた場所を押さえて海老のように背を丸め、うなっている。

アオイはシズマの姿を視界の隅に捉えながら、ベルトから抜いた特殊警棒を伸ばした。

「手加減しない」

アオイがそう言い終えると同時に、上下白いジャージの男が目の前に現れ、右手をさっと横に振った。わずかなところを見切ってかわした。伸ばした手の先に匕首（あいくち）が鈍く光っている。使い慣れているようだ。この連中の中ではやり手かもしれない。

素早くリョウの様子を確認する。すでに二人転がり、先ほど石を当てた男が立ち上がろうとするところに、蹴りを入れるのが視認できた。早くも三人だ。

アオイが匕首のジャージと対峙する隙を狙って、背後から二人、襲ってくる気配がした。確認する暇はない。身をかがめ、体をひねりながら警棒を横に払う。グレーのスエットパンツの膝を直撃した。関節を砕くあの感触があった。男はぐえっと声を吐いて転がった。怪我の全治まで配慮する余裕はない。もう一人がふり下ろした木刀をかわしながら、その膝には足の裏を叩きつける。これもぐきっと音がして、反対側に曲がった。こちらも三人。

一回転して素早く立ち上がる。顔めがけて突き出された匕首を、ぎりぎりのところでかわすと、ジャージがすかさず胸元を薙いできた。速い。防刃仕様のはずのベストがぱっくりと切れた。ジャージ男が楽しそうに笑った。

「次は顔だ」

アオイは切られたところを指でなぞった。

「まがいものね。『組合』に言って返金してもらわないと」

言い終えるなりいきなりバク転した。砂利が鳴る。

最初に股間を蹴った男が立ち上がり、金属バットでスイングするのをかがんで避け、その手首を特殊警棒で砕く。

いきなりのバク転にひるんだジャージの足もとに滑り込み、その股間に今度は拳を突き上げた。

砂利のおかげで、土やアスファルトよりは滑りやすい。

背を丸めてうめく男の手から、匕首を蹴り飛ばした。銀の刃が鈍く光りながら藪の暗がりへ消えた。

尻をさすり、リョウを見る。すでに五人の戦闘意欲を削いでいる。アオイは四人、これで計九人。シズマともう一人の戦闘員は視界にいる。しかし――。

淳也がいない。

車に視線を走らせたとき、淳也がバールを振り上げて窓ガラスを割ろうとしているところだった。アオイはベストから小型のスローイングナイフを抜き、素早く投げた。腕を狙ったつもりだったが、狙いがはずれて胸に刺さった。大胸筋に斜めに入ったから、致命傷どころかたいした傷ではないはずだ。

「痛てっ」

淳也は大げさに叫んでから刺さったナイフに気づき、腰を抜かしたように地べたに座り込んだ。

「ひいっ。さ、刺さってる」

油断したつもりはなかったが、淳也の情けない声を聞いて隙が生じたのかもしれない。気づいたときには、気配もなく近づいたシズマの拳がアオイの視界に入っていた。よける間もなく顎でそれを受けた。

意識が遠のく寸前に、和佳奈の悲しげな笑顔が浮かんだ。

36　火災翌日　夜　新発田信

机の上の受話器が軽い電子音を立て、内線ランプが点滅しているのに気づいた。

反射的に時刻を確認する。午後の八時十七分だ。どうりで腹が減ったわけだ。通話ボタンを押してつっけんどんに応じる。

「なんだ」

〈外線が入っております〉秘書の藪だ。

「だから誰からだ」

〈中江(なかえ)さんです〉

小さく舌打ちして「つないでくれ」と吐き捨てた。中江とは警察庁長官官房の審議官の一人だ。普通であれば、この新発田宛に直接電話してくるなどおこがましい存在だ。だが、今回は少々無理を通している。こちらが頼む立場だ。多少は下手に出ねばならない。

「はい、新発田です」

〈中江です。夜分にすみません〉

「どうですか。あの馬鹿は多少猟犬の代わりぐらいにはなりましたか」

〈そんな。とんでもない。——実は、先ほども申しましたが、当方こそ痩せ馬ならぬ痩せ犬を二匹と付録を一匹、先に走らせていたのですが、向かう先がそいつらのルートと一致しまして、どうやら目的地をつきとめたようです。ご子息のおかげです〉

「ということは、あの馬鹿の手下か、おたくらか、いずれにせよ、こちら側の手で確保できるということですかな」

〈おっしゃるとおりで〉

「ちなみに、それはどこです?」

〈インターでいえば小淵沢を降りて、やや北東よりのペンション村のような場所のようです〉

「こぶちさわ?」

鹿児島出身の新発田はすぐにイメージが湧かず、繰り返した。

〈はい。山梨と長野の県境あたり。諏訪湖のやや南東です。環境はいいところのようですが、これという全国区の名産はないようです〉

「そんなところへ何をしに？」

〈どうやら、『雛』の親鳥が潜んでいるようで〉

「母親か！」

つい声が大きくなった。正直に認めてしまえば、因幡の孫のことは、政争の駒としか考えていなかった。一個の「人間」として捉えていなかった。そういえば、あの因幡が引き裂いた、生き別れになった母親がいたと聞いたような気がする。

「あの裏切った『アオイ』とかいう女が、どうしてあの小僧を母親のところへ？」

〈それは捕らえてみればわかります。いずれにしましても時間の問題です。精鋭部隊の特別態勢で囲みますから。すでに向かっております〉

「なんでもいいですが、あまり目立って藪蛇にならぬようにお願いしますよ」

〈心得ております。――では一度切らせていただいて、成功の暁にはもう一度連絡いたします〉

「お願いします」

口先だけで礼を言って、こちらから先に通話を切った。

電話のついでにと、個人用のスマートフォンでこのところ毎晩のように使っている番号にかけた。

〈はい――〉なじみの客でなければ聞き取れないほどの早口で店名を名乗る。

「今夜も頼むよ」

〈あ、先生。これはどうも。どの子にします。今夜は、お気に入りがほとんど揃っております〉

「ミサにしてくれ」

〈ああ、いいですね。すぐに準備させます。いつものホテルで？〉

「部屋が取れたら連絡する」

〈お待ちしております〉

続いて、藪にホテルの部屋を押さえさせるために、再度内線をつないだ。

毎回のことだが、選挙が近づくと妙に性欲が増してくる。しかし、もう何年も指すら触れていないとはいえ、さすがに妻がいる自宅でというわけにはいかない。

毎回同じホテルを使っている。もちろん自腹など切らない。公費だ。女もホテルも、高額な精力剤も。

こっちはお国のために身を粉にして働いているのだからあたりまえだ。

37 火災翌日　夜　樋口透吾

先行するアオイたちの乗る白いレクサスは、『ペンション村』少し手前の細い道へと右折した。

津田が運転するマークXがそれに続く。

「ライトを消しますか」

津田が小声で訊いた。声を落とすことに意味はないが、気持ちは理解できた。手が汗で湿るのかもしれない。左右の手のひらをズボンの太もものあたりにこすりつけるのが見えた。

「いや、点けたままいこう」と答えたのは敷島だ。「このあたり、そこそこに住人はいそうなので、無灯火はかえって怪しまれる。お仲間に見つかったら切符を切られる」

冗談だと理解する余裕がないのか、津田は真面目な口調で「そうですね」と答えた。続けて、自身に言い聞かせるように独り言ちた。

「さっきの看板から二百十七メートル先が二股に分かれる。百九十、二百――あそこか。目標物へは右の道だが、我々は左手に進む」

津田は声に出して復唱しながら、高速道路を走っていたときとは別人のように慎重に進む。

アオイたちの車は「決行」の合図としてブレーキランプを軽く二度踏み、そのまま停まることなく分岐を右へ向かった。別荘正面へ出る道だ。こちらは左へ進む。

細い道はやや勾配を増した上りになる。森の中へ入って行く印象だ。一軒、廃業したらしいペンションの前を通りすぎた。

「――分岐から約百八十メートル進んだところで車を停める。百六十、七十――。おそらくこのあたりですね。車を降りれば目標物の屋根が目視できる。茶に近い朱色。正面側に小さな街灯一本あり。停止位置からみて右手斜面に当該目標物へ続くショートカット用の下りの小径がある。その周辺に街灯はない」

車は完全に停止した。

「さて、車をどこに停めるかだ」と敷島が窓の外の闇をのぞく。

「少し先に道幅が広くなっているところがありそうです」と津田。

二人のやりとりに樋口が割ってはいった。

「考えを言っても？」

「どうぞ」と敷島が応じる。

「わたしなら、ここで突入班二名と〝荷物〟を下ろし、残る一名はさっきの分岐点まで車で戻り、逃走方向に向けてライトを消して待ちます」

「その理由は？」と敷島。

「もちろん、第一に逃走しやすいからです。作戦遂行後に、この斜面を登って来るのは大変そうだ。しかし分岐点で車が待機するならば、建物の前のゆるやかな下りを走って逃げるだけです。ただし、向こうもそこは警戒しているはずですから、見つかるリスクも高い。それを覚悟の少し危険で杜撰な計画です。わたしもそこそこの歳なので、この斜面を登るのは少々きつい」

敷島がふっと笑って、樋口の案に決まりかけたが、津田がちゃぶ台返しのような発言をした。

「待機場所の問題以前に、そもそもこの作戦に意義がありますか？　自分たちはこのままさっさと帰還すべきと思いますが」

津田の意見はもっともだ。強硬な態度に出られたらめんどうだなと思ったとき、意外にも敷島が反論した。

「あの女と約束したでしょ。それに、この下には淳也がいるらしい。あいつをこの手でぶん殴れるなら、三か月ぐらい謹慎をくらってもいい。おたくだって、そうだろ」

同意を求められた津田は、「まあ、そうですが」と煮え切らない返事をした。津田の中では、

『雛』の奪回が圧倒的最優先案件なのだろう。

「ここまで来たんだ。行きましょう」敷島のその声で、こんどこそ空気が固まった。

「ところで、車で待つのは誰が？」

そう問う津田に、樋口が答えた。

「津田さん、お願いできませんか」

「えっ、自分ですか」

本当に予期していなかったようで、かなり驚いている。

「ええ。ここまでずっと運転していただいて、お疲れだとは思うんですが、それはつまりこの車に慣れているということでもあります。それに、お若いし、いざとなったら例の強力な武器もあるし」

テーザー銃のことだ。津田は何かに迷っているようだったが、やがて「わかりました」と承諾した。樋口が念を押す。

「では、さっきの分岐点近くで。任務終了後にわたしたちが車まで行きます」

「来なかったときは？」

「ご自分の判断で」

「わかりました」

あまり納得がいっていない声で答え、津田がうなずいた。

樋口たちが車から降りると、津田は狭い山道からはみ出しそうな勢いで切り返し、Uターンして分岐点のほうへ戻っていった。

「不服そうでしたね」敷島が遠ざかるテールランプを顎で指し続ける。

「――若いから、待機役というのが気に入らないのかな。でも、どうしてわたしじゃなく、彼を？」

「さあ」と樋口は曖昧に答えた。「考えすぎだったらよいのですが」

「まあいいでしょう。――あれですね」

敷島があごで指した先に、さきほど津田が復唱したとおりの建物が見えた。

「ところで」敷島は、自分の胸ほどもない小さな影を見下ろした。

「――彼を背負っていくなら、じゃんけんで決めますか」

敷島がそう言うと、小さな影が口を開いた。アオイたちの車からこちらへ移って、ようやくの発言だ。

「ぼく、自分で歩けます」

樋口は敷島と顔を見合わせ、『雛』に向かってうなずいた。

「それじゃあ、そうしてもらいますか。この下にお母さんが待ってる」

＊＊＊

組織図的にいえば、各都道府県警察は警察庁の指揮命令指導を受ける立場にある。

警視庁もその例外ではない。その上位官庁たる警察庁は、国務大臣である国家公安委員長を長とする国家公安委員会の指揮下にある。そして国家公安委員会は、内閣府の外局である。つまるところ、直接の指揮命令系統にはないが、いわゆる〝警察〟と呼ばれる組織は、内閣府からの〝意向〟に逆らい難い構造になっているといってもいい。

内閣府の最高責任者はいわずと知れた総理大臣である。総理は例外としても、内閣府には、事実上の管轄大臣である官房長官をはじめ、国務大臣、官房副長官や副大臣、政務官などの切れ者が揃っている。

そういったヒエラルキーの側面からも、ほかの省庁に比して、内閣府のそれなりの立場の人間から警察に〝圧力〟はかけやすい構図になっている。ただ、ごり押しは諸刃の剣でもある。万が一、その事実が世間に漏れたら命取りになる危険をはらんでいるからだ。

今の内閣府は、政界全体に睨みをきかす因幡将明の息がかかった者と、前官房長官にして最大与党である民和党幹事長である新発田信に近しい者とで二分されている。そして、それぞれの立場からそれぞれの都合によって、警察機構の命令しやすい部署へ指示が飛ぶ。

官僚の世界はよくできていて、どんなに強力な政権与党であっても、必ず反主流の一派がいる。自然界の生物が絶滅を避けるためにとる多様性に似ている。〝官僚〟というのは生存本能を持った生命体だとたとえる者もいる。

因幡将明は現警察庁長官と遠戚関係にあり、個人的にもつきあいは古く、深い。この長官は因幡の強い後押しを受けて、新発田が無理を通して淳也の逮捕を見送らせた当時の長官の後に就いた。この事実を知った新発田信は、急速に国家公安委員長と、彼が推す次期長官候補の二名と親密になった。もはや駒の奪い合い、泥仕合といってもいい。

もともと一色ではない霞が関の構造を背景に、この大物二人の直接対決の様相を呈して、警察庁内の上層部はちょっとしたパニックになっているという噂も流れた。

その睨み合いの結果、いわゆる「すくみ」の状態になった。陰の情報戦はすさまじいものがありながら、今回の追跡劇の実動部隊は現役警官二名と、外部委託の調査員一名という貧相なものになった。

ただ、さすがにことここに至って、まったく手を打たずというわけにはいかなくなった。「カラス」からのもったいぶった情報によれば、やや遅れて警官の大群がやってくるようだ。

しかもややこしいことに、単純に刑事部の応援ではないらしい。

双方の意図がどれほどもつれようが関係ない。カラスが口癖のように言う「ただ任務をまっとうするだけ」だ。

＊＊＊

樋口、航、敷島の順に、真っ暗な細い径を降りてゆく。

樋口が持参した、『I』の支給品である特殊なペンライトで足元を照らしている。敷島にも持たせた。紫外線の一種だが、凹凸に反応してうっすらと照らし、数メートルも離れると光が見えない。

踏みしめるこの急な下りの径は、里山遊歩道の裏ルートなどでみかけるような、単に丸太を埋めて階段状にしただけの、本当に申し訳程度の通路で、かなり危険だ。

注意深く歩を進めて行くと、月明かりにぼんやり見えていた建物の影がはっきりしてきた。ほとんどの窓がカーテンを引いてあって、光が漏れていない。

問題の部屋は二階の南東向きだと聞いている。つまり樋口たちがいる裏側からは死角だ。アオイの言葉を信じるしかない。


アオイたちの車を、小淵沢ＩＣ直前の八ヶ岳ＰＡで追い抜いたのは、津田宛に送られてくる情報で把握していた。そして、なぜか彼らが小淵沢ＩＣで降りることもわかった。

そんな情報が漏れてくるのが、どの部署からなのかはわからない。本庁にパイプを持っているのだろうが、それにしてもこの若い警官にこれだけの信任を与え、職責を負わせるのは正気の沙汰とは思えない。やはり何か裏があるのだろうと樋口は考える。

今回の情報戦には、複数の内通者――つまり裏切り者が存在するようだ。

それはともかく、小淵沢ＩＣの出口付近で待ち伏せすることにし、情報どおりにあっさりと対峙することができた。

料金所出口で彼らの車の前を塞ぐと、アオイに続いてでかい男も車から降り立った。『雛』は後ろのシートで動かない。寝ているのかもしれない。

樋口がアオイに声をかけ、交渉を始めようとしたとき、津田が割り込んできた。

「待ってたぞ」

挑発的な声を上げ、やる気まんまんというより、運転し続けて、倦みはじめていた反動でいきなり突っかかって行こうとした。

「待ってくれ」

背後から止めたのは樋口だ。少なくともアオイの全身から「闘志」のような気を感じなかったからだ。

「交換条件がある」

案の定、アオイがそう持ち掛けてきた。

「どんな?」敷島が訊き返す。

「目的地近くまで連れて行く。だから、二時間、いや一時間でもいい。時間をくれないか」

交渉はアオイの役目らしい。でかい男は黙って立っている。それだけで威圧感がある。

「何ふざけたことを言ってやがる。人殺しの誘拐犯が」

どこに隠し持っていたのか、津田が例の違法な〝オモチャ〟を取り出した。それを見たでかい男の筋肉が強張るのを感じた。

「だからちょっと待って」

樋口は再び津田を制し、アオイに問いかける。

「どんな条件ですか。指揮官殿」

アオイがふっと笑って答える。

「母親と引き裂かれ、父親には死別し、でかい屋敷でくそみたいなじじいと暮らしている十二歳の子供を、母親の死に目に会わせてやるだけだ」

アオイは「ただし」と言って、新発田の息子が雇った『ドロップ』と呼ばれる危険な男を頭(ヘッド)にした、半グレのような集団が追っていることを説明した。

「シズマという男で、蟻を踏み潰すみたいに人を殺す」

「サイコパスってやつね」

津田が茶化したが、アオイは無視して先を続けた。

「あんたらが追いついたぐらいだから、そいつらはもう先回りしてるかもしれない」

「その包囲網の中へ飛び込んで行くというわけですね」

樋口の問いに、アオイはふたたび微笑んでうなずいた。

「あんたらに手を貸してくれとは言わない。子供の面倒を見ながら待っててくれればいい」

「おまえらがやられちまったら？　おれたちの出番か？」

津田の挑発に、アオイが乾いた口調で答える。

「得意の身分証でも見せたら──まあ、効き目はないだろうけど。だけど安心していい。仮に子供を奪っても、あいつらは殺さない。切り札だからね。ただ、管理下におきたいだけだ。それをもう一度奪い返せるかどうかは、そっちの問題だ。どうせタコの大群が追いかけてくるんだろう」

「なんだなんだ。おれたちが負ける前提？　それに、タコの大群って警察のこと？」

津田の問いに、アオイがうなずき、ややしこりは残ったものの話は決まった。

結果、あっさりと『雛』を預かることになり、作戦が始まった。なんだかんだといって、樋口のことを信用したのだろう。

作戦なるものをごく簡単に説明すれば、アオイとでかい男、それに後部シートに途中のＳＡで買った巨大なゴリラのぬいぐるみを寝かせてタオルケットをかけたもの、これが囮だ。『ドロップ』の連中とアオイたちが戦闘しているあいだに、樋口たち別動隊が少年を連れて裏口から侵入し、親子の対面を果たす。

「それが終わったら、子供を連れ帰っていい。あんたらの手柄にすればいい。ただし、命に代えて守れ」

アオイがそう言ったので、最後まで不服そうだった津田もようやくうなずいた。

38　火災翌日　夜　敷島紀明

気を許せばたちまち滑り落ちそうな小径も、ようやくあと数メートルで終わるというあたりで、樋口が右手を挙げた。

「ストップ」の意味だ。すぐに敷島は航を押さえて、動きを止めた。

樋口が振り返り、ぎりぎり聞き取れる声で言う。

「自分があの二人の相手をしますので、『雛』を連れて中にはいってください」

敷島はその真意がつかめず一瞬ためらったが、結局うなずいた。

すると、樋口はまるで引っ越しの挨拶でもするような気軽さで歩いていった。

あまりに自信に満ちたものいいについ従ってしまったが、釈然としないものがある。いつのまにか樋口とアオイのあいだで成立した取引に素直に乗っている。しかし、警官がそんな話に合わせる必要はない。

いくら政府の中枢にもパイプがある組織のメンバーとはいえ、そして以前に一度、彼の手並みを見ているとはいえ、しょせん民間人だ。このまま主導権を握らせてよいのか。現に、津田は相当不服そうだった。しかし敷島が同意したので、ひとまず引き下がる形になった。

今さらそんなあれこれが湧いてきたが、もう樋口は別荘の敷地に足を踏み入れようとしている。

「少し様子を見よう」

敷島が小さく声をかけると、少年は無言でうなずいた。

裏側の出入口近くに立っている見張り役らしき二人は、それまで笑いながら小声で何かしゃべっていたが、近づいてくる樋口に気づいて体を強張らせたのが、敷島のいるところからでも見てとれた。

一人は、もう少し若ければ相撲部屋から誘いがあったかもしれないほどの巨漢で、もう一人は反対に小柄だが、敏捷そうな雰囲気を持っている。

「誰だ」と巨漢が誰何した。

「こんばんは」という、樋口の場違いで暢気な声がここまで聞こえてきた。本当に引っ越しの挨拶にでもきたような雰囲気だ。

しかし、さすがに裏口の見張りとはいえ、そんなことで騙せはしないだろう。二人の表情は相当に険しい。どこかに立てかけてあったのか、小柄なほうの右手にはいつの間にか金属バットが握られている。

樋口はそれを見て驚き、何かを否定するように手を振りながら、それでも笑みを浮かべて話しかけている。

小柄なほうが、樋口にバットの先を向けて近づく。その先端が樋口の喉まであと三十センチほどになったときだ。

樋口が素早く動いた。突きつけられたバットを掴んで捻ると、一瞬で奪い取っていた。その先で相手のみぞおちを突き、間髪を容れずに巨漢の右腕をそのバットで叩く。手からスマートフォンが落ちた。手加減はしたようだが、巨漢はうめき声を上げて膝をついた。その首筋に手刀を当てると、巨漢はうつ伏せに寝転んだ。

あまりにも一瞬だった。カメレオンが虫を捕食する瞬間の映像を見たことがあるが、あれを連想させる早業だった。

最初にみぞおちを突かれた男は、一旦は背を丸めて膝をついたが、すぐに顔を上げた。仲間に大声で知らせようとしたのか大きく口を開いたが、そのときにはすでに樋口が背後に回り、腕を喉に当てて締め上げていた。小柄な男は、数秒で落ちた。

樋口が立ち上がり、手のひらを上に向けて指先をくいくいっと曲げた。世界共通の「こっちへ来い」の合図だ。

同じように驚いて息を呑んでいる少年の肩を叩いて、残りの小径を降りた。近くまで寄ると、ほとんど息も荒くしていない樋口が小声で言った。

「わたしがここに残るから、早いところ面会を済ませてください」

「わかりました」

不思議に、従わないという選択肢は頭になかった。航に「さあ、行こう」と声をかけ、裏口のドアに近づいた。

ふと足を止め振り返ると、樋口は晩飯のデリバリーでも頼むような顔で、おそらくはあのアオイという女に、「開始」の合図を送ろうとしていた。

「あんた」敷島がそう声をかけると、樋口がスマートフォンから顔を上げてこちらを見た。

「あんた、いったい何者だ？」

問われた樋口は両肩をわずかに上げただけで、表情も変えず何も言わなかった。

アオイから預かった裏口の鍵で、すんなりとドアは開いた。どこかへ通報がいった可能性はあるが、少なくとも耳を塞ぎたくなるような警報音は鳴らなかった。

「あとについてくるんだ。もしも何かあったら、おじさんが食い止めているあいだに逃げるんだ。振り返っちゃいけない。わかったか」

少年は小声で「はい」と答えた。

アオイから、靴を履いたままでいいと言われている。もちろん、すぐに逃走できるようにだ。

遠慮なく土足のまま廊下に上がり、少年にもそうするよう身振りで示した。光量を落とした照明の中を進む。映画やゲームのように突然ドアが開いて敵が襲いかかってくることはなかった。

――襲撃者は、襲うと同時に逃走のことも考える。袋の鼠になることを嫌う。だから、敵が待っているとしたら、建物の外のはず。それに、もしも中に敵が入ったとすればそれとわかる。

そう断ずるアオイに、なぜ入ったことがわかるのか問うと「行けばわかる」と答えた。

その予告が当たっていることを願いつつ、階段をゆっくり上がる。ここにも仕掛けも邪魔もない。アオイが言ったとおりだ。

「階段を上ってすぐを右」

胸の内で復唱し、右手の壁からそっと顔をのぞかせた。

うっ。思わず声を上げそうになった。

人がいる――。

〝母親の部屋〟のドアの前に、人間が一人立っている。背格好は敷島と同じぐらいだが、殺気のようなものを発している。瞬時に女ではないかと思ったが、断定はできない。

顔を引っ込めて壁に半身を預け、少年を見下ろす。目が合った。何も訴えかけてはいない。こいつもだ。今回の案件で出会うやつは、こんなやつばかりだ。どいつもこいつも感情をどこかに忘れてきた連中だ。感情剝き出しの強盗犯や空き巣狙いが可愛く思えてくる。

いや、いまはそんなことを考えている場合ではない。呼吸を整え、このあととるべき行動について考えた。しかし考えるまでもない。突破するしかない。少年の目を見て、さっき言ったことを忘れるな、という意味でうなずいた。少年もうなずきかえした。

外が騒がしくなった。あの二人が戦いを始めたのだろう。今だ。行くしかない。しかし拳銃は所持していない。特殊警棒だけだ。

テーザー銃を借りておけばよかった——。

そんなことを考えながら飛び出そうとしたときだ。

「大丈夫ですよ」と声が聞こえた。ドアの前に立っている人物だ。中性的な声に聞こえた。

「あんたは誰だ」顔を出さずに問う。

「和佳奈さんの看護人です。看護師です」

拍子抜けする思いで顔をのぞかせた。看護人は背筋を伸ばして立ち、胸元に付けた身分証のようなものを見せている。

「ここで少し待って」

少年にそう声をかけ、看護人に近づく。やはり、第一印象どおり女性のようだ。しかし、看護用のジャージを通しても、鍛えられた肉体であることがわかった。そもそも、首回りは敷島の一・五倍はありそうだ。敷島もそれなりに武道の心得はあるが、この女を相手に肉弾戦になったらどうなるか自信がない。

「アオイさんに雇われています。警護も兼ねています。お待ちしていました。和佳奈さんは中です」

説明する彼女にうなずいた。「行けばわかる」とはこのことだったのだ。たしかに、敵が侵入していれば騒ぎになっているはずだ。階段のほうを振り返った。

「大丈夫だ。出てきていいよ」

静かに歩いて来る少年に微笑みかけ、看護人はドアを開けた。

「さあ、どうぞ」

引き裂かれた親子が再会すると、これほど感情をあらわにするのかという驚きが大きかった。素人目にも、かなり病状が進んでいそうに見える母親が、敷島に連れられて部屋に入った少年を見るなり、ベッドから飛び降りんばかりに身を起こしたのだ。

「航っ！」

「お母さんっ！」

ＡＩが動かす人形なのではないかと思っていた少年が、初めて激情を見せてベッドに駆け寄った。しかし、母親の腕に刺さった何本もの管に気づき、寸前で足を止めた。ショックには違いない。

それに気づいた母親が両手を伸ばす。

「大丈夫だからおいで。お母さんのそばに来て」

ベッド際に寄ったわが子を、ベッドに横座りになった母親が抱きしめた。

「航。航」

母親はぼろぼろと涙を流しながら、息子の名を呼ぶ。息子のほうは、もはや嗚咽が漏れるだけで言葉にならない。母親に負けないほどに流れる涙を、ポケットから出したハンカチで拭っている。

育ちのいい子供は、こんなときに品の良さが出る。

敷島は看護人に目で合図して、部屋の外に出た。

「ふだん、悪党どもの相手ばかりしてるから、ああいう雰囲気は苦手で」

ドアの外に立ち、敷島は弁解のように看護人に語り掛けた。

看護人はうなずきはしたものの、無表情なままで無駄口をきくつもりはなさそうだ。感情欠損人間がここにもまた一人。

「何分間ぐらい――」

面会している猶予があるのか訊こうとしたとき、誰かが階段を上がって来る気配に気づいた。足音を消そうとしているようだが、消しきれるものではない。看護人も気づいて二人で身構える。

すると、壁の角から一人の男が顔をのぞかせた。

「津田さん」

驚く敷島の呼びかけに応じて、津田が全身を現した。

「なぜここへ？」

樋口が立てた計画どおりなら、あの分岐点近くで待機しているはずだ。そう問い詰めようとする敷島に、津田は苦い顔を左右に振って答える。

「敷島さん、いいんですか？　あんな怪しい奴の指示に従って。自分たちは警官ですよ」

たしかにその点は敷島も悩んだ。ここまでは、樋口とアオイという女の主導で事態が進んでいる。樋口の所属する機関も彼らの手並みもこの目で見ているからというのもあるが、筋が通らないといえば通らない。ただ、津田は「自分たちは警官」と言ったが、それなのに応援部隊がちっとも来ないではないか。もはや見捨てられたのではないかという気さえしている。

頼るのはこの場にいる人間しかいないのだ。樋口やこの看護人を。

「どこから入った？」

「裏口から」

「えっ。あの樋口という男は？」

問いかける言葉は途中で止まった。津田がホルスターから抜いた、警察の制式拳銃であるSIG－P230の銃口をこちらに向けたからだ。

「こいつで通らせてもらいました。自分で木に手錠で繋がってもらってから」

津田が吐き捨てるように言った。

私服刑事が、拳銃を常時携帯しているというのは世間の勘違いだ。制服着用の際は携行を義務付けられているが、私服着用時は原則持ち歩かない。上長の許可を得たのち、保管庫から取り出さねばならない。勝手には持ち出せない。つまり——。

敷島の心中を読んだのか、津田がうなずいた。

「上の許可を得ています。うちの署は、けっこう新発田派が多いみたいです」

ここ二日ほど驚きの連続だが、このせりふが一番意外だったかもしれない。

「新発田派って、あんたあいつについたのか？　父親の恨みは……」

そのとき、看護人が動く気配をみせた。津田は素早く銃口をそちらに向ける。

「ほんとに撃つぞ。今も言ったが、許可を得てるからな」

さすがにそれは嘘だと思った。追認ならまだしも、今の警察で一署長が事前に発砲許可など出さないだろう。しかし、この状況下でそんなことを指摘してみても、なんの役にも立たない。

それより、あの樋口がこんな若い刑事に簡単にあしらわれたというのが信じがたい。

「大丈夫。目標物には傷をつけませんから」

そう言って津田は病室に入っていった。

看護人と目を合わせる。看護人が小声で早口に告げた。

「わたしが先に入ります。隙をみて制圧します。無理なら盾になります。わたしが撃たれたら、その間に子供を」

またもや自信に満ちた言葉で断じられて、敷島は「いや、それなら自分が」と反論しそびれた。中から「きゃーっ」という、母親のものらしき悲鳴が聞こえたからだ。

まず看護人が、続いて敷島が飛び込む。

津田が少年を胸元に抱きかかえるようにして、いつのまにか拳銃から持ち替えたテーザー銃をその首に押し当てている。

「何度も言うけど、ほんとに撃ちます。指示は『生きて確保』ですから。こいつならさすがに致命傷にはならないと思うけど、子供にはかなりつらい痛みだと思うよ。少しでも動いたら、容赦しない」

そう言って、身振りで敷島たちにどくよう指示した。

「航。航。――お願いです。航を返してください。なんでも言うことをききます。わたしをどうにでもしてください。だから航を放して」

すがりつこうとする母親の腕から、管の針が一本、二本と抜けた。津田はそれを無視して、ドアへ向かう。

少年は母親を見たあと、無言のままもがいた。襟首をつかまれ、つま先立ちするほど持ち上げられているので、力が入らないようだ。

「どけ」

敷島と看護人は左右に分かれて道を開けた。興奮状態にある今の津田は、少年に対して何をするかわからない。

「津田、おまえは誰の指示で動いてる？　小西さんじゃないのか」

「そうだよ」

あっさりうなずく。理解しかねる敷島を津田が嘲笑（あざわら）った。

「敷島さん。あんたどうせ終わりだから教えてあげるけど、小西さんは馬鹿正直すぎる。赤井さんに歯向かう器量なんてないよ。親父のことがあるってだけで、簡単におれを信じてさ」

「おまえ、父親の仇を討つと言ってたじゃないか。新発田と赤井はその張本人だぞ」

津田がくっと笑う。

「仇を討つってのは、世の中に対してだよ。親父みたいに馬鹿正直に生きないで、賢く立ち回っていい目を見るってことだよ」

「くずだな。おまえも、やつらと変わらないくず野郎だ」

敷島の罵声にも津田は鼻先で笑うだけだった。

「いいか、もう一度言う。おれたちが建物の外に出るまで動く気配がしたら、子供を撃つ。ほかの誰よりも真っ先に子供を撃つ。約束する」

津田は少年を引きずるようにして階段を降りていった。少年も抗（あらが）っても無駄と覚悟したのか、ほとんどされるがままだ。もしかすると、抵抗すると母親が傷つけられると思っているのかもしれない。

動こうにも動けずにいると、やがて階下の表玄関のドアから出ていく気配がした。

そのとき、ふと気づいた。もしかすると樋口は、津田が裏切ることを予想してあえて突入組ではなく、待機に回したのか。

それならば、仮に津田が裏切ったとしても、親子が対面する程度の時間は取れる。少年と一緒に行動させていたら、対面もできなかったかもしれない。

敷島は、先へ行こうとする看護人をなだめ、後ろに従えて、警戒しつつ階段を降り、玄関から外へ出た。庭とも駐車スペースともいえる広場が見えた。

驚いた。ここまでの光景は予測していなかった。十数人が倒れ、うめき、傷口を押さえ、あるいはただ呆然と突っ立っている。いったい何が起きたのだ。

その中に敷島の知った顔はいくつもない。津田と今も津田に捕まったままの少年。写真で顔だけは知っていた新発田淳也は、負傷したらしく胸に手を当てており、そのあたりから血が流れている。アオイは倒れていて、その相棒の無口なでかい男が、アオイの介護をしている。そのほかに十人ほどの男たちが、倒れたり座りこんだり、ふらふらしながら立っていたり、まさに集団乱闘直後の様相を呈している。

「何者だ、おまえら」

訊いてみたところで正直に答えるはずもないことはわかっていたが、敷島はついそんな言葉を漏らした。

少年の首筋を押さえたまま、津田がこちらを見て、開き直ったようなにやにや笑いを浮かべた。

「つまり、因幡が負けたってこと」

得意げな津田の顔にぶつける。

「津田。思い出せ。そこにいる新発田淳也は、おまえの父親から仕事を奪った元凶だぞ」

「まだ言ってんのか。だからなんだ。負けた親父が悪いんだよ」

看護人が、二人のやりとりに割り込んで、敷島の耳元にささやいた。

「一人、危険な男がいます。いまあなたがやり合っている男のすぐそばに立つ、色白の痩せた男。シズマという名です。もとはうちの組織にいた男で、ほかの連中はおそらく寄せ集めでしょう」

「やつが言うように、全員、新発田が雇ったということ?」

看護人がうなずく。

「新発田親子のどちらかはわかりませんが。――とにかく、わたしは任務を果たします。あとはよろしく」

そう言うと看護人は、敷島が止める間もなく津田たちのほうへ近づいていく。

「その子を母親に返してあげて」

看護人の呼びかけに、津田が「もう遅い」と答えた。

看護人が津田にとびかかろうとした。追い詰められた状態では人は何をするか予測できないが、すでに勝敗はついている。逆上してテーザー銃を少年に撃つはずはないと読んだのかもしれない。

しかし、看護人の指先が届くことはなかった。シズマの蹴りが繰り出されたからだ。看護人は予想していたのだろう、いつの間にか手にしたサバイバルナイフのようなものでその足首のあたりを払った。

見ている敷島には、てっきりナイフが足首を切り落としたかのように見えた。しかしシズマの足は、まるで見えないレールの上を動くようにそのナイフをよけ、看護人の正面でぴたりと止まった。次の瞬間、足の裏が看護人のみぞおちのあたりにめり込んだ。あの、筋肉の固まりのように見えた看護人が二メートルほど吹っ飛んだ。

アオイを介抱していたでかい男が、それを見て立ち上がった。アオイも意識を取り戻したらしく、立ち上がろうとしている。

「やめとけ。もうすぐ警官隊が来る。警視庁からの応援部隊だ。おまえら一斉検挙だ」

津田が誰にともなく声を上げた。勝ったという高揚感に満ちた声だ。

しかし、そんなものに耳を貸す気はなさそうなでかい男が、シズマと対峙しようとしたそのときだ。エンジン音が響いた。一台ではない。そう思う間もなく、全体がほとんど黒色に近いトラックが狭い道路を爆走してきて、敷地の前で急停車した。後部から重装備の隊員たちがばらばらと駆け下りてくる。関係車両だろう、ワンボックスやセダンも来た。

「ＳＡＴじゃないか」

その光景を見ていた敷島の口から驚きの声が漏れた。

普通の警官隊ではない。捜査一課に所属するよく似た組織のＳＩＴが有名だが、あちらは交渉などを経て人質救出や犯人の確保を最優先としている。

一方このＳＡＴは警備部所属で、原則交渉ごとは行わない。犯人制圧を主目的としている。ひとことでいえば〝手荒な手段〟も厭わない。ヘルメットから靴先まで黒ずくめ、自動小銃ほか完全武装した部隊に、あっというまに取り囲まれる光景は、まるで映画を見ているようだった。

「全員両手を上げなさい」

どれかの車に積まれたらしい拡声器から声が流れた。半分ぐらいの人間が素直に手を上げた。

「まってくれ。おれは警視庁の……」

津田があわてて張り上げた声は、あっさり遮られた。

「武器を捨て、両手を高く上げなさい」

「指示を聞いたほうがいい」と敷島は津田を諭した。「彼らは警備部だ。テロの制圧のために特殊訓練を受けている。所轄の刑事なんて目に入らない。閃光弾でも食らうのがおちだ」

そして自分自身も手を上げた。いずれ解放されるにしても、一度は身柄を確保されるだろう。決まった運命なら、痛い思いはしないほうがいい。

少年を見れば、SATの隊員に付き添われて、玄関のほうへ小走りで向かうところだ。母親のもとへ戻るのだろう。これでよかった。SATの連中がどちらの側かわからないが、少なくとも人の心はありそうだ。

そういえば、と敷島は思った。あの人を食った樋口という男は、今も間抜け面で裏の木に手錠で繋がれているのだろうか。

いや、とっくに姿を消している。そんな気がした。

39 火災二日後　朝　新発田信

「そのままここで待て」

新発田信は運転手にそう告げて車から降りた。公用車を使い、ボディガードを要請した。二名、SPがついてきた。秘書は私設秘書の藪のみだ。

門のインターフォンで名乗ったので、当然ながら玄関先で待っている人間がいた。因幡将明の右腕ともいうべき男、井出だ。

「ご苦労様でございます」

井出が丁寧に頭を下げる。

「おう。呼ばれたから来たぞ」と新発田は応じ、さっさと靴を脱いで玄関に上がった。この屋敷にはもう何度も来ているから勝手はわかっている。

昨夜、お気に入りの女をホテルに呼んで、いつになく張り切った。自宅に戻ったのは午前一時過ぎだ。一本一万円の精力剤が効いたのもあるかもしれないが、因幡に勝ったという昂りが大きかった。

気持ちよくうとうとしたと思ったら、井出から連絡が来た。因幡の狸じじいがそろそろ末期だという。命があるうちに詫びを入れたがっている。ついてはお越し願えないかというのだ。

「あいつが頭を下げるんだな？」

〈頭を下げるだけの元気がありましたら〉

「なにか企んでいないだろうな」

〈いいえ、わたくしが保証いたします〉

井出がそういうので、大声で笑って、了解してやった。こうして足も運んでやった。

「例の部屋だな。死にぞこないは」

新発田が早足で廊下を歩きながら声を上げる。

「はい」井出が頭を下げ、小走りで先頭に立った。

「ご案内いたします」

新発田の後ろに、藪、ＳＰと続く。やがて、因幡将明が寝起きする部屋の前に着いた。

「申し訳ありませんが、護衛のかたはお隣の控室でお待ちください。部屋の中で繋がっておりますのでご安心ください」

井出の申し出にＳＰたちは渋い表情を浮かべたが、新発田に「大丈夫だ。いつもそうしている。何かあればすぐに呼ぶ」と言われて従った。

「それでは」

井出がドアを開け、「どうぞ」という具合に頭を下げる。やや身を反らすようにして新発田が、続いて藪が入った。

相変わらず、金をかけて手入れされた庭の眺めが素晴らしいが、もちろん世辞を言ったりはしない。

「どうぞそちらにおかけください」

井出が示した場所には、赤坂の迎賓館にでも展示してありそうなテーブルと椅子のセットがあった。その上には、クーラーに冷やした白ワインと、大ぶりな牡蠣の燻製を中心にしたオードブルの皿が載っていた。ワインの銘柄まで含め、いずれも新発田の大好物だ。

新発田が井出の顔を見ると、井出がうなずいた。

ベッドに横たわった因幡に、井出がすり足で近づき、耳打ちした。

因幡がゆっくりと目を開け、井出に何か指示した。すると、ベッドの上半分がゆっくりと持ち上がり、因幡の上半身もやや起き上がった。新発田はその顔色を見て、死相という言葉を思い出した。

因幡がもごもごと喋り、井出がそれを通訳する。

「主は、すでに明瞭に発声することが困難な状態でして、不肖わたくしがお伝えさせていただきます」

「早くしてくれ。こっちは現役で死ぬほど忙しい。死にかけているというから無理やり時間を作ったんだ」

新発田は悪態をつきながら、さっそく藪に注がせた白ワインをぐびぐびと呷った。

因幡がもごもごと喋る。井出が通訳する。

「あの子はどこか、とお尋ねです」

「言うわけなかろうが」水のように一杯目を飲み終え、すでに二杯目に口をつけている。「しかし、安心していい。あんたが例の騒ぎを起こさないと保証したら——いや、ここまで来たら、選挙が終わったらにしよう。無事にわが党が圧勝したら傷ひとつつけずに返す。もう一度言うが、あんたの出方しだいだ」

そうして、大好物の牡蠣の燻製を口に放り込んだ。噛むとなんとも言えない香りが鼻孔から抜ける。

昨日の夜九時ごろだったろうか。警察庁からの伝言だと、藪が報告した。新発田の息のかかった職員からの連絡で、官房の中江とはまた別口だ。派遣したＳＡＴが、主だった関係者をほとんど確保した、という趣旨だった。もちろん、その中には『雛』もまじっている。

万が一を気遣ったのだろうが、自分につながずに藪に伝言させたことが少し気に入らなかった。最後の勝利の報告は自分で聞きたかった。

それに、出動したのがＳＡＴと聞いて少しひっかかった。出張るとしたら、一課の刑事かせいぜいＳＩＴだと思っていたからだ。ＳＡＴはつまるところ警備局の管轄で、新発田はあまり太いパイプを持っていない。

しかしそんなことは些末な問題だ。選挙を始め、あらゆる勝負事は勝つことに意味がある。勝てば理屈などどうでもいい。

ひとつ計算外だったのは、淳也まで一緒に確保されたことだ。怪我をしていたので、監視付きで病院に入院させたという。めんどうだが、あとで藪に釈放の手回しをしてもらわねばならない。まったく世話ばかりかける愚息だ。

井出がまた因幡の懇願を伝える。

「せめてテレビ電話で、航さんと話をさせてくれませんかと申しております」

「とうとう末期らしいな。そんな頼みを聞くわけがないだろう」

「井出さん」藪が声をかけた。

「なんでしょう」

「さっきから気になっているんですが、なぜか楽しそうですね。因幡先生のお孫さんがまだお戻りではないというのに。そして因幡先生がそのようなご容体なのに」

井出が目玉を剝いている。鳩が豆鉄砲を食ったようというやつだ。どいつもこいつも腹芸ひとつできないので、話にならない。

「先生も、よくここで出されたものを口に入れられますね。なぜ安全だと確信されたのですか。

先生らしくもない」

　藪が目の前のオードブルと井出を交互に見た。

「差し出がましいぞ、藪」と新発田は叱りつけた。「きさまは、よけいな口出しはしなくていい。黙ってろ。たいした脳味噌も持ってないくせに」

「失礼いたしました」

　そのとき、壁に埋め込まれた大きなテレビの電源が、ふいに入った。タイマーでもセットしてあったのか、あるいはどこかで誰かが操作したのかもしれない。

　だが、映し出されたのはテレビの番組ではなかった。どこかの一室だ。

「こっ、ここは――」

　どこもここもない。新発田の自宅の執務室だ。

「なんだこれは」

「動画配信というものです」

　藪が頭を下げながら慇懃な態度で説明する。

〈はい、それではこれより配信を始めます〉

　スピーカーから声が流れた。喋っているのは女の声ようだが、カメラの背後にいるのか、姿は見えない。

「どうしてテレビでこんなものを流してる」

　藪があきれたような苦笑を浮かべて説明した。

「先生、テレビのモニターを利用してインターネットの動画も見られます。今どきそんなことで驚いていると笑われますよ」

「き、きさま」

　血圧が急上昇しているのが自分でもはっきりわかる。こめかみのあたりが脈打っている。

〈それでは始めましょうか〉

　この女の声は、どこかで聞いたと思ったが、あのアオイとかいう女ではないのか。昨夜、一網打尽にされた中に入っていたはずだ。そうか、録画か。なにがなんだかわからないが、その程度の理屈はわかる。

　画面の右から登場した男が椅子に座った。首から下しか映っていないが、きちんとしたスーツ姿だ。女の声が続ける。

〈昨日午後八時過ぎに山梨県北杜市で起きた乱闘事件の詳細を、みなさんお知りになりたいと思います。あの事件に関連するとんでもないスキャンダルを入手しましたので、それをこれから流しますね〉

　昨夜のことを言っているということは、事前録画ではなく、中継なのか。

〈それでは、こちらのかたに証言をうかがいます。間違いなく刑事事件になると思われますので、匿名のままという条件で、真実をすべて語っていただけます。そうですね？〉

　問われて、男が〈はい。お答えします〉と喋った。音声を変えてあるが、なんとなく聞き覚えのある口調だ。

〈まず最初に、今回のこの告発をなさろうと思ったのはどういう理由からでしょうか〉

インタビュー役が質問し、不自然な声の男が答える。

〈もちろん、本来はまず警察に告発するべきだと考えます。しかし、あの人たちの権力の手は警察の内部にまで伸びていますので、闇から闇へと葬られる可能性があります。そして、わたしは冤罪で牢獄に繋がれる。——大げさでなく、そうなってしまうでしょう。それを防ぐために、まず最初に国民のみなさんに真実を知っていただきたいと思ってこうした手段に出たわけです——〉

「藪。これは藪じゃないか。どうしてこんなところに映ってる。いや、何をしてる」

藪がくだけた口調で応じる。

「先生、少し落ち着いてください。血圧が上がっても知りませんよ。ですから、動画ですよ。録画です。今日未明に録画したものです。お疲れの先生が高いびきをかかれているときに」

「き、き、きさま、何を——」

「ですから先生、そんなに興奮なさると、あまり丈夫でない血管がもちませんよ」

「井出、きさまは知っていたのか」

「あっ、いえ、とんでもないです」

あられもないほどうろたえている。しまった、この会話ですべてばれたかと、因幡を見た。生気のない能面のような面だ。驚いた様子はない。井出の裏切りを知っていたのか。それとも、もう理解できないのか。画面の藪が喋っている。

〈まず最初に、わたし個人的にも許しがたい事例からご紹介します。——これはですね、五年前に女子大学生に対する当時の『準強制性交等罪』の容疑者だった大学生が、逮捕寸前で逮捕を見送られ、逮捕状は失効し、その後は立件すらされなかった事件がありました。いわゆる揉み消しです。この大学生の父親は誰だと思います？　驚かないでください。誰あろう、前官房長官にして民和党の現幹事長、新発田信その人であります。息子の名はJとしますが――〉

「こ、これはどういうことだ藪」

隣室へ通じるドアがノックされ、返事を待たずに開いた。SPが二名のぞき込むようにしている。

「なんだ」新発田が怒鳴る。

「だいぶ興奮された声が聞こえたものですから」

「うるさい。引っ込んでろ」

ＳＰ二名は顔を見合わせて戻っていった。

間をおかず、今度は廊下に繋がるドアがノックもなく開き、見知らぬ男が入ってきた。

「彼らも仕事とはいえ、どんな腐った相手でも体を張って守っているんですから、それも税金で。もう少し優しくしてあげてください。そんなだから人が離れていくんですよ」

「誰だ、おまえ」

あまりのことに言葉も出ない新発田よりも先に、井出がそう反応した。つまり、因幡側の人間でもないのだろう。

「一応名乗りますと樋口と申します。しかし、名前などどうでもいい。この茶番に幕を引きましょう。静かに聞けないなら鎮静剤でも打ちますか？　あとで請求書を回しますから、先生が好きに使える政策活動費からでも払ってください」

「き、き、きさ——」

心臓が苦しくなって目の前が真っ暗になった。

気がつくと、ソファに横になっていた。

「たった今、救急車を手配しました」樋口が事務的に説明する。「今日は熱中症が多発していて、少し混んでいるそうです」

「気を失ったのか」誰にともなく問う。

「一瞬ですが」と藪が答えた。

「どのぐらいだ」

「ほんの一分程度かと。おそらく、先生のご持病である狭心症の発作と思われますが、念のため病院で検査を受けてください」

「いらん」

「は？」

「救急車など追い返せと言ったのだ」

「しかし……」

「しかしもかかしもあるか。こんな家から狭心症の発作で運び出されたなどと知れたら、それこそ選挙は終わりだ」

「もう終わりだと思いますが」

発作の原因を作った樋口とかいう男が、突っ立ったまま無表情に告げた。

「新発田先生やほかの政治家先生が隠そうとしていたことは、藪さんがすべて告発しています」

そう言ってテレビを顔で指した。

たしかに、藪の馬鹿が、まだぐだぐだと防衛省がどうしたなどと喋っている。

「藪、きさまいつから裏切った」

藪がしょうがないでしょうとでも言いたげに、人を小馬鹿にしたような笑いを作った。

「先生の専横がさすがに耐えられなくなりましてね。人の顔を見れば馬鹿だコケだとののしるだけ。それほど給料が高いわけでもないし。このスキャンダルが出たら先生も引退でしょうし。見切りをつけたわけです」

「き、きさま」

さっきから、ほかの言葉が出てこない。また目の前が暗くなりかけたので、深呼吸しなんとか抑えた。

「長年の恩も忘れて、犬畜生にも劣る……」

「だとしたら、こちらの井出さんも同じですよね。因幡先生を裏切って、新発田先生についた」

「な、なにを――」

絶句している井出に、樋口が淡々と説明する。

「ばれてますよ。因幡先生が後継者に航さんを指名するところまでは想定内だ。しかし、その後見人に葵さんを選んだ。これは捨て置けない。葵さんと井出さんは水と油だ。それも清水と汚れた廃油だ。葵さんは冷酷なようですが、非道なことはしない。しかし、井出さんは新発田先生でなく、その息子の淳也氏と通じ、『ドロップ』とか半グレとかいう連中を使って航さんを手中に入れようとした。新発田先生に恩を売って、少しでも高く自分を売りつけようとした。まあ、狙いはわからなくもないが、しかし、そこまで大事を成す器量はなかった。で、こんな中途半端な結末になった」

「あんたはどんな証拠があって、そんなことを。名誉毀損どころの……」

「わかった」

新発田は手を上げて井出の発言をさえぎった。

「わかった。いや、納得はいかないが、ひとまずやめろ。おれの心臓がもたん。——あんた」

そう樋口に声をかけた。

「この中であんたが一番話になりそうだ。あんたに問う。まず、あの子供は取り返したのか」

「はい。安全な場所にいます。昨日、はるばる八ヶ岳山麓まで出動してきたのは、警視庁警備部所属のＳＡＴです。新発田先生は刑事部主導の部隊を出したかったようですが、その上部組織である警察庁内の力関係では、今は警備局長のほうが刑事局長より上だった。そして、因幡先生は警備局長と親しかった。簡単に言えばそういうことです。じゃんけんみたいなものです。グーがチョキに勝つのは別に正義だからじゃない。単にそういうルールだからです」

腹は立つ、納得はいかない。しかし一理ある。

テレビの中ではまだ藪がぐだぐだと喋っている。

〈続いては、厚生労働省の贈収賄の証拠についてです――〉

「これはここだけに流れているのか。全国か」

新発田の問いに、藪が胸を張った。

「全世界にです。海外向けには、英訳字幕つきです」

もう終わりだ。いずれこの告発をすべて偽造だと決着させることはできる。裁判に手を回して勝つこともできるだろう。しかし、今回の選挙は負けだ。歴史に残る大惨敗が見えた。その幹事長として自分の汚名も刻まれる。

「参考までに聞かせてくれ。ほころびはどこから始まった」

樋口は少し考えて静かに答えた。

「井出さんが淳也氏とからんだところからでしょうか。あの武蔵境でおきた一家心中に見せかけた殺しは、『組合』の仕事でも『I』の仕事でもなかった。どちらもあんな無駄に残酷な仕事はしない。素人が作戦を練って、金でなんでもする玄人が実行した。そう考えると辻褄が合います」

「馬鹿どもが」

「イレギュラーだった放火殺人事件を除き、今回の騒動を企んだのはわたしの上司たちです。『I』は、最初の依頼者を大切にします。それは堀川葵という女性でした。わたしも途中まで何が起きているのか理解できずにいる、単なる盤上の駒でした。葵さんと『I』の幹部、そして政治家やフィクサーが警察機構を私(わたくし)することを苦く思っている警察幹部の書いた筋書きです。

うちの上層部は性格は悪いですが、切れ者が揃っています。次回は予算をケチらず、うちにおまかせください。もっとも、違法で卑劣なご要望にはお答えできませんが」

また目の前が暗くなってきた。

救急車のサイレンが近づいてきた。もう、追い返す元気もなかった。

救急隊が入ってきて「因幡将明さんはどなたですか」と聞いた。

樋口が「そちらのベッドのかたです」と答えた。

近づいてようすを見ていた隊員が、上長らしき人物に向かって首を左右に振った。

「瞳孔散大、心拍、呼吸ともに停止です」

40　火災十一日後　夕刻　アオイ

アオイがハンドルを握り、リョウが助手席に座る。最近はほとんどこの位置関係だ。

〈病院に行かなくていいか〉リョウが訊いた。

〈いい。問題ない〉あっさりアオイが答える。

たったいま、決着をつけてきたところだ。

あの日、アオイが「静かな場所」として選んだ小淵沢の古い別荘が、皮肉にも乱闘の場になった。年に何度も出動しないＳＡＴまで出張ってきた。アオイとリョウも身柄を拘束されたが『Ｉ』絡みの仕事だったため、日付が変わる前にあっさり釈放された。「半グレどうしの乱闘に巻き込まれた」という絵になったらしい。警察がそれでいいというのなら、いいのだろう。そのおかげで、翌早朝のあの動画撮影ができた。

しかし乱闘自体は世間を騒がす大きなニュースとなり、同時に新発田信の秘書が暴露した政界の汚職や不正の闇で世の中の話題はもちきりだ。

事実、衆議院選挙では与党、民和党が惨敗した。もう少しで野党第一党の座すら危うい負けっぷりだった。

しかし、アオイはそんなことには興味がない。因幡将明が死んで、航の後見人としての葵が最初にやったのは、和佳奈を屋敷に招いたことだ。親子水入らずで残り少ない毎日を過ごしている。和佳奈の両親も呼び寄せた。思わぬ孫との対面に、二人は娘の病状を気遣いながらも喜んだ。

ほぼ想定内でことは運んだ。不本意ながら、樋口にもだいぶ手伝ってもらった。あの男の目はいつも笑っていないので、心底から信用はできないのだが。

ひとつ心残りなことがあった。ＳＡＴの介入で中断してしまったシズマとの対決だ。

あの決着をつけなければ、いや借りを返さなければ寝覚めが悪い。それだけでなく、この世界でやっていくうえでの評判にかかわる。いずれ足を洗うにしても、屈辱の記憶は残る。

ああ、アオイか。シズマに一発で沈められた仕事人だな。所詮は女だ。

そんな声が聞こえてきそうだ。

決着をつけるための再戦を望んでいたが、シズマはそんな金にならないことはしない。半ばあきらめていたところに朗報が飛び込んだ。

正規の〝職務〟としてシズマの確保依頼が来たのだ。それも『I』からだ。

シズマは、これまでも闇の仕事をこなしては足跡を消して逃れてきたが、とうとう尻尾を出した。しかも、例の「因幡騒動」の絡みだ。

あの騒ぎの余波で、収賄の嫌疑がかかった厚労省の官僚が自殺した。すべて自分が個人の判断でしたことであるという遺書を残して。

これは偽装自殺であると遺族は訴えたが、警察は聞く耳を持たない。当然だ。今回は野に下るとはいえ、民和党は次期選挙で与党に返り咲く可能性が大だ。下手な手は打てない。

心ある同僚たちからのカンパもあって、納得できない遺族から『I』に協力依頼が来たのだ。殺傷はせず、実行犯の身柄確保のみ、という条件で。逮捕さえできれば立件させる手があるらしい。

『I』の組織力をもって、その実行犯こそがシズマであることや、それまで誰も知らなかったシズマの住みかをつきとめることができた。連絡をくれたのは樋口だった。

「もしかして、この仕事を回すように組織に手回ししたのもあんた？」

そう訊いたが、樋口はなんのことかわからないととぼけた。

とにかく、シズマが現在ねぐらにしている世田谷のタワーマンションを教えられ、その駐車場で待ち伏せた。

「ちは」とアオイが声をかけた。

「よう」とシズマが答えた。

めずらしく怪訝な表情を浮かべている。ここを発見されたことより、アオイの恰好が気になるようだ。

「あんたは『I』のターゲットになった」

「知ってる」

「だから来た。決着をつける」

それ以上は言う必要がなかった。

近くの「造成中。立ち入り禁止」の公園に移動し、そこで決着をつけることになった。もちろん、事前に下調べをしておいた。立ち会い人はリョウだ。シズマも邪魔のはいらないところでけりをつけたかったのか、自分の車でついてきた。未完成の公園にマイバッハは目立ちすぎるから仕事用のＢＭＷで。

「その恰好でいいのか」

芝の上で対峙したとき、シズマが訊いた。

「気にしなくていい」

アオイは、温泉レジャー施設で着るようなアロハ柄のムームーを着ていた。普段はもちろんもっと機能的な、戦闘に向いた服を着用する。

「これが今夜の気分だ」

「で、そいつはなんだ」

そう言って、アオイが手にしたものをかるくあごでしゃくった。

「これが武器だ。このぐらいのハンディをつけてもらってもいいだろう」

それは、子供たちが雪遊びや芝すべりで使う、片手で持てる樹脂製の〝そり〟だ。ヒップスライダーという名で売っていた。

「ふん。やけくそか」

「準備はいいか?」

アオイの問いに、シズマは無言でポケットから手を出した。白いマングースの横顔に西日が当たる。

アオイのほうからやや早足で近づいていく。あと一歩でシズマの間合いに入るというところで、殴られるのを読んで上半身を横に傾けた。しかし、シズマにはそれも織り込み済みだったようで、拳が鼻先をかすった。

体勢をたてなおし、左手にスライダーを持ったままファイティングポーズをとる。睨み合ったのは数秒だ。するするとシズマが近づいてくる。例の、足のうらにローラーがついたようななめらかで素早い動きだ。その接近からは誰も逃れられない。

先に殴ったつもりだったし、手応えありだと思った。しかし、顔に拳を受けたのはアオイのほうだった。

『組合』の訓練で、世界ランカーになったことがある元プロボクサーと対戦したことがあるが、シズマのパンチ力はそれに匹敵した。

プロのパンチが顎に決まれば、耐えるとか耐えられないとかの問題ではない。一瞬で失神する。

あの、小淵沢での対決のように。しかし、今のはほおに当たった。失神はまぬがれたが、ふらついて、尻餅をついた。

シズマの蹴りが、利腕である右腕に決まった。折れてはいないようだが、しばらく使い物にはならない。

一発で仕留めずに、なぶりものにするつもりのようだ。

「そのオモチャは使わないのか」薄ら笑いを浮かべている。

答えない。答える余裕がない。かなわない、と覚悟した。やはり、世の中にはどうやっても歯の立たない相手がいる。

視界の隅にリョウが動くのが見えた。

〈来ないで！〉

リョウに向かって手を振った。リョウの顔が熟した林檎のように赤い。

シズマの視線がそちらに動いた。その隙に転がって、シズマの間合いから出た。すばやく手を使わずに体のバネで起き上がる。ＰＡで野次馬相手にやってみせた特技だ。あのときは受けたが、シズマには効かない。

なに悪あがきを、そう思ってにやついているシズマの目の前で、今度はバク転した。

着地したとき、アオイの体からムームーが落ちた。下には何も身に着けていない。

全裸の体をシズマに見せた。握ったままのスライダーを素早くムームーから抜く。もう何も身につけていない。

「なっ」

シズマに一秒の半分ほどの隙ができた。アオイは大地を蹴って、思い切り飛んだ。

スライダーの上に裸の尻を乗せ、足先からシズマのほうへスライドする。シズマの目にすべてが見えているはずだが、羞恥など感じる余裕はない。

二メートル以上滑り抜けながら、見上げたところにあるものに、力の限り拳を突き上げた。命を賭けていたので手加減ができなかった。

シズマは小さくうなって、崩れ落ちた。


シズマを縛り上げ、呼びつけた『I』の作業員にその身柄を預けて任務は終了した。

その後、シズマがどういう扱いを受けるのかまでは知らない。興味もない。今夜の勝負に勝ったことだけが重要な事実だ。そうして今、満ち足りた気分で、自分たちのアジトへ帰る途中だ。

〈運動したらお腹が空いたから、何か食べていこうよ〉

リョウはにこりともせずに、アオイの提案に賛同した。

〈そうだな〉

〈『I』のやつら、シズマのことちゃんと病院に連れていくかな〉

〈さあ〉

リョウの返事はいつにも増してそっけない。

〈何か機嫌が悪い？〉

〈急所攻撃以外にも技を覚えたらどうだ。最近そればかりだ。相手に予測される〉

〈でも、今回も効いた。あいつは意外に女にストイックだって聞いたから〉

〈〝女〟を武器にするのも、おれはあまり好きじゃない〉

今日のリョウは饒舌だ。よほど気に入らなかったらしい。

〈でもさ。いつも女ってだけで割を食ってるんだから、こんなときぐらい大目に見てよ。それに、ああすれば男は本能的にそこへ目がいく〉

〈おれはああいう手段はあまり好きじゃない〉

〈もしかして、裸を見せたから怒ってる？〉

リョウが無視した。

〈まさか、妬いてる？〉

〈何か食いに行こう。腹を立てたら腹が減った〉

〈わたしが先にそう言った〉

通りすぎたビルとビルの隙間から、沈む直前の夕日が差し込み、リョウの横顔を赤く染めた。

41　火災二週間後　早朝　樋口透吾

カラスからの着信音——。
〈小淵沢までの交通費の件だが、経理から差し戻された〉

「今回はかなり精力的に動きました。本当の目的も知らされずに」

〈警察の車に同乗したという報告だった。なぜおまえが高速代を払う？〉

「けち臭いことを言わないで、高速代ぐらい支給してくれたらどうです？　国をゆるがす騒動を丸く収めたんですから。どうせ、組織はこの混乱と不安に便乗して荒稼ぎするんですよね」

〈何が丸くだ。それより、次の指令だ〉

「かんべんしてください。あの女みたいに、やりたいときだけ受ける、フリーランス扱いにしていただけませんか？」

〈あいかわらず冗談がつまらないな〉

「そういえば、明後日、大西和佳奈の告別式に参列する予定です。香典預かりましょうか」

〈無用だ〉

「あいかわらず人付き合いが悪いですね」

カラスがまだ何かいいたそうだったが、一方的に通話を終えた。捨て駒からのせめてもの仕返しだ。

もうひと眠りするかと思ったとき、窓の外で本物のカラスが鳴いた。

初出　別冊文藝春秋２０２３年９月号〜２０２４年11月号

装画
草野碧
装幀
征矢武

伊岡瞬（いおか・しゅん）

1960年東京都生まれ。広告会社勤務を経て、2005年『いつか、虹の向こうへ』で第25回横溝正史ミステリ大賞とテレビ東京賞をW受賞しデビュー。16年『代償』で啓文堂書店文庫大賞を受賞し、同書は50万部超の大ヒット作となる。他の著書に30万部を超えるベストセラー『悪寒』のほか『本性』『冷たい檻』『不審者』『祈り』『赤い砂』『白い闇の獣』『残像』『清算』『水脈』『翳りゆく午後』など。

追跡（ついせき）

二〇二五年二月二〇日　第一刷発行

著者　伊岡瞬（いおかしゅん）
発行者　花田朋子
発行所　株式会社 文藝春秋
〒一〇二－八〇〇八
東京都千代田区紀尾井町三－二三
電話 〇三－三二六五－一二一一
印刷所　萩原印刷
製本所　若林製本
DTP　言語社

ISBN 978-4-16-391944-7